El nudo Windsor

S. J. Bennett (Richmond, Yorkshire, 1966) vivió durante su infancia en Hong Kong, Berlín y Noruega. Se doctoró en Literatura Italiana por la Universidad de Cambridge y trabajó como asesora de estrategia para McKinsey & Co. antes de dedicarse a escribir profesionalmente. Ha publicado una decena de libros para el público juvenil, entre los que destacan *Threads*, que obtuvo el Times/Chicken House Children's Fiction en 2009, y *Love Song*, premio RNA Romantic Novel en 2017. Los derechos de traducción de los primeros títulos de la serie «Su Majestad, la reina investigadora» se han vendido a más de veinte idiomas.

S. J. BENNETT

El nudo Windsor

Traducción de
Patricia Antón de Vez

DEBOLS!LLO

Papel certificado por el Forest Stewardship Council®

 Penguin
Random House
Grupo Editorial

Título original: *The Windsor Knot*

Primera edición en Debolsillo: julio de 2024

© 2020, S. J. Bennett
© 2021, 2024, Penguin Random House Grupo Editorial, S.A.U.
Travessera de Gràcia, 47-49. 08021 Barcelona
© 2021, Patricia Antón de Vez, por la traducción
Diseño de la cubierta: adaptación de Penguin Random House Grupo Editorial
basada en el diseño original de Nick Stearn
Imagen de la cubierta: © Iker Ayestaran

Printed in Spain – Impreso en España

ISBN: 978-84-663-7548-1
Depósito legal: B-9.117-2024

Impreso en Novoprint
Sant Andreu de la Barca (Barcelona)

P 3 7 5 4 8 1

Para E

Y para Charlie y Ros,
que aúnan el placer por la literatura
con la búsqueda de la verdad

PRIMERA PARTE

Honi soit qui mal y pense

«Que la vergüenza caiga sobre aquel
que piense mal.»

Lema de la Orden de la Jarretera

Abril de 2016

1

Hacía un día de primavera casi perfecto.

El aire era fresco y puro, y en el cielo, de un azul púrpura, sólo se veían estelas de condensación. Frente a ella, tras las copas de los árboles de Home Park, el castillo de Windsor resplandecía con fulgor plateado bajo la soleada luz de la mañana. La reina detuvo su poni para admirar las vistas. Nada reconforta tanto el alma como un paseo matutino por la campiña inglesa. A sus ochenta y nueve años todavía se maravillaba ante la obra de la Creación... O de la evolución, para ser más precisa. Pero en un día así no era fácil obviar a Dios.

Si tuviera que elegir una de entre todas sus residencias sin duda sería ésta. Ni el palacio de Buckingham —que era como vivir delante de una rotonda en un bloque de oficinas bañado en pan de oro—, ni Balmoral, ni Sandringham, por mucho que las llevara en el corazón. Windsor era su hogar, ni más ni menos. Aquí había pasado los días más felices de su niñez —el Royal Lodge, las obras de teatro en Navidad, los paseos a caballo—, y aquí venía todos los fines de semana para descansar de las extenuantes formalidades de la ciudad. Además, aquí estaban enterrados papá y mamá... y también Margarita, a su lado, los tres juntos en aquella cripta tan acogedora, aunque no había sido fácil acomodarlos en un espacio tan pequeño.

Si alguna vez estallaba la revolución, se dijo, pediría que la dejaran retirarse aquí. Como si los revolucionarios fueran a permitírselo; de hecho, seguro que la obligaban a hacer las maletas... ¿Y adónde iría? ¿Fuera del país? En tal caso, se exiliaría al estado de Virginia, que además de llamarse así por su homónima —Isabel I, la reina virgen—, había sido cuna y hogar de *Secretariat*, el purasangre que ganó la Triple Corona en 1973. En realidad, si no fuera por la Commonwealth y por el pobre Carlos —y por Guillermo y el pequeño Jorge, que irían tras él en la línea de sucesión después de todo aquel espanto—, no era una perspectiva tan terrible, ni mucho menos.

Pero el sitio ideal sería Windsor. Aquí, una podía soportar cualquier cosa.

Desde esa distancia, el castillo se alzaba apacible, ocioso y medio dormido. Nada más lejos de la realidad. Ahora mismo en su interior se arremolinaban unas quinientas personas, todas entregadas a sus quehaceres. Era como un pueblo, y tremendamente eficiente además. A ella le gustaba imaginárselas en plena faena: al mayordomo mayor repasando las cuentas, a las criadas haciendo las camas tras la pequeña fiesta de la víspera...

Sin embargo, ese día una sombra de tristeza lo empañaba todo. Esa misma mañana habían encontrado muerto en su cama a uno de los jóvenes que había actuado por la noche. Al parecer, había fallecido mientras dormía. Ella había estado conversando con él; de hecho, incluso habían bailado un poco. Era el pianista ruso al que habían invitado para amenizar la velada. Tenía mucho talento y era muy atractivo. Qué terrible pérdida para su familia...

En lo alto del cielo, el rugido sordo de un motor ahogó el canto de los pájaros. Desde la silla de montar, la reina oyó un silbido agudo y alcanzó a ver un Airbus A330 que iniciaba el descenso para aterrizar. Cuando una vive bajo una ruta de vuelo del aeropuerto de Heathrow se convierte en una experta avistadora de aviones, aunque reconocer todos los aparatos de la flota mundial de aeronaves de pasajeros sólo por su silueta no le parecía una habilidad para lucirse en las fiestas. El ruido del avión la arrancó de sus pensamientos y le recordó que debía volver a sus papeles.

Lo primero que haría, se dijo, sería preguntar por la madre de aquel joven. Ella no solía mostrar demasiado interés por los problemas de los demás —con los de su propia familia tenía más que suficiente—, pero en este caso tuvo el presentimiento de que debía actuar de otro modo. Cuando su secretario personal le había dado la noticia, lo había hecho con una expresión muy rara en la cara. Por mucho que sus empleados se esforzasen en protegerla de cualquier desgracia, ella notaba que algo no iba bien sólo con mirarlos. Y en este instante se dio cuenta de que, en efecto, ahí dentro se estaba cociendo algo.

—Vamos —le ordenó a su poni.

A su lado, el mozo de cuadra también espoleó en silencio a su caballo.

Bajo el recargado techo gótico del pequeño comedor de gala, el desayuno llegaba a su fin. El caballerizo mayor, encargado de los caballos de competición de la reina, compartía huevos con beicon con el arzobispo de Canterbury, el ex embajador de Moscú y unos cuantos rezagados de la noche anterior.

—Una velada interesante —le comentó al arzobispo, sentado a su izquierda—. No sabía que bailaba usted el tango.

—Tampoco yo lo sabía —refunfuñó su acompañante—. La señora Gostelow prácticamente me llevaba en volandas. Las pantorrillas me están matando. —El arzobispo bajó la voz—. Dígame, en una escala del uno al diez: ¿hasta qué punto hice el ridículo?

El caballerizo mayor contestó con una mueca.

—Por citar a Nigel Tufnel, digamos que fue un once. Creo que nunca había visto a la reina reírse tanto.

El arzobispo frunció el ceño.

—¿Tufnel? ¿Quién es? ¿Estuvo aquí anoche?

—No. Es un personaje ficticio, un guitarrista de un falso documental sobre *heavy metal*.

El bailarín reticente sonrió avergonzado.

—Ay, Dios mío.

Se inclinó para frotarse la espinilla bajo mesa y su mirada se cruzó con la de una joven guapísima, delgada como una modelo, sentada frente a él. Sus iris grandes y oscuros le llegaron al alma, y cuando ella esbozó una leve sonrisa, el arzobispo se sonrojó como un monaguillo.

Pero no había sido más que una casualidad. Masha Peyrovskaya no lo estaba mirando en realidad; ni siquiera se había dado cuenta de su existencia. Para ella la noche anterior había significado la experiencia más intensa de su vida, y en ese momento rememoraba absorta cada segundo de la velada.

«Cena y pernocta —se repetía mentalmente, practicando—. Cena y pernocta. La semana pasada nos invitaron a cenar y pernoctar en el castillo de Windsor. Ah, sí, con Su Majestad, la reina de Inglaterra. ¿Nunca te han invitado? Es un lugar maravilloso. —Se imaginaba diciendo, como si le ocurriera cada semana—. Yuri y yo teníamos habitaciones con vistas a la ciudad. Su Majestad usa el mismo jabón que nosotros. Es una mujer muy divertida, cuando llegas a conocerla. Y lleva unos diamantes que son para morirse...»

Su marido, Yuri Peyrovski, intentaba reponerse de una resaca monumental con un brebaje a base de verduras crudas y jengibre que le había preparado el camarero siguiendo sus indicaciones. El personal de palacio era eficiente, desde luego. Yuri había oído el rumor de que la reina guardaba los cereales del desayuno en botes de plástico (aunque esa mañana Su Majestad no había bajado a desayunar con sus invitados), y él mismo había esperado encontrarse con la clásica decoración *shabby chic* tan propia de los ingleses —es decir, casas mal conservadas, calefacción insuficiente, paredes desconchadas—, pero le habían informado mal. En aquella sala, por ejemplo, había unas elegantes cortinas de seda roja, dos docenas de sillas doradas en torno a una gran mesa y una impoluta alfombra de diseño exclusivo. Y el resto de estancias parecían igualmente inmaculadas. Ni siquiera su propio mayordomo hubiera hecho el más mínimo reproche. El oporto de la noche le había parecido de una calidad excelente y el vino lo mismo. ¿Y no había habido brandy también? Creía recordar que sí.

Pese al martilleo que le retumbaba en la cabeza se volvió hacia la mujer a su izquierda, la esposa del ex embajador, y le preguntó cómo podía procurarse los servicios de un bibliotecario personal como el que habían conocido después de cenar. La esposa del ex embajador, que nadie sabe por qué pero tenía montones de amigos pobretones y muy leídos, desplegó todos sus encantos y le dijo que haría lo posible por conseguírselo.

Los interrumpió la visión de una mujer alta, con una melena azabache y ataviada con un traje pantalón con pinzas, plantada en el umbral en una pose dramática, con una mano en la cintura y los labios de color carmesí fruncidos en un mohín de alarma.

—¡Vaya, lo siento! ¿Llego tarde?

—En absoluto —repuso cordialmente el caballerizo mayor, aunque sí llegaba tardísimo; muchos invitados habían vuelto ya a la planta de arriba para supervisar a los mozos y las doncellas mientras les hacían el equipaje que habían traído para pasar la noche—. Aquí estamos todos muy relajados. Venga y siéntese a mi lado.

Meredith Gostelow se dirigió hacia la silla que un lacayo estaba apartando para ella y asintió de todo corazón ante la sugerencia de un café.

—¿Ha dormido bien? —preguntó una voz conocida a su derecha.

Era sir David Attenborough, tan melodioso y solícito como en la televisión, lo que hizo que se sintiera como un panda en peligro de extinción.

—Mmm, sí —mintió mientras se sentaba.

Al echar un vistazo al resto de comensales, reparó en la preciosa Masha Peyrovskaya, que la miraba con una media sonrisa, y casi se cae de la silla.

—Pues yo no he dormido nada —susurró Masha con voz ronca. Varios de los presentes se volvieron hacia ella, con excepción de su marido, que observaba su zumo con el ceño fruncido—. Me he pasado la noche pensando en toda esta belleza, en la música. Era como estar en un... сказка... ¿Cómo los llaman en inglés?

—Cuento de hadas —murmuró el embajador desde el otro extremo de la mesa con voz levemente quejumbrosa.

—Eso es, ¡un cuento de hadas! ¡Era como estar en una película de Disney! Pero con clase, ¿eh? —Hizo una pausa. No había logrado expresarse con exactitud. Su inglés era un lastre, pero confiaba en que su entusiasmo lo hubiera compensado. Se volvió hacia el caballerizo real—. Usted tiene suerte porque viene por aquí bastante a menudo, ¿verdad?

Él sonrió de oreja a oreja, como si aquella hermosa joven acabara de contarle un chiste.

—Por supuesto.

Antes de que Masha pudiera indagar en el motivo de tanta diversión, otro lacayo, impecable en su librea de chaleco rojo y levita negra, se acercó a su marido y se inclinó para susurrarle al oído algo que ella no pudo oír. Yuri se puso colorado, echó atrás la silla sin decir palabra y abandonó la habitación siguiendo al lacayo.

Al recordar la escena, Masha lamentaría haber mencionado los cuentos de hadas. De algún modo, todo aquello era culpa suya, porque, bien mirado, en el corazón de los cuentos de hadas siempre moran fuerzas oscuras. El mal acecha donde menos esperaríamos encontrarlo, y con frecuencia sale victorioso. Qué estúpida había sido al pensar en Disney cuando la vieja y perversa Baba Yaga acechaba en el bosque.

«Nunca estamos a salvo. Da igual que nos cubramos de pieles y diamantes. Y un día seré vieja y estaré completamente sola.»

2

—¿Simon?

—¿Sí, señora?

El secretario personal de la reina, sir Simon Holcroft, levantó la vista de la agenda que tenía en las manos. Después de su paseo a caballo, la reina se había sentado en la butaca de su escritorio, tras vestirse con una falda gris de *tweed* y su rebeca de cachemir preferida, la que resaltaba el azul de sus ojos. Su sala de estar privada era un espacio acogedor (para tratarse de un castillo gótico), con sofás algo desfondados y toda una vida de tesoros y recuerdos. Al secretario le gustaba aquella habitación. Aun así, cierto retintín en la voz de Su Majestad lo había puesto un poco nervioso, aunque se esforzó en que no se le notara.

—Ese joven ruso. ¿Hay algo que no me haya contado?

—No, señora. Tengo entendido que el cuerpo va camino a la morgue... El día 22 el presidente tiene previsto venir en helicóptero y nos preguntábamos si a Su Majestad le gustaría...

—No cambie de tema. Tenía una expresión rara en la cara.

—¿Perdone?

—Antes, cuando me ha dado la noticia, ha querido ahorrarme los detalles. No lo haga.

Sir Simon tragó saliva. Sabía exactamente qué había intentado ocultarle a la anciana soberana. Pero la jefa era la jefa. Carraspeó y dijo:

—Estaba desnudo, señora, cuando lo encontraron.

—¿Ah, sí?

La reina lo miró fijamente. Se imaginó a un hombre joven y lozano yaciendo desnudo bajo las sábanas. ¿Qué tenía eso de insólito? Era bien sabido que Felipe, en su juventud, se negaba a llevar pijama.

Él la miró a su vez. Tardó unos segundos en darse cuenta de que aquello no le parecía extraño a la reina y que en realidad necesitaba más información. Sir Simon se armó de valor.

—Bueno... casi desnudo. Llevaba un batín morado y por desgracia con el cordón...

Su voz se fue apagando hasta enmudecer. No podía hacerlo; aquella mujer cumpliría los noventa en un par de semanas.

La reina aguzó repentinamente la mirada al comprender a qué se refería su secretario.

—¿Quiere decir que se ahorcó con ese cordón?

—Sí, señora. Ha sido una tragedia. Y en un armario.

—¿Un armario?

—Para ser exactos, un ropero.

—Vaya.

Se quedaron en silencio unos segundos mientras ambos se imaginaban la escena, y acto seguido desearon no haberlo hecho.

—¿Quién lo ha encontrado? —le preguntó la reina con firmeza.

—Una de las gobernantas. Alguien se ha dado cuenta de que no había bajado a desayunar y... —Hizo una brevísima pausa para recordar el nombre—. La señora Cobbold ha ido a comprobar si estaba despierto.

—¿Se encuentra bien ella?

—No, señora. Tengo entendido que le han ofrecido apoyo psicológico.

—Esto es realmente extraordinario... —La reina todavía estaba procesando la información.

—Sí, señora. Pero, por lo que parece, ha sido fortuito.

—¿Ah, sí?

—Por el aspecto del joven... y la habitación... —Sir Simon volvió a carraspear.

—¿Qué pasa con su aspecto, Simon? ¿Y con la habitación?

El secretario inhaló profundamente.

—Había... ropa interior de mujer. Y también pintalabios. —Cerró los ojos—. Y pañuelos de papel. Por lo visto, estaba... experimentando. Para procurarse placer. Probablemente no pretendía...

Llegado a ese punto, la cara de Simon era de color violeta. La reina se apiadó de él.

—Qué horror. ¿Y se lo han notificado a la policía?

—Sí. El inspector ha prometido discreción absoluta.

—Bien. ¿Se lo han comunicado ya a sus padres?

—No lo sé, señora —contestó sir Simon, tomando nota—. Lo averiguaré.

—Gracias. ¿Eso es todo?

—Casi. He convocado una reunión esta tarde para evitar darle publicidad a este asunto. La señora Cobbold ya se ha mostrado muy comprensiva al respecto. Estoy seguro de que contamos con su absoluta lealtad, y se lo dejaremos bien claro al resto del personal: nada de hablar del tema. Por supuesto, tendremos que informar a los huéspedes de lo ocurrido, aunque, obviamente, no entraremos en detalles. Ya se ha informado al señor Peyrovski, puesto que fue él quien trajo aquí anoche al señor Brodsky.

—Entiendo.

Sir Simon echó otro vistazo a su agenda.

—Veamos, está pendiente la cuestión de dónde desea recibir a los Obama.

Los dos volvieron a su rutina habitual, pero todo aquello resultaba muy perturbador.

Que hubiera pasado allí, en Windsor. En un armario. Con un batín morado...

La reina no sabía si lo lamentaba más por el joven o por el castillo. Era mucho más trágico para el joven pianista, evidentemente. Pero ella conocía más al castillo: lo conocía como si fuera su segunda piel. Era horrible, horrible. Y había sucedido después de una velada tan fantástica...

En primavera, la reina tenía por costumbre pasar un mes en el castillo de Windsor, llamado la Corte de Pascua. Lejos de la excesiva formalidad del palacio de Buckingham, aquí podía recibir a sus invitados de manera más relajada e informal —organizaba fiestas para veinte personas en lugar de banquetes para ciento sesenta— y tenía la oportunidad de reencontrarse con viejos amigos. En esta ocasión, una semana después de Pascua, Carlos se había apropiado de una de esas invitaciones especiales, que constaban de cena y pernocta, para ganarse el favor de unos rusos ricos. Por lo visto, uno de sus proyectos favoritos necesitaba una inyección de capital.

Para esa fiesta en concreto, Carlos había solicitado la asistencia de Yuri Peyrovski y su esposa —una joven de extraordinaria belleza— y también la de Jay Hax, un gerente de fondos de inversión de alto riesgo especializado en los mercados rusos y con fama de ser un verdadero plomo. La reina había accedido por hacerle un favor a su hijo, pero había añadido unas cuantas invitaciones propias.

Sentada en la butaca de su escritorio, la reina contempló la lista de invitados, de la que aún tenía una copia entre sus papeles, e hizo memoria. Sir David Attenborough había estado antes allí, por supuesto; siempre era una delicia contar con él, y además tenían la misma edad, algo poco habitual últimamente, aunque en esta ocasión había mostrado un pesimismo exacerbado ante el avance del calentamiento global. Ay, Dios mío... También había asistido a la velada su caballerizo mayor, que pasaba allí unos días y afortunadamente nunca se mostraba pesimista ante nada. A ellos se habían sumado una escritora y su marido guionista, cuyas películas tiernas y divertidas eran un maravilloso compendio de arquetipos británicos, y el rector de Eton y su mujer, que vivían a la vuelta de la esquina y nunca se perdían estos encuentros.

Pensando en Carlos, la reina había incluido a varias personas con contactos en Rusia. El embajador británico en Moscú, que acababa de regresar... La oscarizada actriz de ascendencia rusa, que gozaba de justa fama por su *embonpoint* y su lengua mordaz. ¿Quién más? Ah, sí, aquella arquitecta británica, toda una celebridad, que en esos días estaba construyendo un ostentoso edificio anexo en un museo ruso, y la catedrática de literatura rusa y su marido (hoy en día uno no podía dar por sentada ni la identidad de género ni la orientación sexual de los profesores universitarios, como había aprendido Felipe, por la vía dura, eso sí, pero en este caso se trataba de una mujer casada con un hombre).

Y había alguien más... Volvió a mirar la lista. Ah, por supuesto, el arzobispo de Canterbury. Era también un visitante asiduo y siempre se podía confiar en él para que la conversación no decayera cuando se hacía un silencio incómodo, lo que por desgracia ocurría fácilmente. Otra posibilidad era que todos hablaran demasiado y una no consiguiera meter baza. Aunque poco podía hacerse en este caso, aparte de lanzarles una mirada severa de vez en cuando.

A la reina le gustaba que sus invitados se divirtieran un poco. El señor Peyrovski había sugerido a Carlos que invitara a un joven protegido suyo que «tocaba Rajmáninov como los ángeles». Y también habría una pareja de bailarinas de danza clásica que interpretaría fragmentos de *El lago de los cisnes* al estilo del ballet imperial ruso con música pregrabada. Aunque el plan era que fuera una velada refinada, sobria y emotiva, la reina no las tenía todas consigo. Se suponía que la Corte de Pascua debía ser alegre, pero la *fête à la russe* de Carlos tenía visos de acabar siendo un poco sombría.

Pero una nunca sabe qué le deparará el futuro.

La cena fue sublime. Una nueva cocinera, ansiosa por demostrar sus habilidades, había obrado maravillas con productos de Windsor, Sandringham y los huertos de Carlos en Highgrove. El vino era tan bueno como siempre, y sir David se mostró pícaro y divertido, salvo cuando se lanzó a profetizar la destrucción inminente del planeta. Los rusos no resultaron tan ariscos como ella había temido, ni mucho menos, y Carlos irradiaba gratitud (aunque él y Camilla tenían un acto en Highgrove al día siguiente y se habían marchado después de los cafés, haciéndola sentir como la madre de uno de esos universitarios que sólo vuelven a casa para que les laven la ropa).

Ligeramente achispados, los invitados se habían reunido con otros miembros de la familia que habían estado comiendo en la Sala Octogonal de la torre Brunswick, y todos juntos habían ido a la biblioteca para que el bibliotecario les mostrara los volúmenes rusos más interesantes de la colección real, incluidas algunas bellas primeras ediciones de poesía y varias obras de teatro traducidas al inglés que ella siempre tuvo la intención de leer, aunque nunca había llegado a hacerlo. Felipe, que llevaba en pie desde el alba, se había ido a la cama con total discreción, y la oscarizada actriz, cuya silueta había gozado de gran admiración y cuyas opiniones sobre Hollywood habían resultado entretenidísimas, se había retirado a toda prisa a un hotel cerca de Pinewood, donde tenía un rodaje al amanecer. Y entonces... llegó el turno del pianista y las bailarinas.

Los demás integrantes del grupo, relajadísimos, se habían dirigido al Salón Carmesí para escuchar algunos fragmentos del *Concierto para piano número dos* de Rajmáninov. Las paredes de seda roja, los retratos de su madre y su padre a ambos lados de la chimenea —tan glamurosos los dos con sus atuendos de la coronación—, las vistas al parque a la luz del día y las lujosas lámparas de araña por la noche, y el elegante panorama del Salón Verde al fondo, hacían de esa sala una de sus favoritas para recibir invitados. Era una de las estancias que había sido devorada por el fuego en 1992, pero viéndola ahora nadie lo diría. Restaurada a la perfección, constituía el telón de fondo ideal para esa clase de veladas.

Según lo anunciado, el joven pianista había estado magnífico. ¿No había dicho Simon que se llamaba Brodsky? La reina le echaba veintipocos años, aunque tenía la sensibilidad musical de un hombre de más edad. Había tocado con un estilo arrebatado, subyugado por la intensidad de la pieza, y ella se encontró rememorando escenas de *Breve encuentro*. Qué guapo era. Todas las mujeres habían quedado embelesadas.

Después las bailarinas habían interpretado sus solos con mucha precisión. A Margarita le habrían encantado. A ella le había molestado un poco tanto triquitraque, pero probablemente era cosa de las zapatillas de punta. Y luego, de forma improvisada, el joven señor Brodsky se había sentado de nuevo al piano y se había puesto a tocar piezas de baile de los años treinta —¿cómo era posible que las conociera tan bien?—, y ella había accedido a que apartaran los muebles para que se pudiera bailar.

Todo había empezado de un modo bastante decoroso, pero poco después otro invitado se había sentado al piano. ¿Quién había sido? El marido de la catedrática, según creía recordar, y resultó que se le daba sorprendentemente bien. En ese momento el joven ruso quedó libre para unirse a los demás. Con impecables modales, entrechocó los talones y se inclinó ante su anfitriona con una expresión de auténtica súplica en los ojos.

—Majestad, ¿me concedería este baile?

Bueno, la verdad es que le apetecía mucho. Al cabo de unos segundos se encontraba recorriendo el parquet a paso de foxtrot sin preocuparse lo más mínimo de la ciática. Esa noche llevaba un vestido de gasa con bastante vuelo. El señor Brodsky resultó ser una experta pareja de baile; gracias a él consiguió recordar unos cuantos pasos que creía olvidados. Su sincronización era impecable. Realmente se las apañaba para hacer que una se sintiera Ginger Rogers.

Para entonces, muchos de los presentes se habían unido a ellos. La música era más audaz y sonaba más fuerte. De pronto, se oyó un tango argentino. ¿Seguía al piano el marido de la catedrática? Incluso el arzobispo de Canterbury sucumbió a la tentación de mover el esqueleto con una de las bailarinas, para mayor algarabía de todos los presentes. Varias parejas hicieron una intentona, pero ninguna podía compararse ni por asomo con la que formaban el joven ruso y su nueva compañera, la otra bailarina, que cruzaban la pista con majestuosas zancadas.

La reina se retiró pasados unos minutos, tras haber asegurado a sus invitados que podían seguir divirtiéndose todo el tiempo que quisieran. En otra época ella había sido capaz de tumbar a medio Foreign Office, pero ahora solía desfallecer hacia las diez y media. No obstante, no había motivo para interrumpir una buena fiesta. Su doncella, que había sido informada por uno de los ayudas de cámara, le dijo a la mañana siguiente que la velada había durado hasta bien pasada la medianoche.

Ésa era la última imagen que tenía de él: bailando en el salón, con una preciosa y joven bailarina en los brazos. Se le veía pletórico, feliz... e intensamente vivo.

Después de comer, Felipe se presentó para tomar el café con ella. Parecía rebosante de información.

—Lilibet, ¿te has enterado de que el hombre estaba desnudo?

—Pues sí, me he enterado.

—Más colgado que un *tory*. Hay una palabra para eso, ¿no? ¿Cuál era? Auto-no-sé-qué sexual...

—Asfixia autoerótica —lo corrigió la reina con tono sombrío; tras buscarlo en Google con su iPad.

—Exacto, joder. ¿Te acuerdas de Buffy?

Pues sí, se acordaba muy bien del séptimo conde de Wandle, un viejo amigo que, a decir de todos, ya tenía debilidad por esa práctica allá en los años cincuenta. En aquel entonces era algo habitual en ciertos círculos, casi *de rigueur*.

—Menudas escenas vería aquel mayordomo, ¿eh? —comentó Felipe—. Por lo visto, tuvo que rescatar a aquel desgraciado en muchas ocasiones. Y Buffy no era precisamente un Adonis, ni siquiera con la ropa puesta.

—¿En qué estaría pensando? —dijo la reina.

—Querida mía, prefiero no imaginarme la vida sexual de Buffy...

—No, me refería a ese joven ruso, Brodsky.

—Bueno, es obvio, ¿no? —contestó Felipe, señalando a su alrededor—. Ya sabes cómo se comporta la gente en este sitio. Vienen aquí, sienten que han llegado a la cima de su maldita existencia y luego necesitan liberar la tensión. Y menudo jaleo que arman cuando creen que no estamos mirando... Pobre cabrón. —Bajó la voz, apiadándose de él—. No lo pensó bien. Nadie quiere que lo encuentren en un palacio real con las pelotas al aire.

—¡Felipe!

—No, en serio. No me extraña que todos se anden con tanto secretismo. Aparte de que tratan de proteger tus frágiles nervios, claro.

La reina lo miró de soslayo.

—Se olvidan de que, además de haber vivido una guerra mundial, he tenido que aguantar a la joven Ferguson, soportar que tú estuvieras en la Armada...

—Y aun así creen que vas a desmayarte a la menor insinuación de algo picante. Ellos sólo ven a una viejecita con sombrero.

Felipe sonrió de oreja a oreja mientras ella fruncía el ceño. Eso último era cierto, y a veces muy útil, pero también un poco triste.

—No te preocupes, tontorrona, ellos adoran a esa viejecita... —Se levantó de la silla—. Ah, no olvides que dentro de unas horas salgo para Escocia. Según Dickie, el salmón está espectacular este año. ¿Necesitas algo? ¿Caramelos artesanos de dulce de leche? ¿La cabeza de Nicola Sturgeon en una bandeja?

—No, gracias. ¿Cuándo volverás?

—Dentro de una semana, más o menos... a tiempo para tu cumpleaños. A Dickie no le importa contaminar la atmósfera y me traerá de vuelta en su avión privado.

La reina asintió. Hacía tiempo que Felipe llevaba su propia agenda. Años atrás le habría dolido un poco que desapareciera de ese modo —quién sabe con quién y para Dios sabe qué— y la dejara sola al mando. Y no únicamente eso, una parte de ella también tenía celos: de la libertad, de poder elegir por uno mismo. Pero Felipe siempre volvía, y lo hacía trayendo consigo una oleada de energía que se abría paso en los pasillos del poder como una tonificante brisa marina. La reina había aprendido a sentirse agradecida.

—En realidad —dijo cuando él se inclinó con artrítica torpeza para besarla en la frente—, no le haría ascos a unos caramelos de dulce de leche.

—Tus deseos son órdenes para mí.

Felipe esbozó una sonrisa, que le derritió el corazón con la precisión de un mecanismo de relojería, y se alejó hacia la puerta a grandes zancadas.

3

Meredith Gostelow bajó trastabillando del taxi que la había llevado desde Windsor hasta el oeste de Londres (a un precio exorbitante) y esperó de pie, recuperando el aliento, a que el conductor sacara su maleta del vehículo.

Alzó la vista hacia la fachada rosa pálido de su casa y en ese instante supo que nunca volvería a ser la misma persona. Algo había cambiado, y estaba aterrorizada. Sentía mucha vergüenza y otra cosa que no conseguía definir. No podía pensar con claridad, pero una lágrima había asomado vacilante entre los polvos de maquillaje de su mejilla derecha. Desde que la menopausia la había embestido como un tren de mercancías, cualquier tipo de humedad requería un enorme esfuerzo. Era una mujer joven con el cuerpo de una vieja; y ni siquiera era capaz de controlar el chirriante caparazón carnal que la envolvía. Y después de lo sucedido esa noche aún menos de lo que pensaba.

Y lo de esta mañana... Se habría desplomado allí mismo, de no haber sabido que le habría costado horrores levantarse.

—¿Es todo, señora?

Paseó la vista por el coche, para comprobar que no se había dejado ni la maleta ni el bolso, y asintió. Ya había pagado el trayecto en taxi con su tarjeta. ¡Doscientas libras! ¿En qué estaba pensando? Pero claro, ¿a quién se le ocurre pedir un Uber para que te recoja en el castillo de Windsor? Debería haber ido a la estación, por supuesto, y haber cogido el tren hasta el centro de Londres como cualquier persona sensata sin coche. Pero en Windsor una piensa de otra manera. Rodeada de sirvientes con librea, una se siente espléndida. Al fin y al cabo, una está allí porque es una triunfadora. La víspera, de hecho, se había pasado veinte minutos hablando con el arzobispo de Canterbury sobre un posible encargo para construir una iglesia del siglo XXI en Southwark. Así que una pide el taxi, asume el gasto... y se despide de un bote grande de crema hidratante La Mer en cuanto se queda atascada en medio del tráfico terrible, y completamente predecible, de la M4.

Y es que una... Una no, ella... Basta ya de pensar como si fuera una versión tacaña de la reina, si bien era cierto que a Su Majestad no le gustaba rascarse el bolsillo. Bueno, fuera como fuese, ella, Meredith Gostelow, estaba sola.

A una pareja se le habría ocurrido la idea del tren. Una pareja le habría concedido tiempo para pensar. Una pareja habría impedido... lo que fuera que hubiera ocurrido la noche anterior. Una pareja la habría llevado hasta su casa en un coche grande y bonito, y ahora estaría cargando su maleta por el corto tramo de escaleras que va hasta su puerta.

Y estaría hablando con ella y diciéndole qué podía hacer y luego querría la comida en la mesa, la cama hecha y que le prestase atención... En fin, una pesadilla. Meredith había hecho ese recorrido mental miles de veces, y se maldijo por haber caído otra vez en la misma empanada.

Pero desde la noche anterior algo había cambiado en lo más profundo de su ser.

Y eso le recordó que necesitaba ir al lavabo urgentemente. Cogió la maleta por el asa con una mano, sujetó el voluminoso bolso contra el pecho con la otra y subió los peldaños. Tras encontrar las llaves, abrir la puerta, soltar los bultos y recorrer el pasillo a toda prisa, sólo tuvo unos microsegundos para sentarse en el retrete sin que hubiera un accidente.

Típico de las señoras mayores: ni gota de humedad donde y cuando la necesitas; litros de ella cuando no hace falta y menos te lo esperas.

Masha Peyrovskaya iba en el asiento trasero del Mercedes Maybach, absorta en el rítmico y musical sonido de las frases en italiano, mientras el vehículo avanzaba inexorablemente hacia su casa. Con las manos cruzadas en el regazo, observaba el reluciente espectáculo de luces del diamante amarillo —tamaño huevo de gaviota— que llevaba en su dedo anular. Al otro lado del asiento, Yuri soltaba obscenidades en ruso hablando por teléfono. Le temblaba un músculo del cuello.

Con qué asombrosa rapidez el mejor día de tu vida pasaba a convertirse en un simple recuerdo más.

En los auriculares de Masha, la profesora de la aplicación para aprender italiano del móvil decía algo sobre el placer de estar al aire libre. ¿O se refería a la pintura al fresco? Había perdido el hilo.

Yuri no había tardado en acusarla de tener mal gusto, de ser vulgar. Según él, le había arruinado el desayuno al mencionar lo de Disney. Le había puesto en ridículo delante de todos.

Pero, a ver, ¿quién había insistido en traerse a su propio chef (algo que, por cierto, no pudo hacer)? ¿Quién se había negado a comer nada que no se ajustara a su dieta alcalina? ¿Quién había insistido en usar su propia sal rosa del Himalaya, sacándola de un pastillero de cristal de roca en medio del desayuno? A Maya no le había pasado por alto la mirada que le había lanzado la esposa del ex embajador en ese preciso momento.

El castillo de Windsor tiene un problema: es un sueño. La gente real sólo consigue hacerlo añicos.

Aquella mañana se estaba fraguando una guerra comercial: los mercados iban a la baja, y Yuri estaba furioso porque no se habían vendido ciertas acciones el día anterior, cuando él había dado la orden. Finalmente, se le acabó la paciencia y cortó la llamada con un colérico golpe de pulgar.

—Quinientos mil. Ya puedes despedirte de tu galería.

Enojado y ofendido, fulminó a su esposa con la mirada. Al oír la palabra «galería», Masha se dignó mirarlo a la cara. Bien, pensó él, para eso la había pronunciado. ¡Qué cosas se veía obligado a hacer para captar su atención! Sería un milagro que Masha lo apoyara en los negocios, que lo ayudase a seguir adelante por ella misma, por los dos, por el futuro. A ella sólo le interesaba el arte —coleccionarlo, exhibirlo— y relacionarse con gente que la considerase una chica lista sólo por conocer la palabra «posimpresionismo». Bueno, eso y que le rindieran culto como a una diosa. En fin, lo mismo que él había hecho estos últimos años, desde que la había encontrado, a los diecisiete, cuando en efecto era una diosa, con su camisetita y sus vaqueros sucios. Pero ya estaba harto de este asunto. Y no era el único, ni mucho menos.

—Por cierto —indicó Yuri como quien no quiere la cosa, aunque lo tenía bien ensayado—, Maksim está muerto.

—¿Qué?

La vio quedarse helada.

—Ha muerto esta mañana, de un ataque al corazón, probablemente. Te caía bien, ¿verdad?

Durante unos segundos, Masha fue incapaz de hablar. Cuando lo hizo, su voz apenas fue audible.

—Sí, bastante bien.

—Todas esas clases de piano, tantas y tantas clases... Tienes que tocarme alguna de las piezas que aprendiste.

Yuri se fijó en cómo lo miraba, como si estuviera diciendo algo horroroso o haciendo algo atroz. De esa forma en que lo miraba tan a menudo, sin decir una palabra, desde su alto pedestal de diosa, desde algún lugar en la estratosfera, cuando lo único que él deseaba era que bajara de ahí y le tendiera la mano. Deseaba verla arder de vergüenza y que luego se acercara a él, dulce y humilde, para abrazarlo. ¿Por qué no podía entenderlo? Allí la mala era ella, ¿por qué hacía siempre como si todo fuera culpa suya? Aún le dolía tremendamente la cabeza, ¿por qué lo había dejado beber tanto? ¿Acaso sabía ella lo que ocurriría después?

Masha se quitó los auriculares. El silencio los envolvió como una mortaja mientras ella pensaba una respuesta apropiada.

—Te tocaré algo al piano —musitó finalmente—, en cuanto lleguemos a casa.

Las lágrimas amenazaban con rebasar aquellos ojos divinos y brillantes, pero las contuvo.

Era una mujer de hielo, pensó él, pero algún día conseguiría fundirla.

En el castillo, la reina trataba en vano de distraerse para no pensar en aquel pobre infeliz, el joven del armario. Había pasado la tarde con su caballerizo mayor, hablando de los ejemplares que participarían próximamente en Ascot. Los visitantes ya empezaban a marcharse del recinto, y ella se disponía a inspeccionar un tapiz de la Gran Sala de Recepción, que debían someter a una restauración de poca importancia, cuando la interceptó un guarda para decirle que sir Simon precisaba verla con urgencia.

—¿Ha dicho para qué?

El guarda dio unos golpecitos en su radio portátil.

—Me ha indicado que le dijera que ha habido novedades, señora —respondió, impasible.

A la reina le gustó que no diera muestras de curiosidad. Lo último que necesitaba era personal que asintiera o guiñase el ojo al transmitir las noticias; esa clase de gente solía durar poco allí.

Con un suspiro, se dio la vuelta y se encaminó de nuevo a su despacho. Si Simon la perseguía con tanta insistencia debía de tratarse de algo importante. Volvió sobre sus pasos, cruzó los Apartamentos de Estado, donde había recibido a los invitados durante la cena y pernocta, y se dirigió de nuevo al Gran Corredor, donde se hallaban sus aposentos privados. Cuando llegó al Vestíbulo de la Linterna, se tropezó con un grupito de gente que se acercaba en sentido contrario. Allí era donde se había declarado el incendio, y aunque aquel espacio ya había recuperado todo su esplendor, con su techo nuevo y las vigas desplegándose como abanicos, todavía sentía un escalofrío al cruzarlo. El grupo pareció asombrado de verla allí.

Su guía era un distinguido caballero de mediana edad, de mandíbula cuadrada, enfundado en un traje cruzado de raya diplomática.

—¡Gobernador!

—Majestad.

El general sir Peter Venn entrechocó los talones e inclinó brevemente la cabeza. Era el único que no parecía sorprendido, y se debía a que no lo estaba. En su calidad de gobernador del castillo de Windsor, disfrutaba de una vivienda en la Torre Normanda, en la entrada al recinto superior, y la reina lo conocía muy bien. De hecho, ella sería perfectamente capaz de enumerar, por orden cronológico, todos los cargos que sir Peter había ocupado alrededor del mundo y de reproducir parte de los elogios que había recibido por su trabajo. También había conocido a su tío, a quien había visto por primera vez en una fiesta en Hong Kong a bordo del *Britannia* cuando era un simple teniente, y al que le había concedido una serie de medallas por unas operaciones demasiado secretas para mencionarlas. La de los Venn era una familia de militares de rancio abolengo. Si alguna vez hubiera una revolución, la reina querría tener a Peter a sus espaldas. Aunque quizá lo ideal sería tenerlo unos pasos por delante de ella.

—Parece ocupado —le comentó la reina al acercarse.

—En realidad, justo estábamos acabando, majestad. Ha sido una reunión muy provechosa. Estaba a punto de hacerles de guía en una visita rápida.

La reina ofreció una vaga sonrisa de aprobación a los miembros del grupo; los había conocido brevemente a casi todos durante la velada de la noche anterior. Estaba a punto de seguir su camino cuando advirtió la expresión con que sir Peter contemplaba al grupo. De no haberse tratado de un militar acérrimo, forjado para resistir ante cualquier eventualidad, se hubiera dicho que estaba entusiasmado. Aquello la hizo detenerse una fracción de segundo, y él aprovechó la oportunidad.

—¿Me permite que le presente a Kelvin Lo? Está llevando a cabo un trabajo interesante para nosotros en Yibuti.

Con lo de «trabajo interesante» se refería a espionaje en el extranjero. Sir Peter había organizado una reunión en nombre del MI6 y el Foreign Office. Un joven de facciones asiáticas dio un paso al frente e inclinó la cabeza con timidez. Iba vestido con una especie de sudadera oscura sobre... ¿Era posible? ¡Sí, unos pantalones de chándal...! Parecía totalmente abrumado por el honor de conocerla. Ella detestaba causar ese efecto. Resultaba cansino, la verdad, aunque, evidentemente, los charlatanes y los que «troleaban» en las redes sociales (Enrique le había enseñado ese término, una descripción moderna y muy útil de los pelmazos) eran peores.

—¿Estuvo aquí anoche? —le preguntó.

—No, altez... digo... señora.

—Vaya.

El joven alzó la vista de sus zapatillas deportivas el tiempo suficiente para comprobar que ella aún lo estaba mirando.

—Mi avión se retrasó —consiguió murmurar.

La reina lo dejó estar. El tiempo que una podía dedicar a los jóvenes de hoy en día, tan poco elocuentes por muy brillantes que fueran, tenía un límite. Los demás miembros del grupo no habían hecho un papel mucho mejor la noche anterior, así que tampoco esperaba mucho más de ellos en este momento. Uno de los hombres se estremecía como un álamo temblón bajo la brisa de Berkshire y la joven que tenía a su lado parecía decididamente indispuesta. La reina se despidió de ellos. Quería saber qué tenía que decirle sir Simon, así que se apresuró hacia su despacho, donde él la estaba esperando.

En el exterior, miembros del personal estaban encendiendo las farolas, que arrojaban un resplandor opalino sobre los senderos y las extensiones de césped que confluyen en la Larga Avenida arbolada. La reina se alegró de que no hubieran corrido todavía las cortinas. En el interior, la atmósfera era cálida y reluciente, y ya iba siendo la hora de su ginebra.

Pero el trabajo era lo primero.

—Dígame, Simon, ¿qué ocurre?

Sir Simon esperó a que ella se sentara en la butaca de su escritorio.

—Se trata del joven ruso, señora. El señor Brodsky.

—Ya lo suponía.

—No fue un accidente.

La reina frunció el ceño.

—Oh, Dios mío... Pobre muchacho. ¿Cómo lo han sabido?

—Por el nudo, señora. A la patóloga forense le dio la impresión de que algo no encajaba. El hueso hioides estaba roto. Es un hueso del cuello...

—Ya sé qué es el hioides, Simon.

La reina había leído un montón de novelas de Dick Francis, donde los huesos hioides andaban rompiéndose continuamente. Y nunca era una buena señal.

—Claro, por supuesto, sí... En cualquier caso, la fractura del hioides no prueba nada, porque se produce con facilidad en los ahorcamientos. Y la marca de la ligadura alrededor del cuello tampoco es concluyente, aunque sea un poco rara. La patóloga se ha pasado toda la tarde trabajando en el caso porque queríamos quedarnos tranquilos. De modo que ha echado un vistazo a las fotografías de la escena y... bueno, no son muy tranquilizadoras. Hay un problema con el nudo.

—¿Lo hizo de manera incorrecta?

La reina se angustió al imaginarse al pobre pianista tirando del cordón del batín con aquellas manos tan elegantes. Tal vez su intención siempre había sido salvarse, pero en el último momento había sido incapaz de salir del embrollo en el que se había metido. Qué espanto.

Sir Simon negó con la cabeza.

—El problema no estaba en el nudo corredizo en torno al cuello sino en el del otro extremo.

—¿Qué extremo?

—Ejem... interrúmpame si... no desea...

—Ay, por favor, Simon, continúe de una vez.

—Sí, señora. Si uno pretende... apretar para obtener placer, o para lo que sea, tiene que anudar ese extremo a algo fijo, que no vaya a ceder. Por lo visto, Brodsky se decidió por el tirador de la puerta del armario y pasó el cordón del batín por encima de la barra situada sobre su cabeza.

Ahora que había logrado formarse una imagen de aquel pobre muchacho dentro del armario, la reina se esforzaba en encontrarle algún sentido.

—Sin duda no había altura suficiente para que el cuerpo quedara colgando, ¿verdad?

—Por lo visto, no es necesario que la haya. —Sir Simon parecía desconsolado por sus recién adquiridos conocimientos en este campo—. Con un nudo corredizo, solamente hace falta doblar las rodillas. Según tengo entendido, la mayoría de la gente que... que lo hace por placer... prefiere hacerlo de este modo porque cree que, cuando haya tenido suficiente, podrá limitarse a incorporarse y soltar el nudo. Pero no siempre funciona; a veces pierden el conocimiento, o no son capaces de deshacerlo, y entonces...

La reina asintió. Era tal como lo había imaginado. Pobre, pobre muchacho.

Sir Simon continuó:

—Pero nada de esto es relevante en este caso, majestad, porque no fue así como murió.

Hubo una breve pausa.

—¿Qué quiere decir con que no fue así como murió?

—Si Brodsky hubiera muerto de esa manera, ya fuera adrede o no, el peso de su cuerpo habría tensado el nudo que sujetaba el cordón del batín a la puerta. Pero ese nudo seguía bastante suelto: sin duda no había sostenido el peso de un cuerpo al caer. La patóloga forense ha recreado las circunstancias con un cordón similar y resultan concluyentes. El cordón que sujetaba a Brodsky tuvo que haberse atado al picaporte después de...

La pausa que siguió fue más larga aún.

—Oh.

Durante unos buenos treinta segundos, el único sonido que se oyó en la habitación fue el tictac de un reloj de bronce dorado.

Al principio la reina había pensado en una muerte natural, lo que ya era malo; luego, en un suicidio, lo que era horroroso... Y ahora se veía obligada a asumir una nueva e impensable posibilidad.

—¿Saben quién puede haber...?

—No, señora, en absoluto. Evidentemente, he querido ponerla sobre aviso cuanto antes. Se está instalando un equipo en la Torre Redonda. Van a ponerse a trabajar de inmediato.

Se dispuso a tomar su ginebra con Dubonnet, que esta vez le habían preparado bien fuerte. Echaba de menos a Felipe: él habría dicho alguna grosería, la habría hecho reír... Se habría dado cuenta de hasta qué punto la afectaba lo sucedido y se habría preocupado por ella.

No era que al personal no le importara, o a lady Caroline Cadwallader, su dama de compañía ese día, que la había escuchado con actitud compasiva cuando le había relatado toda la historia. Los pocos que conocían la verdad la miraban con una expresión de lástima que le resultaba insoportable. No se sentía desdichada por sí misma, eso habría sido ridículo: lo lamentaba por el castillo, por la comunidad, y por aquel joven, al que le habían arrebatado la vida de manera tan brutal, tan ignominiosa. Aunque también se sentía un poco turbada.

Había un asesino suelto en el castillo de Windsor, o por lo menos lo había habido la noche anterior.

La reina se arregló para la cena, que esa noche sería casi en la intimidad, con amigos y familia, y decidió poner al mal tiempo buena cara. En aquel preciso instante, los mejores cerebros de la policía y de varios organismos gubernamentales ya debían de estar inmersos de pleno en el caso, y ella no podía hacer más que confiar en que lo resolvieran cuanto antes. Entretanto, mejor tomarse otra copita de ginebra.

4

Desde las dependencias del servicio de la planta baja, doncellas, gobernantas y mayordomos observaban las idas y venidas de la policía con una mezcla de curiosidad e irritación.

—¿Por qué siguen aquí por la noche? —musitó un jefe segundo de lacayos al cruzarse con un repostero amigo suyo.

Al señor Brodsky, que era un músico y no un invitado, lo habían alojado en uno de los pequeños áticos junto a la Torre Augusta, encima de los apartamentos para visitantes, en la fachada sur del recinto superior, con vistas a la ciudad. El corredor de esta última planta había sido acordonado —para gran irritación de todos los implicados, puesto que ya de entrada, por así decirlo, apenas había habitaciones suficientes para acomodar a todo el mundo—, y ahora estaba invadido por una serie de encapuchados con guantes y mono blanco que transportaban grandes bolsas y no hablaban con nadie. Como era de esperar, los rumores sobre la forma en que se había descubierto el cuerpo se habían difundido con rapidez.

No obstante, no había ocurrido lo mismo con la información adicional sobre el segundo nudo.

—Cualquiera diría que la consideran la puñetera escena de un crimen —se quejó el repostero—. A ver, todo el mundo tiene sus pequeñas perversiones, ¿no? Y el fulano está muerto. Lo que pasa de puertas adentro, de puertas adentro debe quedarse, ¿no crees? Ese tipo de cosas deberían mantenerse al margen.

—¿A qué pequeñas perversiones te refieres? —preguntó una doncella de cámara, deteniéndose junto a ellos en el pasillo. Acababa de llegar de vacaciones y aún se estaba poniendo al día con los rumores.

—Bueno, según me ha contado un tipo de seguridad que sale con una de las chicas de la lavandería, y que le ha hecho jurar que guardara el secreto, lo encontraron en bragas y con los labios pintados y una corbata anudada en los...

Oyeron unos pasos presurosos y, al ver que se acercaba un miembro del personal de mayor rango, trataron de parecer atareados.

—¿Cómo pudo hacer eso si llevaba bragas? —susurró la doncella de cámara, con genuino desconcierto; el repostero se encogió de hombros, pero a ella, que le gustaba ser rigurosa con los rumores, no le bastó—. Yo creo que ese tío te estaba tomando el pelo.

—¡No, te lo juro!

—Pero, aunque eso fuera cierto —insistió ahora el jefe segundo de lacayos—, ¿por qué siguen con todo este trasiego a las... —sacó el móvil del bolsillo para comprobar la hora— nueve y media de la noche? Difícilmente van a conseguir devolverlo a la vida, ¿no?

—Quizá creen que estaba involucrado en un juego sexual con otra persona —sugirió la doncella de cámara.

Era una joven ingeniosa, y tenía una imaginación muy vivaz.

—Por el amor de Dios, ¿con quién? —protestó el jefe segundo—. ¡Si acababa de llegar! Y sólo iba a pasar aquí una noche. ¿Tú has visto esas habitaciones? Son como pequeñas celdas.

—Eso nunca ha detenido a nadie —comentó el repostero—. Podría haberse enrollado con una de esas chicas que vinieron con él. ¿Visteis a esas dos bailarinas? ¡Menudas piernas!

Aquella mañana, liberadas ya de sus obligaciones y muy seguras de su físico, las dos bailarinas habían bajado a desayunar con unos vaqueros ajustados y sendas camisetas diminutas. No era un atuendo muy habitual en Windsor, y había despertado mucha admiración entre el personal.

—¿Y crees que decidieron dar rienda suelta a sus perversiones precisamente aquí, en Windsor? —se burló el lacayo. Luego se quedó pensativo y, todavía con escepticismo, añadió—: En tal caso, tendría que haber sido con las dos.

—Vaya, ¿y eso por qué?

—Porque esas jovencitas compartían habitación. Teníamos tal avalancha de gente que tuve que ayudar a Marion a trazar un plan para alojar a todo el mundo, así que las pusimos juntas en una habitación doble. Bueno, de hecho embutimos dos camas individuales donde apenas había espacio para una. Si una de esas chicas hubiera salido para hacer lo que fuera con ese joven y luego hubiera vuelto a hurtadillas, la otra se habría enterado.

—Quizá fue con la criada de la mujer del banquero —especuló la ayuda de cámara—. O con uno de esos tipos...

—¿Qué hacéis los tres apiñados aquí?

Los tres se volvieron en redondo y toparon con la jefa de gobernantas del turno de noche plantada a un par de metros de ellos con cara de pocos amigos. Era famosa por sus espectaculares reprimendas y su capacidad para materializarse de la nada, como la Tardis del Doctor Who pero sin los sonidos de advertencia.

El repostero, el jefe segundo de lacayos y la doncella de cámara se declararon inocentes, pero la jefa de gobernantas no les creyó y los mandó a ocuparse de sus quehaceres, lanzándoles funestas advertencias acerca de lo que les ocurría a los miembros del personal de palacio que se andaban con cuchicheos y especulaciones y no cumplían con las tareas por las que les pagaban.

Otro miembro del personal había regresado de sus vacaciones aquella misma noche. Rozie Oshodi había ido a Nigeria para la boda de su prima, y en ese momento se estaba tomando unos minutos para readaptarse. Después de los vivos colores y los ritmos *funk* y *afrobeat* de Lagos, la piedra y el silencio de Windsor se le antojaban irreales esa noche. En el recinto central del castillo, no muy lejos de las habitaciones donde antaño había vivido Chaucer, Rozie miraba por la ventana con parteluces de su dormitorio el reflejo de la luna en el río Támesis, al otro lado de los prados, y se sentía como una princesa en una torre. Una princesa negra, cuyas trenzas, de niña, nunca habían sido lo bastante largas para que un príncipe trepara por ellas y la rescatara.

Aunque lo cierto era que Rozie había trabajado muy duro para conseguir su empleo como secretaria personal adjunta de la reina, y no necesitaba que nadie la rescatase. Sí necesitaba averiguar, en cambio, qué demonios estaba pasando. Sir Simon le había dejado cinco mensajes pidiéndole que lo llamara. Rozie lo había intentado en cuanto su avión, que había salido con retraso, había aterrizado en Heathrow, pero entonces le había saltado el buzón de voz. El flemático sir Simon no era de los que se dejaban llevar por el pánico, y además se suponía que esa semana iba a ser especialmente tranquila. De hecho, ésa había sido la razón de que le hubieran concedido unos días de vacaciones para asistir a la boda de su prima Fran (aunque, para ser exactos, el enlace se había organizado en torno a ese hueco potencial en la agenda de Rozie, un hecho que a ella la avergonzaba demasiado para darle muchas vueltas. La familia real siempre era prioritaria, y si Fran la quería allí, recién llegada de su flamante puesto en palacio, sólo podía casarse durante aquella semana).

Por enésima vez, Rozie echó un vistazo a las noticias en su teléfono móvil. No había nada fuera de lo habitual. Se estremeció de frío. Por un instante se le pasó por la cabeza ponerse el pijama y meterse en la cama, consciente de que al día siguiente se levantaría pronto y tendría por delante una larga jornada de trabajo y varios días de parranda de los que recobrarse. Sir Simon podía ponerla al día a primera hora de la mañana, cuando estuviera un poco más descansada...

Pero esa idea sólo era fruto del desfase horario, se dijo Rozie. Las cosas no funcionaban así en la Casa Real y una de las normas que había suscrito al unirse a ella era precisamente aquélla: que siempre estaría a punto y dispuesta, y siempre informada.

Así que empezó a deshacer la maleta y a tararear una de las canciones que había sonado en todas las salas de fiesta de Lagos, y sonrió al ver los rostros risueños de los novios en el llavero de plástico en el que ahora introdujo su posesión más preciada: la llave de su Mini Cooper. Luego se sentó en su estrecha cama, vestida y todavía con el abrigo puesto, y mientras esperaba la llamada de sir Simon fue pasando los cientos de fotografías que había tomado con el móvil en la boda de Fran y Femi para seleccionar las favoritas.

Sir Simon la llamó finalmente a la una de la madrugada, una vez concluida su jornada laboral, y Rozie se dirigió de inmediato hacia las dependencias del secretario personal de la reina. Tenía una suite en el lado este del recinto superior, no muy lejos de los Apartamentos Privados. Estaba atiborrada de cuadros y muebles antiguos, y sin embargo reinaba en ella un orden inmaculado.

Igual que en la cabeza de sir Simon, se dijo Rozie.

Tras abrirle la puerta, él se la quedó mirando fijamente unos segundos.

—¿Hay algún problema?

—Su peinado. Es distinto.

Un tanto nerviosa, Rozie se pasó la mano por el pelo, que se había cortado en Lagos por puro capricho. Desde su etapa en el ejército siempre lo había llevado bastante corto, aunque el nuevo peinado era incluso más austero y con ángulos asimétricos. No sabía muy bien cómo iban a reaccionar sus colegas de mediana edad de los condados de los alrededores de Londres.

—¿Me queda bien?

—Está... diferente. Diría que... Cielos, le queda bien, sí. Perdone, adelante.

Sir Simon podía ser a veces un tanto brusco con ella, pero al menos nunca perdía las formas ni la cordialidad. Rozie estaba convencida de que su presencia lo hacía sentirse mayor, y un poco bajito, tal vez (con tacones le sacaba sus buenos cuatro dedos), pero él la hacía sentir siempre mal informada: sobre la realeza, sobre la Constitución, y prácticamente sobre cualquier tema. Entre los dos, sin embargo, hacían que la cosa funcionara. Aquella noche, sentados frente a frente en sendas sillas tapizadas de *chintz*, se notaba que estaban cansados: sir Simon, con un vaso de cristal tallado en la mano, daba sorbos de whisky de malta para mantenerse despierto, y Rozie, temiendo que esa bebida tuviera en ella el efecto contrario, había optado por un agua mineral con gas. Ella tomaba notas en su ordenador portátil mientras su jefe la ponía al día sobre la investigación policial que se estaba llevando a cabo.

—Un maldito desastre —afirmaba sir Simon con un suspiro—, una absoluta pesadilla. Tenemos unos cincuenta sospechosos y ningún móvil. Madre mía, casi me dan lástima esos agentes de homicidios. Imagínese los titulares cuando el *Daily Mail* nos ponga las garras encima.

Le había explicado el caso a grandes rasgos, y Rozie, en efecto, se los imaginaba perfectamente:

JOVEN RUSO MUERE DURANTE UN JUEGO SEXUAL
TRAS UNA FIESTA ORGANIZADA POR LA REINA

O algo por el estilo. Los redactores de titulares no se andarían con chiquitas ante la oportunidad de lanzar el mayor ciberanzuelo de los últimos tiempos.

—¿Quién era ese hombre, exactamente? —preguntó Rozie.

Sir Simon repasó el informe más reciente del equipo de investigadores.

—Maksim Brodsky. Veinticuatro años. Músico, con residencia en Londres. No era un profesional a tiempo completo: se ganaba la vida como podía tocando en bares y hoteles, dando clases y haciendo bolos aquí y allá en conciertos para amigos del gremio. La policía se pregunta cómo se las apañaba para pagar el alquiler, porque compartía un apartamento bastante decente en Covent Garden. Y ella quiere información sobre sus padres.

—¿Quién?

—La reina. ¡Despierta, Rozie! A la jefa le gustaría transmitirles sus condolencias. Estamos esperando a que la embajada nos proporcione los detalles.

Rozie parecía avergonzada.

—Bien.

—Pero de momento no ha habido suerte. Su padre está muerto. Lo mataron en Moscú en 1996, cuando Maksim tenía cinco años. —Rozie pareció sorprendida, y sir Simon sonrió antes de añadir—: Usted apenas había nacido, ¿no?

—Tenía diez años.

—Madre mía... —El secretario soltó un suspiro—. Sea como sea, en los años noventa este tipo de asesinatos era bastante habitual en las calles de Moscú. Eran los tiempos de Yeltsin, la Unión Soviética se había venido abajo, el capitalismo campaba a sus anchas... Era como el Chicago de los años veinte: bandas, matones y corrupción. Cualquiera que tuviera dinero vivía con el temor de que lo liquidaran los de uno u otro bando. Yo tenía amigos en la City con familia en Moscú que vivían aterrorizados.

—¿Qué le pasó al padre de Brodsky?

—Lo mataron a cuchilladas ante la puerta de su casa. Era abogado, y en aquella época trabajaba para un fondo de capital riesgo. Según las autoridades, fue una pandilla callejera, pero diez años después, cuando Maksim tenía quince y le concedieron una beca para estudiar música en un internado inglés, parte de la matrícula la pagó una compañía con sede en las Bermudas. Y lo mismo ocurría con su alojamiento durante las vacaciones, según ha descubierto la policía. Pasaba las Navidades y los veranos en un hostal de categoría en South Kensington.

—¿A los quince años?

—Eso parece, sí. En dos ocasiones, pasó las vacaciones de Pascua con un amigo de la escuela que tenía una casa en la isla Mustique, pero me interesa más lo de las Bermudas. La hipótesis actual es que quien fuera que mató al padre de Brodsky amasó una fortuna, tuvo un ataque de mala conciencia años después y trató de salvar su alma rusa proporcionándole al chico un cambio de aires en el Reino Unido. Por lo visto, todas las transacciones se hacían con dinero que no se podía rastrear. Quizá era uno de los oligarcas que vinieron aquí para evitar las represalias de Putin.

—¿Peyrovski?

—Él se hizo millonario con el cambio de milenio. No era uno de esos tipos duros de los años de Yeltsin.

Rozie recordó la pregunta que probablemente le haría la reina por la mañana.

—¿Y qué hay de la madre de Maksim?

Sir Simon soltó algo a medio camino entre un bufido y un suspiro.

—Los de la embajada no logran dar con ella. Tenía problemas de salud mental. Maksim fue criado por parientes y vecinos hasta que vino a Inglaterra. Lo último que se supo de ella es que estaba en una especie de hospital a las afueras de Moscú, pero ya no está allí.

—¿De manera que, *de facto*, era huérfano?

—Por lo visto sí.

Sir Simon miró su vaso de whisky con expresión meditabunda mientras Rozie pensaba que esos primeros años de Maksim Brodsky parecían la clásica biografía de un espía. ¿De verdad tenían esas infancias los espías? Decidió no ponerse en evidencia con una pregunta estúpida.

—Es posible —dijo sir Simon.

—¿Perdone?

—Se está preguntando si es del servicio secreto ruso. Es posible. Aunque no está en nuestra lista.

Rozie se limitó a asentir y trató de mantener una expresión neutral. Pero todavía era relativamente nueva en aquel empleo y aún le resultaba increíble encontrarse ahí —cuando apenas un año atrás estaba dirigiendo un pequeño grupo de estrategia en un banco— hablando como quien no quiere la cosa sobre si alguien era o no un espía ruso con una persona que podía responderle a ese tipo de preguntas. O que se suponía que podía responderlas, por lo menos. La Ley de Secretos Oficiales era aterradora, pero había jurado cumplirla, y últimamente los secretos aparecían a diario. Empezaba a acostumbrarse a que así fuera.

—¿Y qué hay del otro asesino? Me refiero al de anoche, el que actuó aquí.

Sir Simon tomó otro sorbo de su Glenmorangie.

—Ahí es donde empieza la condenada pesadilla. Tenemos un equipo de seguridad de élite. Un ruso desnudo aparece muerto en un castillo protegido por guardas armados. Tras la puesta de sol, nadie entra ni sale de aquí sin una verificación de seguridad, ni siquiera usted o yo. Todo se monitoriza y se graba. Todo el mundo es investigado, y los nuevos visitantes deben mostrar el pasaporte a su llegada, y todos lo hicieron, créame. El equipo de investigadores daba por hecho que tendría resuelto el caso a la hora del té, sin embargo...

Se encogió de hombros. Parecía muy cansado. Rozie sabía bien hasta qué punto su trabajo no le daba tregua.

—Fue Peyrovski quien trajo aquí a Maksim Brodsky —continuó Simon—, de modo que la policía se ha centrado en los miembros de su séquito. Está su ayuda de cámara, para empezar, que ocupaba la habitación contigua a la de Brodsky. Aunque después de la fiesta subió al dormitorio de los Peyrovski a petición suya, algo bastante insólito. Por lo que la policía ha averiguado, apenas conocían a la víctima, y no han encontrado nada que indique que tuvieran una relación o que discutieran en algún momento a lo largo de la noche. La señora Peyrovskaya trajo consigo a su doncella, que sí lo conocía bien. Pero por lo visto se trata de una mujer muy menuda; es imposible que pudiera dominar y estrangular a un joven atlético o forcejear con él. Y por la forma de la ligadura da la impresión de que lo estrangularon tumbado y luego lo colgaron y... Lo siento: no es un modo agradable de describirlo. Ha sido un día muy largo.

Rozie alzó la vista de su portátil.

—No pasa nada. ¿Hay otros sospechosos?

—Bueno, después de la cena actuaron dos bailarinas. Fuertes como bueyes, diría yo, pero ambas aseguran haberlo visto por primera vez en el coche que los trajo de Londres. Las chicas compartían habitación; una de ellas se pasó media noche hablando por FaceTime con su novio. Además, ambas juran que ninguna de las dos salió de allí, como no fuera para ir al lavabo o darse una ducha rápida, y en ningún caso les habría dado tiempo a darse un revolcón con un extraño, matarlo y aparentar un suicidio.

Se frotó los ojos y continuó:

—Rizando el rizo, cualquiera de ellos podría haberlo hecho, pero ninguno es un sospechoso claro. Aquella noche había como mínimo veinte personas más durmiendo en las dependencias para visitantes, diseminadas por todo el castillo. Había conferencias, reuniones y toda clase de actos en marcha. Esto era como el maldito Piccadilly Circus. A ver, ¿existe un Tinder para las visitas y yo no estoy al corriente? ¿Y he mencionado el cigarrillo de las dos de la madrugada?

Rozie levantó la vista del portátil con el ceño fruncido y negó con la cabeza.

Sir Simon sostuvo el vaso ante la luz de la lámpara y contempló el líquido ambarino.

—Un policía de servicio encontró a Brodsky fumándose un pitillo en la Terraza Este, prácticamente bajo el dormitorio de Su Majestad. Dijo que había salido a tomar el aire y se había perdido. ¿Cómo se pierde uno en el castillo de Windsor cuando la reina se aloja en él? Ah, y no nos olvidemos del pelo.

Rozie volvió a alzar la mirada.

—¿El pelo?

Sir Simon parecía ensimismado en sus pensamientos.

—Encontraron un pelo negro entre el cordón del batín y el cuello de Brodsky. Sólo uno. Tiene unos quince centímetros de largo y no parece que coincida con el cabello de ninguno de los miembros del séquito de los Peyrovski. Es una mina de ADN, evidentemente. Háble-le de ese pelo, quizá eso la anime un poco.

—¿Va a necesitar que la animen? —preguntó Rozie; imaginarse a la reina descontenta le ponía los nervios de punta.

—Pues sí —respondió sir Simon antes de apurar el whisky—. Diría que probablemente sí.

5

La reina no se animó cuando Rozie le contó lo del pelo. No había nada en todo aquello que pudiera animarla. Un joven había muerto —de forma horrorosa— en un antiguo castillo que supuestamente era una moderna fortaleza. Habían pasado veinticuatro horas y nadie parecía tener la menor idea de quién había cometido aquel crimen ni de cómo lo había llevado a cabo. En cierto modo, aquello la hacía sentirse vulnerable. Sin embargo, era muy consciente de que no debía mostrarse nerviosa o descontenta, de manera que, con el transcurrir de los días, ella siguió adelante como si nada, asintiendo con gesto sombrío cada vez que Rozie o sir Simon le informaban de la persistente falta de noticias.

Al menos sir Simon y el equipo de comunicaciones habían hecho un buen trabajo con la prensa. La historia que se había «filtrado» era anodina y poco interesante: un visitante del castillo, que no era un invitado de la reina, había muerto de forma inesperada durante la noche. Su Majestad tenía presente en sus oraciones a la familia del fallecido. Nadie contradijo los rumores iniciales de que había sufrido un ataque al corazón mientras dormía.

Unos cuantos periodicuchos digitales airearon diversos rumores sin fundamento en los que se aseguraba que habían encontrado al muerto en una postura sexualmente comprometedora con un miembro de la Caballería Real, pero los detalles eran tan descabellados, y tan francamente predecibles viniendo de este tipo de prensa, que ninguna agencia de noticias respetable los difundió.

Entretanto, cuatro agentes de homicidios y dos oficiales del servicio de inteligencia, sentados en lo alto de la Torre Redonda, se afanaban como hormiguitas a un palmo del cielo encapotado. En opinión del rey Jorge IV, la versión medieval de esa gran torre no era lo bastante imponente, de modo que había hecho añadir un par de plantas más y unas almenas góticas. El espacio interior solía estar reservado a los archiveros reales, pero los habían trasladado temporalmente a la planta baja para crear un centro de operaciones. Frente a las vitrinas de ficheros con documentos reales, que llegaban hasta el techo, se habían colocado grandes pizarras blancas y también se habían instalado ordenadores de máxima seguridad. La petición de una tetera eléctrica fue denegada porque el vapor podía dañar los antiquísimos documentos, pero a cambio se había establecido una línea directa con las cocinas, de modo que durante las veinticuatro horas del día se preparaban rondas de bocadillos que se entregaban a toda velocidad a los agentes de homicidios y a sus nuevos colegas del MI5.

Cada vez había más gente de alto rango yendo y viniendo por los senderos empapados de lluvia. Los rumores circulaban por todo el castillo. Según la doncella que ayudaba a vestirse a la reina, las apuestas se decantaban por el ayuda de cámara del señor Peyrovski y un romance secreto de índole homosexual con un final desgraciado. Sin embargo, el caballerizo mayor, que había hablado con los mozos de cuadra, le contó que, según fuentes no oficiales, las apuestas estaban siete contra cuatro a que la policía sólo estaba allí por prudencia, pues desde el principio se había creído que se trataba de un suicidio accidental.

Claramente no sabían nada del segundo nudo, se dijo la reina. Siempre suponía un riesgo apostar a lo grande si uno no estaba al corriente de lo que pasaba en los establos. Era de un mal gusto horroroso, pero había que reconocer que en Windsor llevaban las apuestas en la sangre. Sólo estaban a unos doce kilómetros de Ascot, incluso había una carretera que iba directamente desde el castillo hasta el hipódromo, de modo que las carreras no quedaban muy lejos.

La gente es como es y hace lo que hace, reflexionó la reina. En tiempos de los Tudor, asistir a las ejecuciones públicas solía ser motivo de celebración. Aquellas apuestas ocasionales resultaban insignificantes en comparación.

Hubo que esperar al viernes, cuando ya habían pasado tres días desde el descubrimiento del cuerpo, para que el equipo de la Torre Redonda emergiera por fin de su sofocante habitación carente de ventanas. Los investigadores se reunieron con los jefes de sus jefes, quienes a su vez debían informar a Su Majestad.

Poco antes del almuerzo, cuando la reina se disponía a pasear a los perros, su secretario privado le dijo que una delegación deseaba hablar con ella.

—Dígales que se pongan botas de agua —repuso la reina—. Hay mucho barro.

El grupito que apareció en la Terraza Este diez minutos después, con impermeables y botas prestados, tenía un aspecto lamentable. Eran tres, y el más joven, al que presentaron como el inspector jefe de Homicidios David Strong, parecía llevar días sin dormir. Era el que dirigía al equipo policial en la Torre Redonda. Tenía la cara pálida, ojeras entre grises y azuladas, y un par de cortes en las mejillas a causa de un afeitado reciente y precipitado. Necesitaba luz diurna y ejercicio, se dijo la reina. El paseo le sentaría bien.

Los otros dos estaban en mejor forma y no precisaron presentación. Ravi Singh era un experimentado y competente comisario de la Policía Metropolitana, aunque en los últimos tiempos había recibido muchas críticas por una serie de incidentes que en realidad estaban fuera de su control. La reina sintió el impulso de posar la mano en la suya y compadecerlo, pero evidentemente se contuvo.

El tercer hombre era Gavin Humphreys, que el año anterior había sido nombrado nuevo director general del MI5, el servicio de inteligencia, y que era conocido en los círculos gubernamentales como «Box». Para ese puesto se habían presentado dos candidatos excelentes y altamente cualificados, cuyos partidarios acérrimos habían luchado a brazo partido por ellos. Como ocurre en ocasiones con este tipo de cosas, las amargas batallas internas habían permitido que un tercer candidato, menos polémico, emergiera de las sombras, y ese candidato había sido Humphreys.

Era un hombre poco polémico porque nadie se había tomado muy en serio ni su personalidad ni sus credenciales como líder. Humphreys era un miembro de la nueva generación: un directivo tecnócrata. La reina había conocido a varios expertos técnicos que eran fascinantes cuando discutían los pormenores del ciberespacio, pero Humphreys, con quien había coincidido en varias ocasiones en el transcurso de su anodino ascenso al poder, no figuraba entre ellos. Todo en él era gris, su cabello, su traje y su mentalidad. Y encima estaba convencido de que a los ochenta y nueve no era posible que una comprendiera las complejidades del mundo moderno. No parecía percatarse de que ella había vivido todas las décadas que habían dado forma a ese mundo, y de que quizá era capaz de comprenderlo con mayor perspicacia que él mismo.

En resumidas cuentas, no le gustaba aquel hombre. Gracias a Dios, sus perros la acompañaban.

—¡*Willow*! ¡*Holly*! Vamos, vamos.

Los corgis que se habían quedado atrás, así como dos simpáticos dorgis, corretearon en torno a sus tobillos, y el grupo se puso en marcha.

—Lamento que hayamos tardado tanto —se disculpó Humphreys cuando empezaron a andar ladera abajo hacia los jardines—. El caso ha resultado mucho más complicado de lo que cabía esperar. Hemos pasado toda la noche en vela encajando las piezas.

La reina miró de reojo al inspector jefe Strong, cuya palidez delataba las sesiones que había encadenado de madrugada ante una pantalla de ordenador. No ocurría lo mismo con el semblante fresco y resplandeciente de Humphreys.

—Y me temo que tenemos malas noticias.

La reina se volvió para mirarlo.

—Vaya. ¿Quién es el responsable?

—Eso aún no lo sabemos con exactitud —admitió Ravi Singh—. Pero al menos sí sabemos quién dio la orden.

—¿La orden?

—Sí —confirmó Humphreys—. Hay un Gobierno detrás. Un asesinato por encargo.

La reina se detuvo en seco y llamó brevemente a sus perros, ansiosos por continuar.

—¿Un asesinato por encargo? —repitió—. Parece poco probable.

—Oh, no, en absoluto —respondió Humphreys con una sonrisa indulgente—. Subestima usted al presidente Putin.

La reina consideraba que no subestimaba en absoluto al presidente Putin, muchas gracias, y le molestó que le dijeran que sí lo hacía.

—Explíquese.

Reanudaron la marcha. Humphreys caminaba un pelín demasiado deprisa para *Holly* y *Willow* —ambos nonagenarios en años perrunos—; avanzaba con el comisario a su lado y el pobre y agotado inspector jefe Strong ligeramente rezagado. De la fina niebla que formaba la llovizna a su alrededor surgían imponentes los árboles del parque que se extendía al pie de la colina. Sus pisadas hacían crujir la grava y un poco más adelante se hundían en la hierba húmeda mientras seguían a los perros más jóvenes ladera abajo. A la reina solían encantarle esos paseos, pero éste no le estaba gustando en absoluto.

—Por lo visto, Brodsky era un pianista muy bueno... —comentó Humphreys.

—Lo sé, lo escuché tocar.

—Oh, claro... Por supuesto. Pero eso era sólo una fachada. Hemos descubierto que era el cerebro de un blog anónimo que lanzaba ataques contra la Rusia de Putin. Un blog es una especie de página web, en realidad es la abreviatura de weblog, y también se llama bitácora...

La reina frunció el ceño. Estaba convencida de que, cuando la miraba, aquel hombre veía en ella a su temblorosa abuela. Estuvo tentada de recordarle que esa mañana había firmado varios documentos de Estado y que podía recitar todos los países de África por orden alfabético, así como los reyes y reinas de Inglaterra desde Etelredo hasta ella misma. Pero no lo hizo. Adoptó una expresión adusta bajo la llovizna y se preparó para ser tratada con condescendencia.

—Brodsky dirigía ese blog ocultándose bajo un avatar... Un nombre falso en internet, para entendernos... Así que no lo detectamos de inmediato, pero un análisis de su ordenador portátil no tardó en confirmarnos que era muy crítico con Putin. Llevaba una lista de todos los periodistas de la antigua Unión Soviética que habían muerto en circunstancias sospechosas desde el ascenso al poder de Putin. La más famosa es Anna Politkóvskaya, por supuesto, a quien asesinaron hace ahora diez años, pero la lista es larga, muy larga. Para tratarse de un aficionado, Brodsky había hecho ciertas averiguaciones muy interesantes. Y como había hecho visible la causa de los periodistas, se consideraba uno de ellos. Pero hacer algo así es muy peligroso, por supuesto, incluso desde Londres. Putin nunca se ha mostrado reacio a matar a ciudadanos rusos en suelo extranjero. Fue algo que legitimaron diez años atrás, y que Putin ya ha hecho aquí antes.

—Pero nunca en uno de mis palacios.

—Parece que está subiendo el listón de su juego, señora. Quizá quería transmitirnos un mensaje —insistió Humphreys—: «Miren, puedo acabar con ellos en cualquier parte y en cualquier momento.» Es muy propio de él: descarado y brutal.

—¿Incluso aquí?

—Especialmente aquí. En el mismísimo corazón de la clase dirigente británica. Es típico de Putin.

La reina se volvió hacia el señor Singh.

—¿Está de acuerdo con eso, comisario?

—Admito que han tenido que convencerme. Pero el móvil es potente, y Putin es un hombre impredecible.

—¡*Candy*! ¡No hagas eso!

El mayor de los dorgis alzó una mirada avergonzada desde el charco de barro en el que había estado revolcándose y volvió junto a su dueña. Al llegar hasta ellos, se sacudió enérgicamente y salpicó los pantalones de Humphreys. La reina disimuló su regocijo con sangre fría.

—Lo siento mucho.

—No se preocupe en lo más mínimo, señora —dijo él mientras se agachaba para sacudirse el barro de los pantalones. Tenía las perneras bastante mojadas. Luego se incorporó y añadió—: Y claro, ya sabe qué significa eso.

—¿Lo sé?

—El caso es que hemos repasado una y otra vez tanto las vidas del personal de los Peyrovski como las de las bailarinas, y nada indica que sean agentes, y mucho menos del calibre necesario para llevar a cabo algo así. No, es más probable, me temo, que el asesino ya llevara un tiempo aquí.

—¿Desde antes de que se supiera que Brodsky iba a venir?

La reina dirigió una mirada inquisitiva al señor Singh, pero el comisario no tuvo ocasión de responder porque Humphreys estaba en pleno arranque de entusiasmo.

—Querían estar preparados para cualquier cosa. Esa gente trabaja así, majestad. Se posicionan con años de antelación: son espías durmientes que se limitan a esperar instrucciones hasta que llega el momento de actuar. Imagíneselo —indicó con un gesto los alrededores—. Un asesinato aquí, en el castillo de Windsor, en sus propias narices, como quien dice. «Ya nadie está a salvo»: ése es el mensaje que se ha transmitido.

—Un espía durmiente —repitió ella, no muy convencida.

—Sí, señora. Alguien con información privilegiada, aquí, entre su personal. Una persona como mínimo, pero posiblemente más. Cabe la posibilidad de que el asesino fuera un visitante, por supuesto, pero, por la elección de este lugar, parece más probable que le hayan asignado la tarea a alguien que conoce bien el castillo.

—Lo siento, pero no lo creo probable.

Humphreys se detuvo al abrigo de una de las hayas favoritas de la reina y le dirigió una mirada de conmiseración.

—Me temo que sí lo es, señora. Tenemos que enfrentarnos a los hechos. No sería la primera vez.

La reina apretó los labios y se dio la vuelta para regresar. El grupito de hombres empapados la siguió, y los perros emergieron de entre los arbustos y se lanzaron de nuevo hacia los prados que se extendían ante ellos.

—¿Qué piensan hacer? —preguntó finalmente la reina.

—Seguirle el rastro. No será fácil, pero seremos discretos, por supuesto.

Singh añadió un detalle que su colega, en su obsesión por Putin, había omitido.

—Creemos que Brodsky quedó en encontrarse con su asesino después de la fiesta, majestad. Sobre las dos de la madrugada, un hombre que encaja con su descripción fue visto fumando fuera y escoltado de regreso a las dependencias de los visitantes. Seguramente se trataba de alguna clase de cita. Siento ser portador de tan malas noticias.

Singh parecía lamentarlo de verdad. A diferencia de Humphreys, no daba la impresión de considerar aquel lugar como el tablero de un emocionante juego de espías, sino como un hogar donde un montón de gente viviría a partir de ese momento bajo sospecha, lo que nunca hacía ningún bien a nadie.

—Gracias, señor Singh.

—La mantendremos informada.

—Sí, háganlo, por favor.

Le habría gustado invitarlo a almorzar con ella, pero habría significado invitar también a Humphreys, y eso no pensaba hacerlo jamás.

Lo que más le había dolido eran aquellas cinco palabras: «No sería la primera vez.» Eran ciertas, pero a la reina le parecían imperdonables.

6

Aquella noche sir Simon tenía que consultar con la reina los últimos detalles de la visita de Obama. El equipo de escolta de la Casa Blanca no dejaba de toparse con cuestiones de seguridad de las que preocuparse. El secretario encontró a Su Majestad más alicaída que de costumbre. Lo habría achacado al mal tiempo si no fuera porque sabía de buena tinta que era inmune al viento y al frío.

«Tal vez el asesinato ha acabado por afectarla», pensó. Era una mujer fuerte como una roca, pero todo tenía sus límites. Quizá no debería haberle contado los detalles más escabrosos del caso; aunque ella le había pedido que lo hiciera, su trabajo consistía en protegerla tanto como en servirla. Por suerte, Box parecía estar ocupándose del asunto adecuadamente. Con delicadeza, le recordó a la reina los progresos del director del MI5, pero tales explicaciones no parecieron tranquilizarla como él había esperado.

—¿Está Rozie aquí? —quiso saber ella.

—Claro, señora.

—¿Puede enviármela? Hay algo de lo que me gustaría hablar con ella.

—Majestad... si hay algo que Rozie haya hecho... —Sir Simon estaba horrorizado. Le había parecido que la muchacha se defendía bastante bien para llevar tan poco tiempo en el cargo. Él desde luego no había reparado en problema alguno, y se culpó al instante por ello, fuera lo que fuese—. Si puedo serle de ayuda en cualquier...

—No, no. Es sólo un detalle, Simon. Nada de que preocuparse.

Rozie apareció diez minutos más tarde con cara de perplejidad.

—¿Majestad? ¿Quería verme?

—Pues sí, quería verte —dijo la reina, que jugueteó con el bolígrafo unos instantes, enfrascada en sus pensamientos—. Me preguntaba si podrías hacer algo por mí.

—Lo que sea... —contestó ella, con más pasión en la voz de la que pretendía.

Aunque era verdad: Rozie haría cualquier cosa que quisiera la jefa y sabía que la mayoría de los empleados de aquella casa sentían la misma predisposición que ella. No porque la reina fuera «la reina», sino por cómo era: una persona especial a quien se había encomendado una tarea casi imposible que había asumido sin quejarse nunca y que había llevado a cabo de manera extraordinaria durante más tiempo del que la mayoría de la gente de aquel país llevaba con vida. La adoraban. Obviamente, todos le tenían terror, pero su adoración era más poderosa que su miedo. Rozie se sentía afortunada de que siguiera ahí.

—¿Podrías buscar a alguien por mí?

Aquella pregunta sacó a Rozie de su ensimismamiento. La mirada que acompañaba la petición de la reina era un tanto extraña, como si en esa ocasión la respuesta pudiera ser no. Normalmente le daba simples instrucciones de una forma muy correcta y educada, aunque aquella cuestión parecía haber sido planteada de un modo más filosófico.

—Por supuesto, señora —respondió Rozie alegremente—. ¿A quién?

—No estoy del todo segura. Hay un hombre al que conocí en cierta ocasión... Un académico de Sandhurst o miembro de la Academia del Estado Mayor, me parece. Un experto en la Rusia postsoviética. Siempre llevaba el pelo un poco alborotado y tenía la barba pelirroja... Según me parece recordar, su nombre de pila era Henry, o quizá William. Me gustaría invitarlo a tomar el té. De hecho, creo que le gustaría conocer a mi amiga Fiona, lady Hepburn, que vive en Henley. Estoy segura de que estaría encantada de hacer de anfitriona. Podría invitarme a tomar el té, y a él también, y así podríamos hablar.

Rozie siguió allí de pie, ante el escritorio de la reina, mientras trataba de descifrar lo que le estaban diciendo. No sabía con exactitud qué acababa de pedirle, pero eso era sólo un pequeño detalle que resolvería más tarde.

—¿Cuándo le gustaría que se celebrara ese encuentro?

—Lo antes posible. Ya estás al corriente de mi agenda. —Hizo una pausa—. Y, Rozie...

—¿Sí, señora?

La reina volvió a dirigirle una mirada un tanto extraña, aunque fue distinta de la anterior: la primera había transmitido vacilación, esta última era desafiante.

—Ha de ser una conversación estrictamente privada —dijo en voz baja.

. . .

Ya sentada en su propio escritorio, Rozie le daba vueltas a la conversación que acababa de mantener con la reina.

¿Qué significaba «estrictamente privada»? ¿Se suponía acaso que aquel experto —y Rozie creía saber ya a quién se refería la reina— debía mantener en secreto el encuentro con Su Majestad? Ella se ocuparía de que así fuera, pero ¿por qué no se había limitado a decírselo sin más? Su relación con la jefa había sido hasta el momento bastante franca: ella hacía sencillamente lo que la reina le decía, y si tenía alguna duda, lo consultaba con sir Simon, que tenía casi veinte años de experiencia y lo sabía todo, y...

De pronto, Rozie supo qué era lo que había querido decir la reina y por qué le había sido imposible decirlo en voz alta. Y también que aquello suponía una prueba, aunque tenía la sensación de que era una prueba a la que la reina no deseaba someterla.

Todo aquello le resultaba aterrador, y un pelín emocionante también.

Entró en una base de datos gubernamental de expertos e inició la búsqueda de un hombre en particular al que iba a invitar a tomar el té.

La reina se sentó en la cama, con las almohadas en la espalda, dispuesta a escribir la entrada de la jornada en su diario. Nunca escribía gran cosa, y desde luego no plasmaba ahí sus pensamientos. Muchos historiadores desearían tener la oportunidad de echarles un vistazo a las páginas manuscritas que redactaba diligentemente todas las noches, y que algún día se depositarían en los Archivos Reales de la Torre Redonda, junto con las de la reina Victoria. Pero esos historiadores, sin duda alguna, se llevarían una gran decepción. Quien leyera ese documento en el siglo XXII se encontraría con una detallada fuente de información sobre carreras de caballos, observaciones sobre lo aburridos que resultaban ciertos primeros ministros y anécdotas familiares sin relevancia. Sus pensamientos más íntimos sólo los compartía con Dios.

Y como bien sabía Dios, Vladímir Putin era un individuo exasperante y sumamente cruel, pero no un estúpido. Uno no se convertía en el hombre más rico del mundo, como aseguraban los rumores, cometiendo errores que sólo podían ser fruto de la indolencia. Tampoco era la clase de persona que ignoraba acuerdos tácitos entre miembros de la clase dirigente, a la que tanto le enorgullecía pertenecer: los príncipes, sencillamente, no pisan el terreno a otros príncipes. Uno podía espiar si tenía ocasión, por supuesto. Incluso podía tratar de debilitar a sus enemigos favoreciendo pactos o manipulando elecciones, pero no cometía delitos de lesa majestad ni causaba estragos en sus palacios. Porque si lo hacía, quién sabe... quizá algún día ellos acabarían haciendo lo mismo en el suyo. Era algo que incluso los dictadores comprendían.

Aunque no los líderes tecnócratas del MI5, por lo visto.

La reina no se había molestado en intentar corregir al señor Humphreys. Parecía muy seguro de sí mismo y muy poco interesado en su opinión, pese a que ella había conocido a Putin y llevaba décadas reinando con él. Temporalmente hablando, claro está.

Los perros. Ellos sí sabían hacer estas cosas... Como *Candy* esa misma mañana, cuando había salpicado de barro los pantalones de Humphreys. Los corgis detestaron al señor Putin nada más verle, y durante una de sus visitas de Estado intentaron morderle los tobillos. También le ladró el perro lazarillo de un ministro, según creía recordar. Los perros tenían mucho instinto; era algo innato en ellos. El mismo Putin se había aprovechado de ello en cierta ocasión. Sabía que Angela Merkel les tenía miedo (¿sería porque había crecido en Alemania Oriental, donde quizá había más perros guardianes que mascotas?, se preguntó la reina) y, armado con semejante información, se aseguró de que dos agresivos pastores alemanes recibieran a la canciller alemana cuando ésta acudió al Kremlin a visitarlo. Pobre mujer. Eso había sido una clara muestra de la mezquindad de aquel hombre. La reina no siempre había estado de acuerdo con las políticas de la señora Merkel, pero le tenía cierto cariño. Merkel se las había apañado para permanecer al frente de una gran democracia durante más de una década. Era una mujer en un mundo de hombres, como desde luego lo había sido ella misma en sus comienzos. Y como seguía ocurriendo, al menos si una se guiaba por las fotografías de los encuentros de jefes de Estado, donde el de Merkel era el único traje de chaqueta en un mar de pantalones. Ella sabía perfectamente cómo te hacía sentir eso, aunque por supuesto no compartía su concepto más bien teutónico de la moda.

Reparó en que llevaba unos diez minutos sin escribir nada en su diario, y trató de volver a la frase que había dejado a medias, pero su mente se aferraba a aquel hilo de pensamientos.

Putin era sin duda alguna la clase de hombre que haría lo posible por hacer sentir incómoda a una mujer como Merkel. Era un bravucón, un ex agente del KGB con una malsana afición a ejercer el control. Su actitud hacia los perros lo decía todo, así como la de ellos para con él.

Pero eso no significaba que fuera capaz de ordenar el asesinato de un joven expatriado de clase baja en el territorio de una reina, y menos aún cuando era una acción del todo innecesaria.

Según afirmaba Humphreys, aquel hombre frío y calculador había emplazado a un espía en su residencia real sólo por si uno de sus enemigos (en este caso uno de poca monta, por cierto) acudía de visita, para así poder demostrar el alcance de su poder. Y llegado el momento, además, el «durmiente» en cuestión —que presumiblemente llevaba años allí, limitándose a esperar— se había empeñado en que pareciera un suicidio para luego no comprobar ni el más simple de los nudos. ¿Por qué intentar escenificar un suicidio si lo que uno desea es proclamar su poder? ¿Y si en realidad quería que la policía se diera cuenta de que se trataba de un asesinato? De ser así, sin duda habría empleado métodos más sutiles para lograrlo, y todo ese sórdido asunto no parecería una auténtica chapuza. A la reina le gustaba pensar que si en efecto hubiera un traidor entre los suyos al menos sería un poco más competente... Dios santo, qué tontería. Toda aquella historia le resultaba ridícula.

«Y sin embargo no sería la primera vez...»

Pues no, no lo sería. Y también en aquella ocasión le había parecido imposible.

Anthony Blunt, que antes ya había trabajado para su padre, fue su primer asesor artístico. ¡Menudo hombre! Aunque era extremadamente culto y erudito, se sentía a sus anchas entre los cortesanos. Catedrático en Cambridge, historiador del arte, experto en Poussin y el barroco italiano, miembro del MI5... Incluso había salvado del oprobio a su tío Eduardo al rescatar algunas de sus cartas durante la última etapa de la guerra.

Y como él mismo confesó más tarde, fue un ferviente comunista y agente soviético durante mucho tiempo. De hecho, él y sus amigos habían causado un daño incalculable a gente que ella apreciaba mucho, y aun así Blunt había seguido en su puesto en palacio muchos años después de que la pusieran a ella al corriente de todo. La vergüenza y el descrédito de admitir cuán lejos había llegado debían evitarse a toda costa, y así se hizo hasta que Margaret Thatcher se fue de la lengua y Blunt tuvo que marcharse. Pareció arrepentirse de algunas cosas, pero la reina nunca llegó a estar segura de ello.

No podía fingir que todos los empleados a su servicio fueran irreprochables. Había habido incluso una obra de teatro sobre el asunto, y la BBC la había convertido en una película en la que una actriz cómica la representó como una mojigata anticuada. No había sido el mejor momento de la Corona, eso desde luego.

Las palabras de Gavin Humphreys le traían recuerdos desagradables y la hacían dudar de sí misma, y eso no era algo que le gustara, precisamente. Tampoco la hacía feliz tener que depender de Rozie Oshodi. Esa chica aún era muy joven, y además hacía poco que trabajaba para ella. Pero una hacía lo que debía hacer. Y esperaba quedar agradablemente sorprendida.

Escribió otro párrafo sobre algo totalmente distinto y luego se dispuso a dormir, aunque le costó lo suyo conciliar el sueño.

SEGUNDA PARTE

El último baile

7

—¿Qué es eso que figura en la agenda para mañana?

Rozie alzó la vista del teclado para mirar a sir Simon, que había asomado la cabeza por la puerta de su despacho. Trató de que su voz no revelara el menor nerviosismo.

—¿Por la tarde, quiere decir?

—Sí. Se suponía que la reina iba a visitar a su prima en Great Park después del almuerzo. Hace semanas que está anotado en la agenda.

—Ya lo sé. Pero por desgracia el hermano de lady Hepburn murió hace poco y la reina quería verla. Llegó una invitación para tomar el té y ella misma me pidió que la aceptara.

—¿Cuándo fue eso?

—Ayer.

—No me lo dijo.

—Bueno... no me pareció importante.

Sir Simon suspiró. Quizá no fuera importante en el programa general, pero él era un hombre obsesivo, y por eso era tan bueno en su trabajo... Trató de relajarse y delegar. Si uno no confiaba en sus subordinados, ¿dónde le dejaba eso? Aun así, había algo que chirriaba en todo aquel asunto.

—¿Cómo ha llegado a Su Majestad? Me refiero a la invitación. Yo no he visto nada.

Rozie hizo una pausa de medio segundo. Sir Simon lo veía todo: cada correo electrónico, cada registro de cada llamada telefónica, cada mensaje de la clase que fuera. Y si no, podía comprobarlos. Probablemente no se molestaría en hacerlo, pero ¿y si lo hacía?

—Supe lo del hermano de lady Hepburn por lady Caroline.

Rozie improvisaba sobre la marcha. Como sir Simon no tenía una relación cercana con la dama de compañía de la reina, confiaba en que no lo comprobaría hablando con ella. Además, en cierto modo era verdad. Rozie había conversado brevemente con lady Caroline sobre lady Hepburn a primera hora de esa mañana, aunque había sido la propia Rozie quien había orquestado aquel encuentro al reparar en que las dos tenían casa en Henley, muy cerca la una de la otra. En un primer momento se había preguntado si sería impertinente dar por hecho que las vecinas ricas y nobles debían de conocerse, pero luego había resultado que precisamente ése era el caso y que además eran amigas.

—El hermano de lady Hepburn murió hace unas semanas, ¿verdad? De un ataque al corazón en Kenia. —Sir Simon estaba enterado de todo, cómo no.

—Sí. Y lady Caroline me dijo que aún se la veía muy afectada. —No lo había hecho, por supuesto—. Cuando se lo mencioné a la reina, me pidió que le transmitiera su más sentido pésame, y cuando lo hice, lady Hepburn la invitó a tomar el té y Su Majestad aceptó.

¿Era posible siquiera algo así? ¿Pasaban estas cosas? Rozie contuvo el aliento. Sentía el corazón tan desbocado que temía que sir Simon percibiera el pálpito en su vestido.

El secretario frunció el ceño, pensativo. Aquello era de lo más insólito. A la reina le gustaba visitar a Fiona Hepburn, pero no por capricho. La jefa no era una mujer antojadiza. Qué raro. Quizá se tratara de un indicio de senilidad... ¿Y si era demencia? No, eso era absurdo. Pero algo en la actitud de Rozie no acababa de...

La miró fijamente unos instantes. ¿Acaso se lo estaba inventando? Pero ¿qué sentido tendría que lo hiciera? Se dijo que debía preguntarle a la reina si de verdad quería hacer aquella visita de condolencia, y volvió a su escritorio.

El corazón de Rozie dejó de martillear más o menos una hora después. No sabía si sentirse orgullosa de sí misma o profundamente avergonzada. Acababa de mentir a su superior inmediato sobre los actos y las palabras de dos damas aristócratas y su reina. Desde la privacidad del servicio de señoras, le envió por Snapchat a su hermana varias caras con los ojos como platos. Fliss seguro que no entendió nada, pero ella al menos se desahogó.

El fin de semana fue complicado. La reina empezaba a notar las primeras ondas del guijarro que el MI5 había lanzado al estanque del personal de la casa real.

Esa mañana la criada que le traía el té con galletas a la cama lo hizo con expresión indecisa y mordiéndose el labio, lo que sugería un enorme desconcierto y la necesidad de que la tranquilizaran. De no haber sabido lo que sabía, la reina le habría hecho alguna pregunta para entablar conversación. Normalmente, una resolvía con rapidez ese tipo de problemas domésticos si los cortaba de raíz. Pero aquella mañana no se sentía capaz de tranquilizar a nadie.

Sin embargo, el camarero que le sirvió más tarde su Darjeeling en la salita del desayuno también lo hizo con expresión quejumbrosa. Conocía a aquel hombre desde hacía años (Sandy Robertson: había empezado como batidor en Balmoral; era viudo, con dos hijos, uno estudiaba Astrofísica en la Universidad de Edimburgo), y no le costó interpretar el mensaje implícito en su mirada: «Me han interrogado, y no sólo a mí. Todos estamos preocupados. ¿Qué está pasando, señora?»

La mirada que ella le dirigió tuvo una traducción igual de sencilla: «Lo siento, esto no está en mis manos. No hay nada que yo pueda hacer.» El camarero asintió con semblante triste, como si realmente hubiesen intercambiado esas palabras, y procedió a comportarse con su calma y eficacia habituales. Pero la reina sabía que luego informaría a los demás, en las dependencias del servicio y en el club social, y que las noticias que escucharían no serían buenas. Algo olía a podrido en Dinamarca y ni siquiera la jefa sabía cuándo se disiparía el hedor.

Durante el resto del día, la reina pudo percibir cómo la sombra del miedo y la incertidumbre se posaba inexorablemente sobre el castillo. Ella y el personal de su casa se regían por un código de lealtad absoluta, y esa lealtad era mutua. Ellos no cotorreaban, no vendían historias al *The Sun* o al *Daily Express*, no pedían ni esperaban los exorbitantes salarios que habrían exigido a gente como Peyrovski, no hacían preguntas impertinentes ni permitían que las inevitables fricciones o los problemas personales de los de abajo afectaran en lo más mínimo a la gestión fluida de los asuntos de su soberana, o por lo menos no muy a menudo. A cambio, ella los respetaba y protegía, valoraba sus sacrificios y recompensaba su servicio de toda una vida con medallas y otros honores que para ellos representaban un tesoro más valioso que el oro.

Dignatarios, presidentes y príncipes extranjeros quedaban maravillados ante la precisión y profesionalidad de esos hombres y mujeres, siempre atentos a todos los detalles durante el tiempo que durase la visita. Los familiares de la reina le tenían mucha envidia, y de cuando en cuando trataban de robarle alguno de los más excepcionales, y a veces lo conseguían. De Balmoral al palacio de Buckingham, de Windsor a Sandringham, el ejército de miembros del personal a su servicio, varios cientos, era de hecho su familia. Ellos la habían cuidado durante casi noventa años muy complicados, habían amortiguado el embate de las mareas de desafecto que a veces se daban el gusto de mostrar sus súbditos, y trabajaban incansablemente para conseguir que una tarea en ocasiones muy difícil pareciera no requerir esfuerzo alguno. Actuaban sobre la base de la confianza mutua, y ahora el servicio de inteligencia estaba minando esa confianza con sus insidiosos interrogatorios.

Aun así, la cuestión principal seguía sin resolverse: ¿había sido un miembro del personal de la casa quien había matado a Brodsky? Y de ser así, ¿por qué? Mientras no pudiera responder a eso por sí misma, no podría evitar que Humphreys llevara aquella investigación a su manera.

• • •

El domingo la reina se sintió afortunada de poder huir de aquel ambiente tan aciago y aceptar la amable invitación de lady Hepburn para tomar el té en Dunsden Place, una pequeña finca situada unos kilómetros al oeste, en Henley-on-Thames. Eran amigas desde hacía décadas: su amistad había sobrevivido al tempestuoso matrimonio de Fiona con Cecil Farley en los años cincuenta y sesenta, a su fascinante época sin pareja fija durante la década de los setenta, cuando recorría el mundo del brazo de variopintos y cotizados pretendientes, y a su tranquilo segundo matrimonio con lord Hepburn en los ochenta. Y actualmente, en su plácida viudedad, seguían siendo amigas.

Fiona sólo era diez años más joven que la reina —en los últimos tiempos pretender tener amigas de su misma edad (y que conservaran la cabeza en su sitio) era como buscar agujas en un pajar—, y suponía toda una bendición poder hablar con alguien que hubiera vivido la guerra y compartido los valores que habían hecho salir adelante al país.

Además, Fiona también era aficionada a la jardinería. La casa, de elegante estilo Reina Ana, con un toque de parafernalia jacobina en un extremo y una desafortunada extensión victoriana en el otro, necesitaba una pequeña puesta al día, pero el jardín era precioso, y Fiona, tan guapa como siempre con su cabello rubio canoso recogido caprichosamente en un moño alto y unos pantalones anchos con pequeñas manchas de tierra, guió a la reina y a sus acompañantes en un recorrido por la pequeña finca.

Ese día de un borrascoso fin de semana de abril, enormes macetas de narcisos y junquillos resplandecían en tonos ocres y amarillos contra un fondo verde de setos de boj y ondulantes tejos podados, a través del cual se vislumbraba el río en algunos tramos. La mayoría de la gente habría considerado que hacía demasiado frío para sentarse fuera, pero Fiona conocía bien a su invitada. Había pedido que les sirvieran bollitos caseros y su célebre mermelada de frambuesa en la terraza con vistas al jardín, con gruesas mantas de cachemir para las piernas y generosas dosis de té caliente.

El chófer de la reina esperó en la cocina, y los guardaespaldas se posicionaron al fondo del jardín —discretamente alejados de la conversación— tras rechazar los ofrecimientos de tomar un refrigerio. Las únicas otras personas presentes en la terraza eran la propia Fiona, Rozie Oshodi y un hombre con barba de unos cuarenta y cinco años, con traje de *tweed* y corbata, que las esperaba sentado ante la gran mesa de teca.

Se puso en pie en cuanto llegaron.

—He invitado a Henry Evans —dijo Fiona alegremente, como si hubiera sido idea suya—. Tengo entendido que ya se conocen.

El señor Evans se inclinó ante la reina. Cuando se incorporó, con una sonrisa, ella recordó la expresión tan dulce y juvenil que lucía siempre y lo encantador e inocente que parecía, teniendo en cuenta su especialidad.

—Pues sí, sí nos conocemos. Buenas tardes, señor Evans. Cuánto me alegro de verle.

—Y yo a usted, majestad.

—Confío en que no haya sido un inconveniente para usted venir hasta aquí.

—Al contrario, ha sido un verdadero placer. Henley es un pueblecito encantador, y lady Hepburn tiene una casa preciosa.

—Oh, Henry, es usted un encanto —dijo Fiona con una gran sonrisa—. Coja un bollito, se lo ruego.

Charlaron con cordial educación, mientras Rozie, sentada a una mesa cercana, fingía estar enfrascada en sus notas. Le impresionaba que Henry Evans fuera capaz de hablar animadamente de su trayecto desde la Real Academia Militar de Sandhurst, donde trabajaba como profesor, sin mostrar la menor curiosidad sobre el motivo por el cual había sido convocado. Rozie no había podido explicarle gran cosa por teléfono, más allá de mencionarle cuánto había disfrutado personalmente de sus clases durante su formación militar en la Academia. Sin embargo, eso no era relevante para el encuentro de aquel día, de modo que se conformó con ofrecerle una breve sonrisa de reconocimiento y se mantuvo al margen.

Al cabo de un rato, lady Hepburn se excusó diciendo que tenía que consultar algunos asuntos con una señora del pueblo que estaba ayudando en la cocina, y los dejó solos.

—Bueno, señor Evans, quería preguntarle algo —afirmó la reina casi sin pausa.

—¿Sí?

—Es sobre las muertes sospechosas de rusos en suelo británico. Lleva un tiempo investigándolas, ¿no es así?

—Un par de décadas, señora.

—Usted colaboró en la redacción del informe que recibí el año pasado. Recuerdo que acompañó al ministro a palacio.

—Así es, en efecto.

—¿Y cree que los rusos han estado asesinando a sus enemigos aquí, en el Reino Unido, con total impunidad?

—No exactamente los rusos o el Estado ruso, majestad; más concretamente, Putin y sus aliados. Ya sé que en los últimos años puede parecer que él encarna al Estado... Es todo un poco turbio, la verdad.

—¿Incluía la lista a algún periodista?

—Sólo a Markov, que trabajaba para la BBC. Era el escritor búlgaro disidente al que mataron con una bala de ricina disparada desde un paraguas en 1978. Eso fue antes de la época de Putin, por supuesto... pero sentó un precedente.

La reina asintió.

—Aquello ocurrió en el puente de Waterloo, según creo recordar.

—Exacto, señora. Parecía una escena sacada de una novela de Le Carré; demasiado increíble para ser verdad.

Ella volvió a asentir ante aquella referencia. La gente daba por hecho que no leía: Dios sabría por qué, pues probablemente leía más periódicos en un mes que la mayoría de gente en toda su vida, y nunca le hacía ascos a una buena historia de espías. Por lo visto, Henry Evans la comprendía mejor que muchos de sus ministros.

—¿Cuántas muertes ha habido desde entonces?

—¿En suelo británico? Cinco o seis. La primera fue la de Litvinenko, en el año 2006. Era el ex agente del Servicio Federal de Seguridad al que envenenaron con polonio-210. Un asunto espantoso.

—Desde luego. Sin embargo, nadie fue arrestado ni acusado por esos asesinatos.

—No, majestad —confirmó Evans—. No desde aquel agente acusado del envenenamiento de Litvinenko, cuya extradición intentamos conseguir.

—Los estadounidenses le dicen a menudo a mi embajador que están furiosos con nosotros por no haber conseguido esa extradición.

Evans esbozó una sonrisa sardónica.

—Pues si quieren aportar pruebas, bienvenidos sean.

Hubo una pausa mientras él daba un rápido sorbo de té. Rozie advirtió la naturalidad con la que la reina asía la tetera para rellenarle la taza. Era una persona sorprendentemente práctica, teniendo en cuenta que podía recurrir a cientos de sirvientes, y de hecho a todo un ejército. (Como Rozie sabía por experiencia, el Ejército Británico le juraba lealtad a ella, no al Gobierno, y lo hacía en serio.)

Tras un nuevo sorbo de té caliente, Evans continuó:

—Putin lo está haciendo bien últimamente. Desde la metedura de pata con Litvinenko, que fue una auténtica chapuza, todas las muertes posteriores han sido muy profesionales. Y todavía persiste el interrogante de si lo de Borís Berezovski fue asesinato o suicidio.

—¿Qué opina usted?

—Oh, fue un asesinato, sin duda. El color de su rostro, la costilla rota, el tipo de ligadura... Pero en mi contra podría argumentarse, como en efecto hicieron, que lo encontraron encerrado en un cuarto de baño, y no es menos cierto que sufría una depresión. El de Berezovski es un caso peliagudo. Era el crítico más destacado de Putin, y el más rico, al menos hasta que la demanda contra su ex socio, Abramóvich, lo llevó a la bancarrota; en cualquier caso, Putin lo tenía claramente en su punto de mira. Sólo puedo decir que quienquiera que orquestara el suicidio, si es que fue un montaje, hizo un trabajo condenadamente bueno. Y en el caso de las otras muertes, aún fue más difícil achacárselas a Moscú.

—Continúe.

—Bueno, Perepilichnyy estaba corriendo al aire libre cuando murió de un ataque al corazón, hace ahora cuatro años. Hallaron restos de veneno en su cuerpo, pero ninguna prueba de cómo fue envenenado. El mismo año,

Gorbuntsov fue víctima de un intento de asesinato en Mayfair. Sobrevivió, pero el presunto asesino logró escapar. Scot Young, que era quien tenía vínculos con Berezovski, sufría una depresión cuando cayó y quedó empalado en una verja. No puede decirse que no sospechemos de la implicación de los rusos, pero no queremos iniciar una guerra diplomática sin pruebas incontrovertibles de por qué lo hacemos.

—Naturalmente. ¿Y murieron todos en su propia casa o en lugares públicos?

—Sí. —Pareció sorprendido ante esa pregunta de la reina.

—¿Y todos tenían conexiones de alto nivel con gente de Moscú? Creo que eso figuraba en su informe.

—Sin lugar a dudas. Habían mostrado discrepancias sobre denuncias de corrupción, o sobre dinero. En ese sentido, suponían una amenaza para Moscú.

—Dígame, ¿cree que es posible que esa gente haya matado a alguien con la mera intención de transmitir un mensaje?

—¿Qué clase de mensaje?

—Sólo por demostrar que pueden hacerlo. A alguien de clase baja; alguien que estuviera en el sitio equivocado en el momento equivocado, por así decirlo.

Mientras contemplaba las nubes de color gris plomizo, cuyos contornos se reflejaban en el ondulante seto de tejo que rodeaba el jardín, Henry Evans consideró la cuestión. Estaba valorando más de dos décadas de investigación sobre muertes sospechosas tras el Telón de Acero, y también las que se produjeron más tarde, aquí en casa, desde que él había empezado a interesarse en la materia como estudiante de bachillerato en una escuela de Mánchester.

—No es el estilo de Putin —respondió finalmente—. No se me ocurre ningún ejemplo. ¿Piensa en alguien en concreto?

La reina ignoró esa pregunta.

—Imagine que ha cambiado de táctica. Que ya no consiste en «quién», sino en «dónde».

Evans frunció el ceño.

—No la comprendo.

La reina trató de canalizar la opinión de Gavin Humphreys con toda la objetividad posible.

—Han utilizado veneno en ocasiones anteriores, ¿no es cierto? Y a veces veneno poco frecuente, radioactivo, como para dejar bien patente que ellos son los perpetradores, a pesar de que no se les pueda llevar ante la justicia.

—Sí, pero eso lo hacen por venganza. Para vengarse de individuos concretos por actos específicos, y para transmitir el mensaje a otros individuos de que no hagan lo mismo. No veo qué podrían andar buscando si sólo importa el lugar. —Aún parecía perplejo ante el razonamiento de la reina.

—¿Y si el lugar en cuestión fuera muy... específico? ¿Elegido para demostrar hasta qué punto pueden ser descarados cuando quieren?

—Es sólo que... bueno...

Evans se interrumpió. Se sentía frustrado. Deseaba de verdad apoyar a su soberana, seguir su razonamiento y darle la razón en la medida de lo posible. Nunca la había oído soltar lo que, ante otros, podría haber tildado de absolutas «gilipolleces», y le sorprendía mucho que ella sugiriera algo así. ¿A quién se le podía ocurrir que un asesinato por encargo pudiera basarse tan sólo en la ubicación? ¿De qué estaba hablando?

—Y ha dicho que el asesinato de Litvinenko fue una chapuza —añadió la reina—. Los agentes no siempre se comportan con la profesionalidad requerida, ¿no? ¿Son presas del pánico alguna vez? ¿Se ha encontrado con algo así?

Él volvió a mirarla fijamente y trató de no parecer grosero.

—¿Presas del pánico, majestad?

—Sí. En el caso de Berezovski, por ejemplo. Ha dicho que hubo problemas con la ligadura, ¿no?

—Bueno, por lo visto no tenía la forma que tocaba: era circular, no en forma de V, como cabría esperar en un ahorcamiento. Pero, lo hiciera quien lo hiciera, si es que lo hizo alguien, se las apañó para dejar la puerta del baño cerrada por dentro, lo cual no parece fruto del pánico exactamente...

—¿Y Litvinenko?

—Diría que con él tampoco fueron presas del pánico, señora. Lo envenenaron en el salón de té de un hotel, a sangre fría, y luego se fueron. —Se encogió de hombros—. La chapuza la hicieron antes, al dejar huellas radioactivas en varios sitios que habían visitado. Es probable que no estuvieran familiarizados con lo rastreables que son esas cosas. En realidad, el polonio no forma parte del programa de estudios sobre armamento...

Evans comprendió que estaba aportando nuevos argumentos para refutar el razonamiento de la reina, y que hacerlo no era muy educado que digamos. Se quedó callado, todavía perplejo.

—Gracias —dijo ella, dejándolo aún más confuso.

—Lo siento, señora. No me parece que haya...

—Me ha sido de gran ayuda, señor Evans.

—De verdad, no creo que...

—Más de lo que piensa. ¿Podría pedirle algo más?

—Por supuesto.

—Bueno, ha sido un verdadero placer volver a verle, pero se trata de una cuestión muy delicada, y le agradecería enormemente que cuando le pregunten por el día de hoy...

La reina hizo una pausa para elegir con cuidado sus palabras y, antes de que pudiera encontrar las adecuadas, Evans intervino:

—No ha pasado nada, majestad.

—Gracias.

—Ni siquiera he estado aquí.

—Es usted muy amable.

La reina asintió con una sonrisa agradecida. Desde su asiento, Rozie se percató de que habían llegado a un acuerdo tácito. Y basándose en su propia experiencia, fue capaz de interpretarlo: Henry Evans no diría nada, sin importar quién le preguntara, ya fuera su comandante en Sandhurst o bien cualquiera de sus contactos en el MI5 y el MI6. Esa conversación había sido «totalmente privada».

Rozie se preguntó durante un instante por qué al señor Evans le había resultado tan fácil hacer aquel pacto de silencio, cuando a ella le había parecido tan complicado. Pero se dijo que, en su caso, era en efecto más complicado. En definitiva, Evans sólo le debía lealtad a la reina. El hombre al que Rozie debía ocultarle esa conversación (al que debía mentir, de ser necesario) era la mano derecha de la propia reina, y eso volvía extraño e incómodo tanto secretismo. No se trataba de que la reina no confiara en sir Simon, Rozie estaba segura de eso. Había sido testigo de la cálida y duradera relación que mantenían. Se trataba de otra cosa... ¿De qué?, no lo sabía.

Entretanto, como llevada por una especie de truco telepático, lady Hepburn volvió en el momento justo con más té recién hecho y un pastel de café y nueces que había recogido ella misma aquella mañana. La conversación se centró entonces en el críquet y en lo bien que le iba a Inglaterra en la Copa del Mundo. Momentos antes, la reina se había mostrado tan dueña de sí misma como siempre, pero su amiga pensó que ahora parecía haberse quitado un enorme peso de encima: estaba decididamente radiante.

—¿Les gustaría ver las macetas? —sugirió Fiona—. Tengo unos preciosos narcisos de Sarah Raven que están creciendo de maravilla.

Se les unieron sus golden retrievers, *Purdey* y *Patsy*, que bajaron corriendo por los peldaños de la terraza hasta el jardín. Henry, que entendía algo de plantas porque tanto su esposa como su madre eran aficionadas a la jardinería, mostró un sorprendente interés por el método de cultivo «lasaña». No fue el caso de Rozie, cuya madre era capaz de matar a una tomatera en un balcón desde diez pasos de distancia. Pero aguzó el oído cuando lady Hepburn se volvió hacia la reina con una súbita sonrisa y cambió de tema.

—He oído decir que el lunes pasasteis una velada encantadora.

—¿Ah, sí? —La reina pareció sorprendida.

—Me lo contó Caroline cuando hablábamos por teléfono sobre el funeral de Ben. Ay, madre mía, eso me recuerda que... por supuesto, pasó lo de ese joven... Algo me llegó... Fue un ataque al corazón, ¿no? ¿Al día siguiente? Confío en que no tuviera nada que ver con la cena y pernocta... Supongo que no sería un invitado, ¿no? Ningún conocido tuyo...

—No, no —repuso la reina con cautela.

Su amiga no pretendía sonsacarle nada, sencillamente intentaba no meter la pata, como por desgracia había hecho ya. Sin embargo, afirmar que el joven Brodsky no era un invitado constituía la estricta verdad. Y la reina no podía decir que conociera a aquel hombre. No exactamente.

—Ay, pues gracias a Dios. Es horrible, últimamente muchos jóvenes parecen morir sin un motivo aparente. O, como en este caso, por un problema cardíaco insospechado, o lo que fuera... Quizá ha pasado siempre, pero antes ni nos enterábamos. En fin, por mencionar algo más alegre, según Caroline la velada fue un éxito rotundo. Dicen que todo el mundo bailó animadamente después de cenar y que fue fantástico. Ay, cómo disfruto de un buen baile, ¿tú no? Ni siquiera consigo recordar cuándo fue la última vez que bailé como es debido. Y por lo visto había un joven ruso muy apuesto que bailó con todas las damas.

—Pues sí, lo había.

—¿Bailó contigo también?

—Sí, así es.

—¡Oh, qué maravilla! ¿Se le daba tan bien como dice Caroline?

—Bueno... —La reina se preguntó hasta qué punto habría sido entusiasta la descripción de su dama de compañía.

—¡Ja! Se te ve en la cara que en efecto era muy bueno. Y luego hizo volar literalmente a aquella otra mujer.

—¿Qué mujer? —quiso saber la reina—. Sacó a la pista a una bailarina, por lo que recuerdo...

—Según Caroline, bailó con dos de ellas, y a la perfección, como si estuvieran en uno de esos concursos de televisión. Pero entonces se puso a bailar con otra dama, una invitada, y parece que se volvieron locos. Quizá ocurriera cuando ya te habías retirado. Por lo que me contó no fue sólo por el baile... Bailaron un tango, pero se notaba que había algo entre ellos. Electricidad. —Lady Hepburn volvió las palmas hacia arriba y extendió los dedos—. Por lo visto casi daba reparo mirarlos; era todo demasiado íntimo. Recordaban a Fonteyn y a Nuréyev.

—¡Oh, eso lo dudo! —se burló la reina.

—Bueno, casi. Ahora que lo pienso, es posible que Caroline no mencionara a Nuréyev, pero es lo que me gusta imaginar.

—Tu imaginación siempre me llena de asombro, Fiona. Mira, al pobre señor Evans le arden las orejas.

Azorado, Henry trató en vano de negarlo.

—A estas alturas, mi imaginación es lo único que me permite seguir adelante —dijo Fiona—. Eso y el jardín. Y las visitas de académicos encantadores. Dígame que piensa volver, Henry. Aquí siempre es bienvenido.

—Gracias, lady Hepburn.

—Debemos irnos.

La reina había dirigido esas palabras a Rozie, que echó un vistazo a su reloj y comprobó que habían pasado exactamente sesenta minutos desde su llegada. No había visto a la jefa consultar la hora ni una sola vez, pero su puntualidad era legendaria.

—Iré en busca del coche, señora —dijo.

No tardaron en estar de camino a casa otra vez, con la reina bien erguida en el asiento trasero del Bentley. Con las manos pulcramente apoyadas en el regazo, cerró los ojos para echarse lo que se conoce como una cabezadita.

8

Por la mañana, sir Simon llegó con las maltrechas cajas rojas que contenían el papeleo del Gobierno para que la reina lo revisara ese día. Parecía de muy buen humor.

—Le gustará saber que hoy o mañana pondrán fin a los interrogatorios del personal, majestad —dijo mientras dejaba las cajas sobre el escritorio.

—Excelente noticia. ¿Van a cambiar su línea de investigación?

—No, señora, en absoluto. Por lo visto, han descubierto a dos miembros del personal con conexiones sorprendentes con Rusia. Y ambos pasaron aquella noche en el castillo. En cierto sentido, ha sido una suerte que ocurriera todo esto... Ya sé que es una tragedia para el pobre Brodsky, por supuesto, pero quién sabe qué estragos podrían haber causado con el tiempo.

—Oh, Dios mío. ¿Quiénes son?

Sir Simon cogió la pequeña carpeta que llevaba bajo el brazo izquierdo y consultó sus notas.

—Alexander Robertson, el camarero de Su Majestad, y un archivero llamado Adam Dorsey-Jones. Ambos tienen su base en el palacio de Buckingham, pero Sandy

Robertson está aquí con usted para la Corte de Pascua, por supuesto, y Adam Dorsey-Jones estaba de visita en la Torre Redonda para hacer unas consultas en la biblioteca. Trabaja en el proyecto de digitalización de los documentos georgianos. Tengo entendido que es miembro del personal desde hace cinco años. Puedo comprobar su historial si quiere.

—Sí, por favor.

—Señora. —Simon tomó nota a toda prisa y continuó—: Los dos han sido relevados de sus puestos y estarán de baja indefinida hasta que la policía haya comprobado sus coartadas y Box haya indagado en sus antecedentes. Quieren interrogar a unas cuantas personas más, sólo por precaución, pero Humphreys está bastante seguro de que tienen a su hombre.

—¡Sandy no puede ser el asesino! —exclamó ella, exasperada—. Usted lo conoce, Simon. Su padre era ayuda de cámara en Balmoral. Llevan con nosotros desde que Andrés era pequeño.

—Sí, majestad. Aunque eso podría convertirlo en la persona ideal a la que abordar. Por lo visto, su esposa lleva enferma mucho tiempo, y su tratamiento supone pagar cuantiosas facturas médicas.

—¿Y qué pasa con el Servicio Nacional de Salud?

—Bueno, quizá la hayan tratado en el extranjero... Todavía no he podido hacer ninguna averiguación al respecto, y eso es todo lo que figuraba en el informe que me enseñó Humphreys. La investigación aún está en una fase muy temprana. Y en cuanto a Adam Dorsey-Jones... —Volvió a echar un vistazo a sus notas—. Estudió Historia y Lengua Rusa en la universidad, y su pareja se dedica a la compraventa de arte ruso.

—Ya veo.

—Le pidieron que acudiera a Windsor en el último momento para examinar unas cartas, y se sospecha que «ellos» pudieron haberle dado instrucciones de actuar cuando descubrieron que Brodsky iba a estar en la fiesta con los Peyrovski.

—¿Y se supone que «ellos» son los rusos?

—Sí, majestad.

—¿Ha dicho antes que el señor Dorsey-Jones forma parte del personal desde hace cinco años?

—Así es.

—Cinco años... —reflexionó ella—. Simon, ¿no le parece extraño que un joven músico con una página web desconocida sea el blanco de una conspiración que viene de tan atrás?

Sir Simon consideró aquella cuestión durante unos segundos antes de responder.

—Eso queda por encima de mis atribuciones. Box sabe lo que se hace. Tenemos a los mejores expertos del mundo en el arte ruso de gobernar.

—Sí, pero ¿está consultando Humphreys a esos expertos?

—No tengo ninguna duda de que así es, señora. Si tenemos a un infiltrado en acción, estoy seguro de que él hará lo necesario para encontrarlo.

Simon estaba haciendo todo lo que estaba en su mano para tranquilizar a su soberana, pero captaba perfectamente su reticencia. Era comprensible: ella se dedicaba en cuerpo y alma a su personal. Tenía que haberse llevado una gran impresión al ser consciente de que la traición podía estar en su propia casa, aunque Dios sabía bien que ya había ocurrido en el pasado, y con demasiada frecuencia, además. Sir Simon, un ávido historiador, era capaz de nombrar sin pestañear a más de dos docenas de cortesanos ingleses que habían traicionado a la Corona a lo largo de los siglos. La reina se sentía a salvo porque tenía a gente como él para servirla y protegerla. Ahora, al verla allí, sentada en la butaca de su escritorio, pensó, y no por primera vez, que se la veía muy delicada, como frágil porcelana. Él daría la vida por protegerla y estaba convencido de que Gavin Humphreys haría también lo mismo.

Enardecido, y casi deseando que apareciera un charco para tener la oportunidad de arrojar su capa sobre él (¿serviría una americana comprada en Savile Row?), invirtió otros cinco minutos más en explicar el protocolo que se había establecido para comprobar más exhaustivamente los antecedentes de futuros empleados. Sin embargo, tuvo la impresión de que la reina ya no estaba escuchándole. No parecía más tranquila, ni mucho menos, sino más taciturna.

—¿Puede enviarme a Rozie a buscar estos papeles? —pidió—. No tardaré mucho.

—Siempre puedo venir yo y...

—Estoy segura de que está ocupado, Simon. Con Rozie bastará.

—Sí, señora.

Sola por fin, la reina se acercó a una de las ventanas de su salita y contempló la trayectoria de un avión de pasajeros en el cielo tachonado de nubes. Se sentía furiosa y frustrada. Unas décadas atrás se habría rebelado contra su impotencia pero ahora ya no. Ahora era distinto. Una había aprendido la lección. No siempre podía hacer lo correcto, pero por lo menos podía intentarlo.

· · ·

Rozie empezaba a acostumbrarse a la sensación de que el corazón le retumbara en el pecho. Estaba oscureciendo, e intentaba ver más allá de las gotas de lluvia que azotaban el parabrisas del Mini en busca de un letrero en el que se leyera KINGSCLERE, mientras rezaba por no estar cometiendo el mayor error de su vida.

Le había contado a sir Simon que su madre, poco después de regresar al piso de la familia en Londres, se había caído de la cama y se había roto la cadera, y él, mostrándose tan amable y gentil como siempre, le había dicho que corriera a su lado al hospital, que hiciera lo que fuera necesario y que no tuviera ninguna prisa en volver. Lo cual, en los círculos reales, significaba que disponía de veinticuatro horas.

Su madre, por supuesto, seguía en Lagos y estaba más sana que una manzana, visitando a la extensa red de tíos y tías de la familia. Rozie se preguntó si sir Simon comprobaría las listas de vuelos de los últimos días y lo descubriría. Se regañó por ser tan paranoica. Sir Simon era encantador, el jefe ideal en muchos sentidos. Y aunque no era culpa suya lo de tener que inventarse una historia tras otra para mantenerlo al margen, aquello ya era demasiado: Rozie necesitaba saber al menos por qué estaba haciendo lo que hacía.

Aquella misma mañana la reina le había pedido que hiciera una serie de indagaciones relacionadas con la velada de la cena y pernocta. Tenía tres entrevistas apalabradas en el centro de Londres para el día siguiente, y no debía mencionarle ninguno de esos encuentros a sir Simon.

No podía parar de darle vueltas a todo este asunto. La jefa andaba tramando algo. Pero ¿no debería dejar ese tipo de tareas a los profesionales? ¿Por qué se las confiaba a una joven empleada como ella, con sólo tres años de experiencia en la Real Artillería Montada y apenas unos meses como asesora bancaria? La reina podía recurrir al MI5 y a la Policía Metropolitana. Incluso al primer ministro. O si prefería que la cosa quedara más en casa, al propio sir Simon o a su caballerizo mayor.

«¿Por qué recurre a mí?»

Y entonces recordó un comentario hecho como de pasada por su predecesora durante la transición, ocurrida sólo unos meses atrás. Katie Briggs había sido la secretaria personal adjunta durante cinco años, hasta que sucumbió a algún tipo de crisis nerviosa sobre la que apenas le habían contado nada. Durante el proceso, a Rozie le había sorprendido la delicadeza que tanto la reina como sir Simon mostraron en todo momento hacia Katie, y también que ambos no manifestaran más que buenas intenciones cuando hablaban de ella. Pero aún le sorprendió más que le hubieran proporcionado discretamente un alojamiento en la finca de Sandringham, para evitarle el estrés de preocuparse por dónde vivir mientras se recuperaba. El último día del traspaso de tareas, las dos se quedaron unos minutos a solas, y Katie le había dicho:

—Algún día, la reina le pedirá que haga algo extraño... En realidad, todos los días serán bastante extraños, aunque a eso acabará por acostumbrarse, pero un día será más extraño que todos los demás, y usted se dará cuenta de ello de inmediato.

—¿Cómo?

—Simplemente lo sabrá. Confíe en mí. Y cuando eso ocurra, debe acudir a Aileen Jaggard. Fue la secretaria adjunta antes que yo. Encontrará sus datos en la agenda de contactos. Ella me lo explicó a mí, y se lo explicará a usted también.

—No lo entiendo. ¿No puede contármelo ahora?

—No. Yo hice la misma pregunta, pero sólo lo entenderá cuando ocurra. Tiene que salir de ella... De la jefa, quiero decir. Cuando llegue ese momento, localice a Aileen. Vaya a verla en persona si puede, y limítese a decirle: «Ha ocurrido.» Ella sabrá a qué se refiere y cómo ayudarla.

En aquel momento, sir Simon las había interrumpido para invitarlas a almorzar, y Katie había fingido que estaban hablando sobre el sistema de entradas de la agenda. Fuera lo que fuese aquello, sir Simon no formaba parte de ello.

Ahora estaba lloviendo con más ímpetu, y las gotas rebotaban en el capó del coche. Algo más allá, los faros de Rozie enfocaron durante unos segundos el letrero que buscaba. El navegador por satélite del Mini aseguraba que ahí no había ningún desvío, pero un poco más adelante encontró una bifurcación que demostraba lo contrario. Rozie abandonó la carretera principal para transitar por una más estrecha y sin iluminación que discurría colina arriba, hasta que llegó a las calles residenciales del pueblo de Kingsclere. La casita de Aileen quedaba a medio camino de la calle principal, a la vista de la torre achaparrada de una pequeña iglesia. Rozie aparcó frente a ella y, al volver atrás andando calle abajo, le sorprendió descubrir que la dirección que le habían dado correspondía a una galería de arte. Echó un vistazo al interior a través de las rejillas de las viejas ventanas georgianas, y distinguió algunos cuadros de pintura moderna colgados en pulcras paredes blancas. Llamó al timbre y esperó.

—Ah, ya ha llegado.

La mujer que le abrió la puerta era alta y muy esbelta, y no parecía tener los sesenta y un años que le atribuían en su página de Wikipedia. Llevaba el cabello recogido en un moño con dos palillos, y vestía unas sencillas mallas de yoga con estampado de cachemir y una camiseta suelta. Iba sin maquillar y estaba descalza.

—Confío en no ser una molestia... —dijo Rozie, consciente de que sí debía serlo.

—No, me alegro de que haya venido. Pase y tómese una copa de vino conmigo. Estoy segura de que le sentará bien, después de haber conducido hasta aquí en una noche como ésta... Vaya, vaya... Así que es usted la chica nueva. Déjeme que la vea...

Rozie se quedó plantada en el estrecho pasillo mientras la mujer se detenía sonriendo tranquilamente para sí misma y se fijaba en su radical corte de pelo, en sus inmaculadas cejas y en las curvas de su atlético cuerpo enfundado en una estrecha falda de tubo y una chaqueta entallada. Su descarado escrutinio tan sólo se detuvo cuando llegó a los zapatos de tacón alto.

—Bueno, veo que las cosas han cambiado bastante desde mis tiempos de secretaria adjunta —comentó, todavía sonriendo.

—¿A mejor? —preguntó Rozie, con algo más que un ápice de desafío en la voz.

Había conducido un montón de kilómetros bajo la lluvia y la oscuridad para llegar hasta allí, y lo último que necesitaba era una muestra de racismo del *establishment*. Aunque, para ser justa, no estaba acostumbrada a recibirlas por parte de los miembros de la Secretaría Privada. La prensa sensacionalista había publicado un par de artículos sobre la «particular nueva ayudante» de la reina, teniendo buen cuidado de señalar su «exótica apariencia». En los palacios reales, estaba habituada a ver alguna que otra ceja arqueada aquí y allá y a modales exageradamente educados, pero ninguno de sus compañeros de la secretaría había hecho nunca comentarios sobre su aspecto, más allá de la observación de sir Simon de que debía de resultarle un tanto difícil desplazarse con comodidad llevando una falda tan ajustada. Lo cierto era que no le costaba nada. Aileen era la primera persona en hacerle un comentario sin reservas.

—Definitivamente a mejor —contestó sin inmutarse—. Venga, suba. Y cuidado con las escaleras con esos tacones... procure que no se le enganchen en las esteras. Vivo sobre la galería, lo cual no deja de ser curioso, como solía decir la reina.

Entraron en una estancia alargada y sin tabiques tenuemente iluminada, con muebles en blanco y beige y la misma clase de pinturas que había abajo. En el televisor, sin sonido, se veía el logo de Netflix. Aileen cruzó la habitación hasta una pequeña cocina emplazada en el rincón y vertió un tercio de una botella de vino en una enorme copa, que luego tendió a Rozie.

—Como decía, las cosas han cambiado. Y si me lo pregunta, ya iba siendo hora de que lo hicieran, maldita sea. En cualquier caso, ¿qué tal le va?

—Bien, de momento. Genial, de hecho. Hasta que, de pronto, la cosa se ha vuelto complicada. Cuando entré en la secretaría, Briggs me indicó que, si llegaba este momento, acudiera a usted y le dijera simplemente: «Ha ocurrido.»

Aileen enarcó ambas cejas.

—Cuéntemelo todo.

Le señaló la esquina de un mullido sofá beige, y Aileen se sentó ante ella con las piernas cruzadas y una copa de vino.

—No estoy segura de cuánto puedo revelar.

—Mire, entré a formar parte del personal de la casa real en la prehistoria, como quien dice, y estuve en mi puesto durante más de una década. No hay nada que haya pasado en cualquiera de esas residencias de lo que yo no esté al corriente. Ningún escándalo, divorcio o desastre. Y las otras cosas también las sé: las que ella no le cuenta a Simon. Está llevando un caso, ¿no es eso?

—¿Cómo dice?

Aileen sonrió de oreja a oreja y le señaló una mesita sobre la que había un par de tentadores cuencos con Doritos y guacamole. Rozie se percató de pronto de que tenía un hambre canina.

—Vamos, sírvase. Ha venido a verme porque ella le ha pedido que indague un poco por ahí, ¿no es eso?

Con la boca llena de Doritos y aguacate, Rozie no pudo hacer otra cosa que asentir.

—¿Y sabe que no debería contárselo a nadie, pero se siente terriblemente mal por ello?

Rozie repitió el mismo gesto.

—¿Se trata de ese joven que ha aparecido muerto en el castillo de Windsor?

Rozie tragó por fin.

—¿Cómo lo ha sabido?

—De hecho, confiaba en que no fuera así —admitió Aileen, y dio un sorbo de merlot—. Vi las noticias, donde lo cubrieron discretamente, asegurando que se había tratado de un ataque al corazón, y confiaba en que fuera sólo eso. Pero cuando me ha llamado usted esta mañana...

—No murió por causas naturales.

—¡Caray! ¡Y en el mismísimo castillo de Windsor!

—¿Por qué lo dice?

—Pues... porque es el lugar favorito de la reina. ¿Cómo le va a la policía?

—No parece que estén haciendo gran cosa. Son los del MI5 los que... Oiga, ¿está segura de que podemos hablar sobre esto?

Aileen le dirigió una mirada compasiva y se encogió de hombros.

—Me ha llamado usted, y le aseguro que aquí no hay micrófonos ocultos. Katie la avisó de que pasaría algo extraño, ¿no?

—Sí.

—Bueno, pues ya ha ocurrido, y aquí estamos las dos. Tiene que decidir si quiere confiar en mí, pero he estado en el mismo sitio que usted, ¿recuerda? Si no podemos confiar la una en la otra, ¿quién nos queda?

Antes de ir hasta allí, Rozie se había planteado esa cuestión en los mismos términos. Sofocó el pánico que siempre le inducía la Ley de Secretos Oficiales e inspiró profundamente.

—El director del MI5 cree que Putin ordenó el asesinato, si bien la reina va en una dirección totalmente distinta. La víctima era un pianista que actuó en la pequeña fiesta que se celebró aquella noche, y ella quiere que yo me entreviste con algunos de los invitados.

—¿Y Box?

—Sospechan del personal de la casa. De agentes durmientes...

—Vaya, ¡eso a la reina le parecerá odioso!

—Pues sí, creo que sí.

—Y déjeme adivinarlo: Simon se ha puesto manos a la obra sin inmutarse.

—Eso parece, sí. Me refiero a que es una verdadera pesadilla organizar los interrogatorios con todos ellos; la atmósfera es terrible y la situación es perturbadora, pero sí, se ha puesto manos a la obra.

—¡Cómo no! —soltó Aileen sin morderse la lengua.

Rozie se la quedó mirando, un tanto confundida.

—Bueno, pues sí... Pero ¿por qué no iba a hacerlo?

Aileen contempló su copa durante unos instantes.

—No lo sé exactamente. Pero lo que sí sé es que, si a la jefa le parece una mala línea de investigación, probablemente lo es. ¿La ha puesto ya a prueba?

—Mmm... sí, en cierto modo lo ha hecho. —Por fin el encuentro con Henry Evans en casa de lady Fiona cobraba pleno sentido para Rozie—. Me pidió que organizara una entrevista con un experto que lleva años estudiando el tema —explicó—. La víctima de nuestro caso y la forma en que murió no parecen encajar en absoluto en el patrón habitual. Ese joven pianista no era alguien muy destacado ni con grandes contactos, como suele ocurrir en estos casos. No se encontraba en su propia casa ni en un lugar público, y el asesinato fue una chapuza. La reina se dio cuenta desde el principio de que los detalles no encajaban.

Aileen se echó a reír.

—Ajá. No confía tan sólo en sus instintos: confía en sus expertos. Y es la mejor cuando se trata de saber a cuáles escoger para cada cuestión. Y así ha de ser, después de setenta y tantos años, ¿no?

—Supongo —contestó Rozie—. Sesenta y cuatro años, para ser exactos. Al menos ésa es la cifra oficial.

—Bueno, de hecho lleva haciendo esto desde hace mucho más tiempo.

—¿Qué quiere decir?

Una sonrisa enigmática cruzó el rostro de Aileen, que cerró los ojos un instante y encogió los hombros. Luego dejó la copa en la alfombra y miró fijamente a Rozie.

—La reina resuelve misterios. Resolvió el primero cuando apenas tenía doce o trece años, o al menos eso es lo que me contaron en su día. Y lo hizo sola. Es capaz de ver cosas que otros no ven, a menudo porque la están mirando a ella. Sabe muchísimo sobre multitud de cosas. Tiene ojos de lince, olfato para las sandeces y una memoria prodigiosa. Su personal debería confiar más en ella. Me refiero a gente como sir Simon.

—Pero ¡si él confía plenamente en ella!

—No, no es así. Él cree que lo hace, pero también cree que sabe más que ella. Y siempre ha ocurrido así. Todos sus secretarios personales han cometido el mismo error. Se creen brillantes... Y aunque, si he de ser justa, suelen serlo, también creen que los miembros de sus clubes son brillantes, y que los líderes de las grandes organizaciones que fueron con ellos a Oxbridge también lo son. Así que, con tanto hombre brillante a su alrededor, la reina debería quedarse ahí sentada y mostrarse agradecida.

Rozie se echó a reír. Le tenía mucho cariño a sir Simon, pero aquella descripción encajaba perfectamente con él.

—De acuerdo —admitió.

—Deberían confiar en ella, pero no lo hacen. Se supone que es una de las mujeres más poderosas del mundo, pero se pasa todo el maldito tiempo viéndose obligada a escucharlos y a que ellos no la escuchen. Eso la saca de quicio. Quiero decir que ha crecido con ello. En los años treinta era una niña, y que los hombres tomaran las decisiones era algo... normal. Dios, apuesto a que incluso ahora sigue pasando, pero al menos sabemos que está mal, que no es lo correcto. Ella ha tenido que averiguar por sí misma lo que se le da bien, lo que es capaz de hacer. Y lo que hace bien es reparar en las cosas, ver cuándo algo «no cuadra». Descubrir por qué y deshacer el entuerto. De hecho, es genial haciendo eso. Pero suele necesitar ayuda.

Rozie se zampó el último Dorito colmado de guacamole, y observó con pesar el cuenco vacío.

—Ayuda femenina —puntualizó, pensativa.

—Ajá. La ayuda de alguien que no ande tratando constantemente de darle ánimos. Alguien discreto y que sepa escucharla. Necesita nuestra ayuda, Rozie... Bueno, veo que todavía está muerta de hambre, ¿no? Déjeme que ponga en marcha la pasta.

Pasaron al rincón de la cocina, y Aileen cocinó unos tallarines con salmón ahumado y crema de leche en lo que pareció un santiamén, mientras Rozie preparaba una pequeña ensalada con la lechuga y los tomates que su anfitriona le puso delante.

—¿Y la ayudó usted mucho? —preguntó cuando se sentaron una a cada lado de la barra de la cocina.

Aileen encendió una vela y rellenó las copas.

—Unas cuantas veces. Gracias a Dios, no todos los días sucedían cosas misteriosas. Mary, en cambio... Ella fue la predecesora de mi predecesora, allá por los años setenta, y podría contarle diez o doce historias escalofriantes sobre embajadores desaparecidos, joyas robadas y Dios sabe qué más. Formaban un buen equipo, las dos juntas. La reina debe de echarla de menos. Tiene que ser bien raro que, cuarenta años atrás, una ya pasara de los cincuenta, ¿no le parece?

Rozie se encogió de hombros. A ella todavía le faltaban veinte años para llegar a los cincuenta. Si tenía que ser sincera, le resultaba muy difícil imaginarse con esa edad, ¿cómo iba a poder pensar siquiera en lo que se sentía unas décadas después de cumplirlos? Además, se estaba preguntando otra cosa.

—Pero, si la reina ha resuelto todos esos misterios, ¿cómo es posible que nadie hable de ello? Al menos en palacio, quiero decir. No he oído ni un rumor al respecto.

El rostro de Aileen se iluminó.

—Ah, eso es genial, ¿vedad? A mí me encanta. Y la única razón es que ése es su estilo. Y es mi parte favorita de la historia. La hace correr a una como una loca de aquí para allá, en busca de pruebas e indicios, descubriendo detalles, mintiendo como una bellaca cuando es necesario, y entonces, cuando llega la hora de la verdad, resulta que nada de eso ha ocurrido.

—¿Qué quiere decir?

—Ya lo verá. Tiene que aprender a saborear el momento.

—La verdad es que no consigo entenderlo...

—Lo hará. Confíe en mí. Ah, y debo confesarle que me da un poquito de envidia. —Aileen tendió una mano hacia el fino pie de la copa y la levantó hasta que se vio de un rojo sangre a la luz de la vela—. Brindo por la verdadera reina del crimen.

Rozie alzó también su copa.

—Por la verdadera reina del crimen.

—Y que Dios salve a nuestra soberana.

9

La reina examinó los distintos atuendos que le habían preparado para la jornada. Después de comer, se cambiaría el cómodo conjunto de blusa y falda por un vestido de lana color frambuesa con un broche de brillantes, porque más tarde debía asistir a una reunión de su comité asesor. En Windsor una no siempre podía contar con aire fresco y diversiones.

Sin embargo, sus pensamientos estaban en Londres, donde tenía la sensación de que se hallaba la respuesta a la muerte de Maksim Brodsky. Si Henry Evans estaba en lo cierto, ningún miembro del personal del castillo había conspirado para matar a Brodsky, de modo que el asesino tenía que ser alguna de las personas que habían llegado con él. O alguien a quien conoció en la cena y pernocta. Los comentarios de Fiona Hepburn sobre aquel baile al final de la velada le habían dado mucho que pensar. ¿Conocía ya Brodsky a aquella mujer con la que había bailado de esa forma? ¿Se encontró con ella después? Era una idea interesante, y ella quería saber más al respecto.

¿Y Peyrovski? Había sido él quien le había propuesto a Carlos que hiciera venir a Brodsky aquella noche, pese a que era un tanto extraño que un invitado sugiriera traer a un músico para la velada. Casi insólito, de hecho. ¿Era una mera coincidencia que el intérprete en cuestión hubiera acabado muerto? ¿Qué tipo de relación mantenía Peyrovski con él? Necesitaba averiguar muchas cosas, y había confiado en que Rozie pudiera colaborar con ella de un modo discreto, pero la noche anterior sir Simon le había enviado un mensaje para decirle que su secretaria personal iba a tomarse un día libre para asuntos familiares, porque su madre no estaba bien.

¡Qué frustrante! Y en qué mal momento. Pero no podía hacerse nada. Tendría que limitarse a ver qué podría hacer Rozie cuando estuviera de regreso.

A las ocho y media de la mañana, una semana después del hallazgo del cuerpo, Rozie aparcó en una zona de carga y descarga ante una hilera de tiendas cerca de Ladbroke Grove. Normalmente ni soñaría en dejar el Mini en un sitio que pedía a gritos una multa, pero no disponía de veinte minutos para dar vueltas en busca de un lugar donde aparcar. Y aquél era su territorio. Había crecido en esa zona, conocía todas las calles y todos los rincones, y sabía que, a esa hora de la mañana de un martes, las plazas libres de aparcamiento escaseaban tanto como las invitaciones a cena y pernocta.

Tras comprobar en el espejo retrovisor que el pañuelo con el que se había cubierto la cabeza para protegerse el pelo de la lluvia estaba colocado de un modo impecable, bajó del coche y cruzó corriendo hasta el Costa Coffee, donde su primo Michael la esperaba en una mesa. La vio de inmediato y sonrió.

—¡Hola, pequeña! Cuánto tiempo sin verte. Tienes una pinta estupenda.

Rozie le devolvió la sonrisa, ligeramente avergonzada, mientras se deslizaba en una de las sillas libres de la mesa.

—¿Lo has conseguido?

—Claro que sí. —Michael sacó de su mochila un teléfono móvil pequeño y barato de plástico negro y se lo tendió—. Está bloqueado y cargado. Tiene un saldo de cincuenta libras, y comprarlo me ha costado otras cincuenta. —Se la quedó mirando mientras ella lo guardaba rápidamente en el bolso—. Supongo que no merece la pena que te pregunte para qué lo quieres. Al fin y al cabo, estoy hablando con una niña bien, educada como Rosemary Grace Oshodi. Una ex soldado de las Fuerzas Armadas de Su Majestad. Una joven presuntuosa que trabajaba en el banco de inversiones de los pijos. ¿Qué pasa, que ahora traficas o qué?

—Acertaste —contestó Rozie con una sonrisa socarrona—. Por orden de la reina, trapicheo con té en la puerta trasera del parque de Windsor.

—Me parece que esa jerga está pasada de moda, primita. ¿Cuánto hace que no ves la televisión? Por cierto, he tenido que salir del trabajo para conseguirte eso.

Parecía un poco afligido, aunque le estuviera tomando el pelo, y Rozie comprendió que la había echado mucho de menos.

En la vida de Rozie había tres niveles distintos de primos. Algunos parientes de Nigeria y de Estados Unidos estaban en el círculo más externo. En esa posición se encontraba la recién casada Fran, que llevaba un estudio de yoga en Lagos, mientras que su flamante marido, Femi, dirigía varias de las salas de fiestas en las que Rozie y su hermana Felicity habían bailado hasta altas horas de la madrugada cuando estuvieron allí para la boda. En el círculo intermedio se encontraba el grupo de Peckham, cuyos miembros habían crecido en el sur de Londres, donde habían nacido Fliss y ella. Y luego venían Mikey y su hermano Ralph.

Ellos formaban el círculo más íntimo, y Rozie los consideraba prácticamente como hermanos. Su madre y la de ellos siempre habían estado muy unidas. Se habían mudado juntos de Peckham a Kensington cuando la tía Bea se casó con el tío Geoff. Aquello supuso un cataclismo en la familia. El tío Geoff no era miembro de la iglesia; no era oriundo de Peckham; no hablaba yoruba. Y era blanco. Pero era un gran artista y un gran músico, y adoraba a la tía Bea. Y cuando la madre de Rozie optó por trasladarse con su propia y joven familia para estar con ellos, Rozie había descubierto qué significaban el amor y la lealtad. Mientras Fliss y ella crecían en las peligrosas calles de Notting Hill, Mikey y Ralph las habían protegido, e incluso habían salvado a Rozie un par de veces, antes de que sus habilidades para la defensa personal alcanzaran el nivel de su talento para el descaro.

Rozie se fijó en que también él había cambiado de peinado: se había afeitado tres líneas bien marcadas en el pelo, cortado al cepillo. La libertad de la que gozaba su primo le daba cierta envidia. Antes de entrar en el ejército, Rozie solía llevar el pelo de la coronilla teñido de rubio. Ahora había vuelto a su color natural y, pese al nuevo corte, echaba de menos aquel toque de originalidad.

—Gracias por hacer esto por mí. Qué gran gustazo verte, Mikey. —Echó mano de la cartera y extrajo cinco billetes de veinte libras que había sacado esa misma mañana del cajero automático del pequeño supermercado—. Aquí tienes.

—Así me gusta.

—¿Cómo va el trabajo? —preguntó Rozie, respirando más tranquila.

—De maravilla. Ayer me pasé cuatro horas en una habitación sin ventanas hablando sobre objetivos de ventas.

—Uf.

—Cuando me ascendieron, creí que todo iban a ser minivacaciones en hoteles pijos. No que me pasaría cuatro horas viendo imágenes de PowerPoint en un apestoso sótano de Earls Court Road. Luego vuelvo a subir a la tienda y va un tipo y me pregunta por un televisor inteligente que pueda enchufarse al PC, para juegos en pantalla y esas cosas. De manera que me paso media hora explicándoselo todo, y luego va él y coge el móvil, entra en Amazon y lo pide ahí mismo. ¡Justo en mis narices! Así podía ahorrarse cien libras. Pues qué bonito, tío. Vienes y me usas como si fuera una Wikipedia andante, y luego me tiras como un trapo.

—Lo siento, Mikey.

—Bueno, no es culpa tuya, ¿no? Apuesto a que tú por lo menos prefieres salir por ahí, antes que comprarle cosas a Jeff Bezos.

—Pues, la verdad...

—Te estoy tomando el pelo. Aunque no creo que me necesitaras para conseguir eso. —Señaló el bolso de Rozie, donde ella había guardado el teléfono—. Quiero decir que cualquiera puede comprar un móvil de prepago. Podrías haberlo conseguido por tu cuenta, ¿no crees?

—No quería que me rastrearan a través de él.

—Así que se lo pediste a tu primo, ¿no? Que además trabaja para *PC World*.

—Tenía prisa. —Rozie sabía que su maniobra no había sido precisamente impecable, pero por lo menos una llamada a Michael no parecería algo raro en sus registros telefónicos—. Deberías sentirte halagado por la confianza.

—Claro, por un teléfono prepago, nada menos.

Mikey arqueó una ceja y le ofreció una breve sonrisa. Rozie decidió que ya era hora de cambiar de tema. Su primo estudiaba a tiempo parcial para poder graduarse, y tenía una novia que ella no conocía porque no habían podido permitirse el lujo de coger un avión para ir a la boda de Fran. Así que tenía que ponerse al día con todas las novedades.

—¿Cómo está...? —Titubeó.

—¿Janette?

¿Janette? ¿Su novia se llamaba así? Rozie asintió.

—Está genial. Siempre anda ocupada. Te caería bien.

—De eso estoy segura.

—¿Y Fliss? —quiso saber él—. ¿Le va bien? ¿Qué le parece Alemania?

Rozie se esforzó por mantener la sonrisa en sus labios. La reciente mudanza de su hermana a Fráncfort le dolía como una herida abierta.

—Le va estupendamente. Le encanta estar allí.

Era cierto. Fliss trabajaba como orientadora y terapeuta familiar. El año anterior se había enamorado de un alemán en uno de sus cursos, y como su talento estaba tan solicitado que podía trabajar prácticamente donde quisiera, decidió mudarse con él pese a su rudimentario conocimiento del alemán. Estaba segura de que a estas alturas, conociendo a Fliss, ya lo hablaría con fluidez.

Rozie recordaba cómo se había tambaleado su mundo el día en que Fliss le explicó su plan.

—¡Pero si tienes tu nuevo trabajo! —había insistido su hermana—. Inmersa como estás en tu carrera de altos vuelos, apenas notarás mi ausencia.

Eso pasó en Navidad, unos meses después de que Rozie empezara en palacio. Había sido la peor Navidad de su vida. En resumidas cuentas, sí notaba la ausencia de Fliss. Y también notaba, en ese preciso instante, que Mikey no se había atrevido a preguntarle si estaba liada con alguien. Y hacía bien en no tomarse la molestia, pues eso no iba a ocurrir nunca; no mientras tuviera aquel trabajo.

Mikey le miraba las manos, y Rozie se percató de que estaba jugueteando con el llavero en el que había puesto la llave del Mini.

—Yo también tengo uno de ésos —comentó él—. Me lo mandó Fran, como recuerdo de su amor perfecto. —Con una sonrisa forzada, hurgó en el bolsillo y le enseñó a Rozie un llavero idéntico al de ella, con la imagen en forma de corazón de la feliz pareja en su gran día.

Rozie se acordó del Mini. Hizo una mueca y se levantó.

—Lo siento, debo irme pitando, tengo el coche mal aparcado. Dale un beso de mi parte a la tía Bea. Ojalá pudiera quedarme, pero...

—El deber te llama. —Mikey acabó la frase por ella simulando un tono pijo—. Por la reina y por la patria.

Ella se limitó a asentir, y Mikey la atrajo hacia sí para darle un fuerte abrazo.

—Choca esos cinco de mi parte con Su Majestad y el duque.

—Lo haré.

Ya en el coche, Rozie pensó en el móvil. Estaba en el bolso, en el espacio para los pies del pasajero, como una bomba sin detonar.

¡Un teléfono de prepago, por el amor de Dios! Se estaba convirtiendo en Jason Bourne.

Había hablado del tema con Aileen la noche anterior, poco antes de marcharse. Le había preguntado cómo se las apañaban las «ayudantes» para que no las pillaran sus respectivos sir Simon antes de la era de la telefonía móvil. Entonces era más fácil, por lo visto. En todas las residencias había montones de habitaciones en las que una podía colarse sin ser vista, todas ellas con una línea fija que podías utilizar sin que nadie pudiera saber con certeza quién había hecho la llamada. Ahora ya no era así. Los teléfonos inteligentes eran geniales, pero a cambio de esa comodidad podían rastrearte.

A esas alturas, Rozie había recurrido ya demasiadas veces a su móvil del trabajo, que era el único que tenía. Si la interrogaban, podía improvisar una excusa para cada llamada hecha hasta entonces, pero si iba más allá despertaría sospechas. Y si eso ocurría, sabía muy bien que nunca metería en aquello a la jefa. Asumiría ella la responsabilidad, y entonces, ¿sobre quién recaerían las sospechas del MI5 acerca del agente durmiente?

Condujo con pericia por aquellas calles que le eran tan familiares, dejando atrás solares en construcción, bloques de pisos nuevos y flamantes y otros antiguos y restaurados con elegantes revestimientos, mientras repasaba mentalmente la lista de llamadas y mensajes que necesitaba hacer y mandar antes de su primera entrevista. Ése no era el trabajo que sir Simon le había explicado con tanta gentileza aquel maravilloso primer día en el palacio de Buckingham. Aunque le había dicho en broma a Mikey que era una traficante de hierba, en realidad se sentía precisamente así. A lo largo de su vida, Rozie siempre había intentado hacer lo correcto y no meterse en líos. Y ahora estaba utilizando a su familia, literalmente, para ir un paso por delante del servicio secreto.

No era de extrañar que la reina la hubiera mirado de esa forma tan extraña aquel día en su despacho, cuando le había mencionado por primera vez a Henry Evans. En ese momento ella ya sabía que la cosa conduciría inevitablemente a días como aquél.

Geográficamente hablando, Westbourne Grove no quedaba lejos de Ladbroke Grove, pero a Rozie jamás se le habría ocurrido quedar con Mikey ahí. Las cafeterías adornaban sus sillas de mediados del siglo XX con piel de borrego, la única tienda benéfica estaba llena de objetos de diseño de segunda mano, y todas las tiendas de moda pretendían atraer a las damas que almorzaban y vivían en las multimillonarias casas de color pastel a la vuelta de la esquina. El número de rostros negros y morenos iba disminuyendo a medida que uno se adentraba en la zona. Bien mirado, era un poco como estar de vuelta en el trabajo.

Rozie encontró finalmente un lugar donde aparcar, esta vez en un sitio adecuado, y echó un vistazo al reloj. Le sobraban diez minutos. Se frotó las manos con un poco de manteca de karité y consultó la libreta forrada con motivos africanos que había comprado como recuerdo en una escapada a las tiendas de Lagos con Fran y Fliss.

Tras unas cuantas páginas de poemas malos, incluidos para despistar a un lector fortuito, había anotado allí toda la información relacionada con el caso Brodsky. Lo había hecho a la vieja usanza, a lápiz y sobre el papel pautado de la libreta. Así evitaba dejar una huella digital.

Por suerte, sir Simon no tenía esas preocupaciones en su despacho, y todos los nombres, direcciones y números de contacto de la gente invitada a pasar aquella noche en el castillo habían quedado fielmente registrados en una hoja de cálculo, que la policía le había pedido después al mayordomo mayor. El día anterior, por la mañana, Rozie había accedido a ese archivo y copiado esos datos. Y ahora llamó a uno de esos números (el día anterior no había obtenido respuesta) y habló con un joven que accedió a encontrarse con ella por la tarde. Aquélla sería su cuarta entrevista de la jornada. Mientras tanto, había llegado la hora de dirigirse al piso de Meredith Gostelow, en Chepstow Villas.

La mujer que la recibió en lo alto de las escaleras parecía nerviosa y preocupada. Llevaba una bata verde esmeralda que le llegaba casi hasta los pies y unas enormes deportivas retro. Varios mechones de pelo le asomaban bajo una extravagante diadema roja con forma de turbante, y por todo maquillaje lucía un toque de pintalabios también encarnado. Pero tenía ojeras y en sus ojos azules se veían restos del rímel de la noche anterior. Evitó la mirada de Rozie cuando la hizo pasar.

—Adelante, sígame. No he... No sabía que querría entrar.

La siguió por un pasillo alicatado en blanco y negro hasta una cocina pequeña y desordenada que daba a un jardín umbrío.

—¿Le apetece un té?

—Me encantaría, del que tenga.

Meredith cogió dos tazas decoradas con lunares de un estante, sacó dos bolsitas de té de una lata vieja y abollada y vertió agua de un viejo hervidor. La leche salió de una nevera de cuyo interior emanaba un olor rancio. Rozie hizo acopio de valor para abordar la entrevista, y no se sorprendió ni remotamente cuando notó que algo le frotaba el tobillo y, al bajar la vista, se encontró con un gato tricolor que la miraba con impasibles ojos verdes. Cómo no, aquella vieja chiflada tenía un gato.

La arquitecta cogió una de las tazas y se dirigió de nuevo al pasillo. Rozie cogió la otra y siguió a su anfitriona, justo a tiempo para ver cómo la bata esmeralda desaparecía a través de una puerta abierta. Cuando llegó al umbral, se quedó maravillada.

La habitación era larga y amplia, con ventanas enmarcadas por espléndidas cortinas de seda rosa. Las paredes se habían pintado de un delicado azul china, aunque quedaban casi ocultas por un batiburrillo de pinturas, litografías y telas en marcos distintos, un enorme espejo antiguo y estanterías de libros inmaculadamente ordenados que las cubrían de arriba abajo. Los muebles eran simples y de formas geométricas, aunque a todas luces muy caros. Sobre un par de consolas, se exhibían colecciones de jade y pequeños bronces. El efecto dejaba sin aliento. Las luces ocultas, la ingeniosa utilización del color y el perfecto acabado del conjunto hacían que una se viera constantemente atraída por los distintos detalles de la estancia.

A Meredith Gostelow, sencillamente, no le interesaban las cocinas, comprendió Rozie. O preparar el té como es debido. Lo único que le importaba era la distribución de los espacios, y tenía un punto de genialidad a la hora de crearlos.

—Perdone el desorden —dijo, cogiendo un libro de bolsillo del asiento de un sofá, el único objeto fuera de lugar, para instalarse entre sus cómodos cojines.

El gato tricolor fue a sentarse a su lado. Rozie tomó asiento en el sofá a juego situado justo enfrente y dejó el té sobre la mesa de centro, que era en sí misma una obra de arte en bronce y cristal.

—No me esperaba... todo esto —admitió.

—Vaya, ¿y qué esperaba?

—No lo sé exactamente. No conozco a ningún arquitecto. ¿Algo blanco y minimalista?

Meredith exhaló un suspiro.

—Todo el mundo espera eso. Como si la arquitectura se hubiera detenido en Norman Foster. Qué aburrimiento. ¿Y qué pasa con el maximalismo? Choque de culturas, recuerdos vívidos... ¿No es eso pura alegría? Para eso me pagan mis clientes.

Aun así, Meredith Gostelow no parecía precisamente una mujer feliz, sino más bien desolada.

—¿Trabaja en algo en este momento? —quiso saber Rozie.

—En varios proyectos, como siempre. México... San Petersburgo... Ha tenido suerte de pillarme en el país. Salgo para Heathrow a las siete. Oiga, será mejor que vayamos al grano, ¿le parece? Doy por hecho que está aquí por Maksim. ¿Es usted del MI5?

—No, no, por supuesto que no —contestó Rozie, bastante sorprendida—. Todo lo contrario, en realidad.

—Ha dicho que formaba parte de la Secretaría Privada de la reina...

—Sí, en efecto.

—¿Quién la envía entonces?

Era una pregunta perfectamente legítima, y Rozie comprendió que era probable que se la plantearan a menudo, al menos si tenía la suerte de continuar con su empleo más allá del día siguiente.

Y requería una respuesta ingeniosa.

—Me envía Su Majestad. —No había respuesta ingeniosa posible. Lo único a lo que Rozie podía recurrir era a los polvos mágicos de la jefa.

—¡Joder! —Meredith se incorporó y se sentó más tiesa—. ¿Lo dice en serio? ¿De verdad?

—Sí. —Rozie vio cómo la mirada escéptica de la arquitecta se teñía de asombro.

—¿Y para qué quiere hablar conmigo?

—No puedo responder a eso de un modo directo, pero sí puedo decirle que cualquier cosa que me diga será estrictamente confidencial. La reina quiere saber qué hizo el señor Brodsky después de la fiesta. Tengo entendido, por la forma en que bailaron, que quizá llegó a intimar con él. Habló con usted por primera vez esa noche, ¿o lo conocía ya de antes?

La expresión de la arquitecta era una maraña de emociones distintas. La ansiedad luchaba con la cautela, pero ambos sentimientos se apaciguaron enseguida. Sus facciones se relajaron. Volvió a arrellanarse en el asiento.

—No, no lo conocía, como ya le conté al amable policía que me interrogó después de su muerte. Bailamos un tango, eso es todo.

—Pero eso no fue todo, ¿verdad? —preguntó suavemente Rozie.

—No, no fue todo.

Se hizo un breve silencio mientras Rozie se preguntaba cómo seguir la conversación. Volvió a pensar en lady Hepburn.

—Tengo entendido que fue un tango increíble.

—Gracias. —Meredith se lo tomó como un mérito propio—. Yo también lo creo. Aprendí a bailarlo en Argentina.

—A todo el mundo le encantó.

—Pero la reina no pudo verlo, ya se había retirado a sus aposentos.

—Cierto —reconoció Rozie.

—Entonces ¿cómo es que...? ¿Por qué es importante?

—Sólo puedo decirle que es muy importante. La reina no se lo pediría si no lo fuera.

Meredith se levantó, fue hasta una pared llena de obras de arte y luego se acercó a la ventana, desde donde se veían cerezos en flor.

—Si se lo cuento, ¿tengo su palabra de que será absolutamente discreta?

—¿Lo mató usted?

Rozie se sentía como en un universo paralelo. ¿Cómo podía haber salido de su boca una frase como ésa?

—¡No, por supuesto que no! —exclamó entonces Meredith—. Esto no tiene nada que ver con su muerte. ¡No sea ridícula!

—Entonces, puedo darle mi palabra. Seré absolutamente discreta —afirmó Rozie, dejando que el silencio subsiguiente llenara la habitación.

Meredith permaneció allí de pie unos instantes, enmarcada por la luz.

—¿Usted baila, señorita...?

—Oshodi. —Lo pronunció como lo hacía en casa, a la inglesa.

—¿Usted baila, señorita Oshodi?

—Un poco —admitió Rozie.

—Bueno, pues a mí me encanta bailar. Tal vez no bailo muy a menudo, pero cuando lo hago pongo toda mi alma en ello. Estudié ballet de niña, llegué incluso a examinarme. Quería ser bailarina, aunque... bueno, ¿qué chica no ha querido serlo? Luego me crecieron estos...

—Meredith se señaló los pechos—. Y me volví demasiado alta y... En fin, todos tenemos nuestras excusas. Me fui al extranjero, viajé por toda Sudamérica, conocí a un hombre...

Rozie asintió, pero fue evidente que, en opinión de Meredith, no estaba prestando la debida atención. La voz de la arquitecta resonó con intensidad mientras cruzaba la habitación y se dejaba caer en el asiento junto a su visitante.

—Él me enseñó a bailar el tango. Y se me da muy bien, señorita Oshodi. Con los años ya había olvidado lo bien que se me daba, pues había probado con distintas parejas sin reproducir nunca del todo la esencia de ese baile, su dramatismo, su chispa. —Meredith gesticuló con el brazo, y Rozie fue capaz de imaginarla en el escenario, cautivando a su público—. Lo abandoné. Mis pies se quedaron inmóviles. Y entonces apareció Maksim. Era un joven guapísimo, por supuesto; todo el mundo debe de habérselo dicho. Y se puso a bailar con aquellas jóvenes y preciosas criaturas, y lo hacían a la perfección, pero en realidad no sentían el tango en el alma, no se entregaban a él por entero. Y no sé... Maksim debió de captar algo en mi mirada. Me pidió que saliera con él a la pista de aquel Salón Carmesí, y yo me negué. ¿Cómo podía nadie competir con aquellas bailarinas? Pero él insistió e insistió, y alguien pronunció algunas palabras alentadoras a mi lado, y sin apenas darme cuenta Maksim me atrajo hacia él y le dijo algo al pianista, que se lanzó a interpretar una brillante versión de *Celos*... Y entonces, empezamos a bailar...

—Ojalá hubiera estado allí.

—Pues ojalá no hubiera estado yo —repuso Meredith con voz ronca. Volvió a levantarse, y empezó a pa-

121

searse de arriba abajo por la alfombra—. Aquel baile me devolvió a mis dieciocho años, y al mismo tiempo extrajo algo eterno de Maksim. Era como si hubiera vivido mil años, y no veinticuatro o los que fuera que tuviese. ¿Lo ve? ¡Ni siquiera sé su edad! No habíamos hablado durante la cena. Incluso en ese momento, fueron sobre todo nuestros cuerpos los que conversaron. Y sí, cuando dicen que bailar es la expresión vertical de un deseo horizontal...

Rozie adivinó adónde se dirigía aquella conversación, pero casi no podía creerlo. Luchó por mantener una expresión neutral. ¿Habría sido posible siquiera que...?

—¿Acabaron intimando? —se atrevió a preguntar.

—Acabamos absolutamente entrelazados. El tango saca la parte más física de los bailarines, tanto cuando los cuerpos se juntan como cuando se separan. En esos momentos en los que él te atrae hacia sí... En fin, era evidente que me deseaba. Y por supuesto yo le deseaba también. Quiero decir... parece imposible, ¿no? Por la forma en que me mira usted, veo que está de acuerdo conmigo.

—Lo siento, no pretendía...

—Una mujer de cincuenta y siete años y un hombre de veintitantos. ¡Una mujer como yo! —Meredith bajó la vista para mirarse con desprecio los pechos y el vientre.

Al fijarse por primera vez en la bata esmeralda y las deportivas, Rozie había pensado que la arquitecta tenía un estilo muy personal, pero Meredith sólo veía los diez o doce kilos que se había echado encima desde la menopausia. Se movía más despacio, tenía achaques con mayor frecuencia y se veía obligada a luchar todos los días para no sentirse invisible.

—Yo... tan sólo me estaba preguntando... ¿Cómo lo hizo? ¿En el castillo? —preguntó Rozie.

—¿Acostarme con él? —La sonrisa de Meredith fue amarga y triunfal a un tiempo—. ¿No ha pasado nunca por uno de esos momentos, señorita Oshodi? ¿No ha pasado nunca por uno de esos momentos en los que necesita de verdad estar con alguien y, aunque no tenga sentido y probablemente esté mal, es lo único que importa?

Rozie tragó saliva.

—Sabe de qué hablo. ¡Lo sabe! Bueno, pues Maksim y yo nos dimos cuenta, en la pista de baile, de que aquel tango era simplemente el principio de algo. Teníamos que seguir adelante. Fue una locura total, absoluta, la experiencia más excitante que yo había tenido en años. Me susurró cosas picantes al oído, y yo le contesté con más cosas picantes, y él se echó a reír. Él no veía mi edad, ni mis... ni esto... Sencillamente le daba igual. Me preguntó dónde dormía, y cuando le conté dónde estaban las dependencias de invitados, dijo que ya se le ocurriría algo. Después intercambió unas palabras con la preciosa mujer de Peyrovski, a quien obviamente conocía bien, y vi que ella le sonreía y le susurraba algo a su vez. Entonces me dijo que se encontraría conmigo en mi habitación al cabo de una hora. Y que me limitara a esperarlo allí.

—Ajá, ¿de modo que fue a su habitación y no a la de Maksim?

—Pues sí —repuso Meredith. No parecía nerviosa porque la hubieran pillado mintiendo, sólo un poco desconcertada.

—¿Y usted fue a su habitación en algún momento?

—¡No, claro que no! La mía era mucho más bonita. Yo tenía una suite fabulosa con muebles estilo regencia, e imaginaba que él tendría una simple ratonera. ¿Por qué íbamos a preferir la suya?

—Lo siento, la he interrumpido. De modo que regresó usted a su habitación.

Meredith asintió.

—Di las buenas noches a todo el mundo y dejé bien claro que subía a mi habitación sin compañía. Estaba segura de que aquella sensación se desvanecería en cuanto estuviera sola, pero no fue así: me sentía burbujeante. Ahí estaba yo, en el castillo de Windsor, y cada célula de mi cuerpo rebosaba de vida. Quería reírme y hacer el amor durante toda la noche. Me sentía... —Meredith se detuvo para encontrar las palabras adecuadas, y la desolación volvió a ensombrecer sus facciones—. Me sentía rejuvenecida. *Les neiges d'antan*. Me sentía como no me había sentido en mucho tiempo.

—¿Y él apareció?

Meredith miró fijamente a Rozie y esbozó una sonrisa.

—Podría decirse que sí. Llamó a mi puerta una media hora más tarde. Llevaba en la mano una botella de champán. Bebimos un poco y, bueno, ya sabe...

Rozie bajó la vista hacia los libros de arte amontonados sobre la mesa de centro. Era incapaz de mirar a Meredith a los ojos.

—Sí, entiendo...

La arquitecta se echó a reír.

—Se quedó una hora más o menos. O dos... La verdad es que no tengo ni idea. Y eso es cuanto voy a contarle; confío en que sea suficiente. En un momento dado, su teléfono sonó. Un mensaje. Rodó sobre el costado, lo leyó y, a regañadientes, dijo que debía marcharse. Y eso fue lo que hizo. Yo sonreí y no dije nada. Estaba convencida de que volvería a verlo. No como un amante a largo plazo, no me malinterprete, señorita Oshodi. No creí que aquello fuera el inicio de una bonita relación. De una amistad quizá sí. Pero lo siguiente que supe fue que estaba muerto y que todo se había... —La desolación volvió a aparecer en su rostro—. Acabado.

—¿Sabe qué hizo él cuando usted subió a su habitación?

—No exactamente. Pero, ahora que lo pienso, se había cambiado de ropa... Cuando entró con el champán, llevaba traje. Recuerdo haber pensado que era una pena, porque estaba guapísimo de esmoquin, si bien es verdad que no tardó mucho en quitarse la ropa...

—¿Tuvo la impresión de que iba a encontrarse con alguien después de usted?

Meredith se mordió el labio mientras lo consideraba.

—No, la verdad. Aunque es posible que sí. Se limitó a decir: «No le cuentes esto a nadie», pero lo dijo sonriendo; no como si le avergonzara, sino como si fuera nuestro secreto.

—Le agradezco mucho su sinceridad.

—Sé que debería habérselo contado a la policía, pero, en cualquier caso, ésas fueron las últimas palabras que pronunció ante mí. Y aunque no le prometí en voz alta no contárselo a nadie, mentalmente sí lo hice. Suelo mantener mis promesas a los muertos.

Y sin embargo acababa de contarle aquella historia a ella. Lo habían conseguido los polvos mágicos de la reina. Rozie era muy consciente de la confianza que Meredith Gostelow había depositado en ella. No estaba segura de que aquella historia ayudara a explicar la muerte de Brodsky, pero quizá la jefa captaría algo que a ella se le había pasado por alto. Se levantó y volvió a darle las gracias a la arquitecta.

—De hecho, es usted la que me ha ayudado a mí —repuso Meredith—. La verdad es que esta historia carecía de sentido para mí hasta que la he contado en voz alta. Estaba convencida de que había hecho algo terrible y de que había sido castigada por ello, pero lo cierto es que fue precioso.

Rozie sonrió.

—Me alegro.

—Excepto por la cistitis, claro.

Se miraron en silencio unos segundos. Rozie trataba de contener la risa que le burbujeaba en la garganta, pero no lo consiguió. Y entonces Meredith se rió también, echando la cabeza atrás para soltar una carcajada.

Acabaron por darse un abrazo. Con gesto afectuoso, Meredith acompañó a su invitada hasta el vestíbulo.

—Madre mía, ya la imagino hablándole a la reina de mi vida sexual —dijo al abrir la puerta.

—Lo haré con delicadeza —prometió Rozie—, y sólo le contaré los detalles imprescindibles.

—Hágalo con brío —le pidió Meredith—. Y hágame justicia. No se olvide del tango.

10

La reunión del comité asesor fue larga y aburrida. Los asesores de la Corona, cuidadosamente elegidos a lo largo de los años, eran un grupo de personas respetables cuya sabiduría había resultado inestimable en tiempos difíciles, al igual que su apoyo. La reina era una presidenta implacable que dirigía las reuniones de pie y prefería que no se alargaran más de lo previsto, si bien en esta ocasión, por desgracia, había muchas cosas que organizar para la celebración de su próximo cumpleaños; cosas que habían acabado de algún modo en la agenda del consejo. En realidad, ella habría sido feliz con una visita de sus bisnietos, unas cuantas cartas cariñosas y una cabalgada decente por Home Park. En lugar de ello, se encenderían todas las farolas, tendrían lugar toda clase de actos interminables, la mayoría a pie, y, el día señalado, en junio, habría un servicio religioso en la catedral de San Pablo que se emitiría por televisión. Una estaba acostumbrada a esas cosas, por supuesto. Y se alegraba de contar con una nación agradecida. Pero, francamente...

Entretanto, no podía dejar de pensar en Rozie. ¿Regresaría esa noche, como le había dicho a sir Simon?

Cuando volviera, tendría mucho que hacer, y la reina no sabía todavía si estaba preparada para ese tipo de tareas. Con Henry Evans había hecho un buen papel, aunque aquello no había sido demasiado difícil. Y, en cualquier caso, si las cosas se complicaban, era posible que no dispusiera de tiempo suficiente para investigar todas las pistas.

Siempre podía recurrir a Billy MacLachlan, por supuesto. Tras haber trabajado en su guardia personal, MacLachlan había llegado a inspector jefe y la había ayudado muchas veces. Además de ser totalmente discreto, era muy imaginativo. Se le daba bien hacer preguntas sin llamar la atención. La reina sabía que la jubilación le estaba resultando muy aburrida, así que era muy posible que apreciara una tarea como ésa. Y aunque Rozie finalmente fuera una ayudante eficiente, él siempre podía ser de ayuda. Valía la pena considerarlo, por lo menos.

La siguiente entrevista de Rozie iba a celebrarse en el bar de un anodino y lujoso hotel de Mayfair, decorado con una amplia gama de tonos miel. La joven secretaria de la reina se había sentado con un café en un rincón tranquilo, detrás de unos maceteros de orquídeas blancas, y la elegante mujer con la que se había citado apareció diez minutos después con unas gafas de sol masculinas, una sudadera negra con capucha que le venía grande y una gorra de béisbol. A pesar de su disfraz, cualquiera que la conociera habría identificado al instante aquel mohín tan característico suyo y aquella mandíbula tan bien cincelada. Eso por no hablar de sus finas y largas piernas, enfundadas en unas exclusivas mallas Lululemon.

Masha Peyrovskaya se sentó frente a Rozie y echó un vistazo a una mesa apartada, donde se habían acomodado dos corpulentos guardaespaldas.

—¿Usted es la mujer que me ha llamado?

Rozie asintió.

—Sí.

La rusa se quitó las gafas de sol y la miró fijamente unos instantes, ladeando la cabeza. Rozie mantuvo la plácida sonrisa que usaba en esas ocasiones, la que decía: «Pues sí, trabajo para la Secretaría Privada de la reina. ¿Soy más joven de lo que esperaba, quizá?»

—Bueno —dijo Masha finalmente, encogiéndose de hombros y señalando con un gesto a los guardaespaldas—, les he dicho que usted quería entrevistarme para un blog sobre arte. Así que dese prisa. Tengo que estar en casa dentro de media hora.

Rozie se había estado preguntando cómo se entablaba una charla intrascendente con los multimillonarios; quizá no se hacía y punto.

—Muy bien. Se trata de la velada de la cena y pernocta.

De todos los visitantes de aquella noche, Masha y su sirvienta parecían ser quienes mejor conocían a Maksim Brodsky. Inicialmente, Rozie había organizado aquel encuentro para comprobar si Masha o su marido podían arrojar algo de luz sobre lo que le había ocurrido al joven pianista, pero ahora sabía a ciencia cierta —gracias a Meredith— que Masha estaba implicada, y quería conocer todos los detalles de la historia.

—Tengo entendido que conocía bastante bien al señor Brodsky...

—Bastante bien, sí. Me daba clases de piano.

—Aquella noche lo ayudó.

—No, para nada —respondió Masha, con un fugaz destello de desafío en sus ojos.

Rozie se quedó esperando, a ver quién parpadeaba primero. Jugaba a aquello desde que iba al colegio.

—Ha dicho que no dispone de mucho tiempo —observó—. Y yo no le estoy preguntando si ayudó a Maksim, estoy afirmando que lo hizo. Lo organizó todo para que pudiera encontrarse con Meredith Gostelow sin que el personal del castillo y la policía se enteraran. Y después se encontró con él usted misma.

Marsha parpadeó varias veces. Hasta entonces había mantenido la sangre fría, pero ahora torció el gesto.

—¡Eso no es cierto! —protestó—. ¿Quién se lo ha contado?

—Usted lo llamó y él acudió.

Rozie estaba sonsacándola en busca de una reacción, pero no esperaba que respondiera como lo hizo. Masha se levantó un poco del asiento, se inclinó sobre el rostro de Rozie y le susurró:

—¡Usted no sabe nada de nada! ¿Fue la vieja quien le contó eso? ¡Pues miente! ¡Está celosa! Cree que yo me acuesto con Maks... De hecho, todos lo creen. Incluso mi marido. ¿No lo entiende? ¡Yuri podría matarme! —Se dejó caer de nuevo en el asiento y, furibunda, empezó a arañar la mesa con la piedra de su magnífica alianza, hablando en voz baja mientras lo hacía—. Y aun así, voy y me arriesgo por Maks, como amigo, y todo por aquella vieja bruja... Al parecer, no podían contener el deseo, ¿puede creerlo? Él reía... pero estaba desesperado. Me dijo: «Tú puedes organizarlo para ayudarme a llegar allí arriba, a su dormitorio, sé que puedes. Hazlo.» Así que lo hice.

—¿Cómo lo consiguió? —preguntó Rozie, con un tono más cordial que antes; se daba cuenta de que aquella mujer necesitaba sentirse valorada, de modo que decidió cambiar de estrategia.

A Masha le brillaron los ojos.

—Se me ocurrió el plan en cuestión de segundos. Le dije que fuera a su habitación a cambiarse y que se pusiera un traje como los que usa Vadim... Vadim es el ayuda de cámara de Yuri. Lleva trajes elegantes, diría que más elegantes que los de Maks, pero di por hecho que el personal de la reina no se daría ni cuenta... Maks debía decir que era Vadim y acercarse al pie de las escaleras que llevaban a las dependencias de los invitados, donde yo me encontraría con él. Para excusar su presencia, yo les diría a los guardias que necesitaba su ayuda. Total, que le di una botella de champán que encontré por ahí y subí con él las escaleras. En ese momento, Yuri estaba fuera con su amigo Jay, fumando puros y bebiendo oporto, y hablando de su viaje al espacio y de todas esas cosas de las que suelen hablar...

—¿Su viaje al espacio? —la interrumpió Rozie sin poder evitarlo.

—Sí. Quiere ponerse en órbita. Se ha gastado mucho dinero para hacer un viaje al espacio dentro de dos años. Diez millones de dólares. —Masha miró a Rozie como dando a entender que aquella era la parte más obvia y aburrida de su relato, como si estuviera diciendo que a Yuri le apetecía comprarse un perrito o ir a Nueva York—. Pero yo no sabía cuánto tiempo iban a estar hablando ahí fuera, y era posible que Yuri llamara a Vadim en cuanto volviera a la habitación, de modo que le dije a Maks que lo avisaría cuando Yuri viniera a acostarse. Y así lo hice. Eso es todo. —Esa última frase casi fue un gruñido.

—¿Y Maksim entendió que ese aviso indicaría el momento de volver a su propia habitación?

—Supongo.

—¿No corría el riesgo de cruzarse con Vadim en las escaleras? ¿Qué habría dicho entonces?

—Eso era problema suyo —repuso Masha, encogiéndose de hombros—. Tenía tiempo de sobra para pensarlo.

—Entonces, finalmente Vadim acudió a su habitación...

—Sí. Yuri estaba tan borracho que no podía desvestirse solo. —Masha parecía tomarse con mucha naturalidad la embriaguez de su marido—. Aunque tardó un rato en llamarlo. Primero intentó hacer el amor conmigo.

Mantuvo su cara de póquer, como desafiando a Rozie, que le devolvió una mirada igualmente inexpresiva.

—Ya veo.

—No se lo impedí. Se acercó a la cama y empezó a soltarme sus rollos de siempre. Suele recitarme poesía rusa. Pushkin... ¿Lo conoce?

—La verdad es que no.

—Pues debería leerlo. Y a Lérmontov también. Dejé que me recitara esos versos y que me bajara los tirantes del camisón, pero entonces me miró como si de pronto sintiera repugnancia y se alejó de mí. En ese momento llamó a Vadim.

Rozie tuvo la extraña sensación de que aquella mujer hostil y enojada la estaba utilizando de algún modo como psicóloga. Estuvo a punto de cogerle la mano y de preguntarle qué era lo que andaba mal en realidad. Pero se limitó a continuar con sus preguntas:

—¿Cree que la reacción de su marido tenía que ver con Maksim? ¿Sospechaba algo?

Masha la fulminó con la mirada.

—¡No había nada entre nosotros! ¿Por qué debería haber sospechado?

—La creo, pero...

—Yuri no confía en mí. Y se sorprende cuando encuentro a alguien que me trata como un ser humano. Pero yo no hago nada raro. Toco el piano con Maks: Rajmáninov, Satie, Debussy... Nos reímos, porque es un hombre amable. Siempre hay alguien en la habitación con nosotros, siempre. Pregunte a esos tipos de ahí. Están conmigo en todo momento; si fuera infiel, ellos lo sabrían... Ahora tengo que irme. Llego tarde.

—¡Espere!

Masha ya se había levantado y estaba poniéndose las gafas.

—¿Qué?

—¿Tiene alguna idea de qué hizo Maksim después?

—Claro que no, ya se lo he dicho.

—¿Y Yuri?

—Se quedó dormido a mi lado, roncando como un cerdo. ¿Qué iba a hacer él?

—Y Vadim... ¿Sabe si los agentes lo interrogaron acerca de las visitas a su habitación aquella noche?

—Supongo. Yo le pedí que les dijera que había subido dos veces. No quería que la policía hablara con Yuri sobre eso. Un ruso joven y atractivo no se distingue de otro vestido con su traje de criado, ¿no? Vadim es homosexual, así que al menos Yuri cree que estoy a salvo con él.

Rozie estaba asombrada. Sólo con su astucia, Masha había echado por tierra todas las medidas de protección diseñadas para salvaguardar a los invitados de una de las monarcas mejor vigiladas del mundo, en un castillo milenario que rebosaba de tecnología y de altísimos niveles de seguridad. Agitando su cola de caballo, Masha se dio la vuelta y se abrió paso entre las mesas sin que la holgada sudadera consiguiera ocultar su voluptuoso contoneo.

Costaba imaginar que Yuri no estuviera implicado, de un modo u otro, en lo que le había pasado después a Brodsky, aunque si Masha decía la verdad, no podría haberlo hecho él mismo. Tal vez lo había ordenado de antemano. ¿Sería capaz de matar un hombre por una mujer como Masha Peyrovskaya?

Sí, se dijo Rozie. Cierta clase de hombre probablemente lo haría.

11

A la mañana siguiente, sir Simon era quien debía ocuparse de la agenda diaria de la reina, pero ella le pidió que actuara de enlace con el Gabinete y que resolviera una complicada cuestión diplomática relacionada con el sultán de Brunéi, de modo que fue Rozie quien entró con las cajas rojas.

—Tengo entendido que ayer estuvo fuera —le dijo la reina alzando la vista—. Lamenté mucho enterarme de lo de su madre.

—Mi madre se encuentra perfectamente, gracias, Su Majestad.

—Me alegra oírlo.

—Tuve un día bastante ajetreado en Londres. Me pregunto si le interesaría que le explicara los pormenores.

La reina se llevó una gran alegría. ¡De modo que lo de su madre enferma había sido una artimaña! Había subestimado a Rozie. Tal vez había llegado el momento de proponerle cierta visita antes de que se metieran en faena.

—Quizá le gustaría conocer a una de sus predecesoras... Su nombre es Aileen Jaggard. Creo que podrían tener muchas cosas en común.

—Fui a verla dos noches atrás, señora, por recomendación de Katie. Y tiene razón, tenemos mucho en común.

—Oh. Ya veo.

El rostro de la jefa, iluminado por una sonrisa, adquirió un aire casi infantil. Rozie había visto antes esa expresión, aunque nunca estando sola con ella. Se dejó llevar por la emoción unos segundos. Le costó volver a concentrarse, pero era consciente de que no tenían mucho tiempo.

—Tuve una conversación con la pareja de baile del señor Brodsky, y creo haber descubierto qué hizo exactamente aquella noche.

—Continúe.

Rozie relató sus charlas con Meredith y Masha: esquivó en lo posible la cuestión del sexo, pero advirtió que nada de todo aquello desconcertaba ni remotamente a la jefa, aunque sí pareció sorprendida y a ratos divertida.

—Fueron muy generosas con su tiempo —observó la reina—. ¿Cree que le contaron la verdad?

—Sí, señora. No soy una experta, pero en rigor no estaban obligadas a contarme nada. Creo que querían que usted supiera la verdad. Meredith me hizo prometer que su historia sería confidencial. Quería que se la contara únicamente a usted.

—¿Y se lo prometió?

—Sí, señora.

La reina frunció el ceño.

—Eso puede complicar un poco las cosas.

—Vaya, ¿en serio? Lo siento si...

—Nos ocuparemos de eso más tarde. Continúe.

—Me reuní con las bailarinas después de un ensayo. La verdad es que no añadieron nada a lo que ya le habían dicho a la policía. Una de ellas conocía de antes a Brodsky, pero no era una relación cercana. Repito que no soy una experta, aunque esta vez tampoco tuve la impresión de que me estuvieran mintiendo. Ambas estaban muy impresionadas por la muerte del joven pianista, como es natural.

—¿Y qué me dice de él? —le preguntó la reina—. Aparte de su afición al tango, ¿averiguó algo más sobre nuestra víctima?

Rozie lo había intentado. A última hora de la tarde había visitado su apartamento en Covent Garden y hablado con su compañero de piso, a quien había contactado con el móvil de prepago. Vivían en un ático, en un edificio de dos plantas, encima de un restaurante y no muy lejos de la plaza. Era un emplazamiento fantástico; todas las ventanas daban al exterior y el bullicio de las calles y el ambiente de los teatros flotaba en el aire. Sin embargo, el interior era muy básico; pintado de blanco, con muebles de segunda mano y algunas piezas de baja calidad de Ikea, y estaba muy desordenado, con ropa y cajas de pizza desparramadas aquí y allá. Rozie había pensado que olía un poco a tigre, y no a dinero proveniente de paraísos fiscales y cuentas bancarias ocultas, como casi había esperado.

Para justificar su presencia, Rozie había dicho que era de la embajada rusa (a esas alturas ya estaba metida en el papel) y que sólo quería saber si el señor Brodsky tenía deudas, como el pago del alquiler, con la intención de ayudar, dentro de lo posible, en esos tiempos difíciles. Pero su compañero de piso, Vijay Kulandaiswamy, le aseguró que el alquiler estaba a su nombre y que lo pagaba con su empleo en la City. De hecho, estaba buscando a un sustituto de Brodsky para cubrir los gastos de suministros, aunque a menudo los había pagado él también. Maksim había estado sin blanca durante todo el tiempo que había vivido con él.

Rozie se llevó una sorpresa.

—Según nuestros informes, fue a una escuela privada muy cara.

Vijay se rió.

—Sí, yo también fui a esa escuela. De hecho, nos conocimos allí. Aunque eso no significa mucho, la verdad. Creo que le pagaban la matrícula, pero la cosa se acabó cuando terminó sus estudios, y quienquiera que fuera su protector, ya no andaba por aquí. Creo que era algún jefe o colega de su padre, según tengo entendido. Maksim no hablaba mucho al respecto. Yo tenía la impresión de que se sentía agradecido y furioso al mismo tiempo. Le gustaba vivir aquí y adoraba la música, pero se sentía fuera de lugar, como si en realidad no tuviera raíces en ninguna parte. Eso hacía que siempre estuviera un poco inquieto.

Maksim creía que algún día se convertiría en escritor, siguió diciendo Vijay, pero entretanto trataba de abrirse paso como músico profesional y complementaba sus ingresos dando clases de piano, o enseñando matemáticas e informática a adolescentes ricos. Pasaba un montón de tiempo metido en internet, igual que todo el mundo.

No, Vijay no sabía que su compañero llevaba un blog hasta que la policía se lo contó. Maksim no era un pirata informático ni un friki de la tecnología. No hacía falta serlo para enseñar informática en los institutos: el plan de estudios todavía estaba en la Edad Media. Vijay tenía varios amigos del trabajo que eran expertos en tecnología, y, según ellos, Maksim ni remotamente jugaba en su liga.

Tampoco hablaba mucho sobre Rusia, excepto para referirse a Putin y a sus compinches. De hecho, le interesaba bastante la política. Incluso en la escuela, donde iba un par de cursos por debajo de Vijay, era famoso por sus peroratas sobre la represión que sufrían los opositores políticos en Moscú y sobre los numerosos periodistas asesinados. Siempre andaba recopilando datos, y estaba convencido de que decir la verdad era un juego peligroso en su Rusia natal. «Si cae un árbol en el bosque y no hay nadie para oírlo, ¿produce algún sonido? Y si un periodista cae por una ventana... ¿le importa a alguien?» Solía deprimirse mucho con esas cosas.

En ese punto de la conversación, Vijay había recordado que estaba hablando con un miembro de la embajada y había cerrado el pico. Y Rozie también había recuperado de golpe su falsa identidad.

—Bueno, ¿hay alguien con quien debamos ponernos en contacto? ¿Una novia, por ejemplo? ¿Alguna relación especial? ¿Alguien con quien debamos hablar del desafortunado incidente?

Vijay se había encogido de hombros. Había varias chicas, aunque ninguna digna de mención. Maksim era muy popular, pero un par de meses atrás lo había dejado con una chica con la que había mantenido una relación larga y tenía el corazón demasiado roto, y era demasiado buen tío, como para liarse en serio con alguien tan pronto.

—Le echo de menos, ¿sabe? —había dicho Vijay—. Yo le tenía... Bueno, era agradable tenerlo por aquí. Echo de menos el sonido del piano; encontrarme sin mantequilla de cacahuete justo cuando me apetece... Echo de menos que llamen chicas y tener que decirles que está liado porque no le interesan. Me debía... no sé, unos cientos de libras de facturas de la luz y esas cosas, pero la verdad es que me da igual. Sé que tarde o temprano me habría pagado. Y no me importaba, en realidad. Era... —Suspiró profundamente, como si se sintiera un poco perdido—. Como ya he dicho, era un buen tío. Nadie merece morir así. Se cuidaba, y parecía sano. No tenía ni idea de lo del corazón.

En ese momento, Rozie se dio cuenta de que aquella noche en el castillo de Windsor había muerto un ser humano real, de que no era sólo «un caso». No sabía si una enviada de la embajada rusa consolaría a la gente con abrazos, pero en este caso sintió que no podía hacer otra cosa.

Le transmitió a la reina lo esencial de aquella conversación.

—He intentado averiguar si había alguien en el pasado de Brodsky, o en su vida familiar, que pudiera haber deseado su muerte. Aparte, quizá, del señor Peyrovski. Pero no he conseguido descubrir nada, majestad. A menos que le parezca que he pasado algo por alto...

—No —admitió la reina—. Desde ese punto de vista, me temo que Humphreys está en lo cierto y el móvil está aquí, en alguna parte.

—Sir Simon me ha contado esta mañana que el señor Robertson y el señor Dorsey-Jones han sido relevados de sus puestos y sometidos a una especie de arresto domiciliario. Tiene que estar siendo un mal trago para ellos.

Rozie recordaba la conversación de la reina con Henry Evans, y sabía perfectamente qué opinaba sobre la teoría de Humphreys.

La reina se limitó a asentir.

—Sí, imagino que lo es... Tengo otra tarea para usted, Rozie. ¿Le importa? Sé muy bien que esto no forma parte de sus atribuciones. Tal vez se vea obligada a trabajar en su día libre.

—Lo que necesite, majestad.

La reina le dio instrucciones rápidamente. La chica nueva estaba resultando mejor incluso de lo que había esperado. ¿Y si acababa siendo otra Mary? Tal vez no tendría tanta suerte. Mary Pargeter había sido un caso aparte en lo tocante a aquellos pequeños misterios. Aunque el futuro de Rozie Oshodi, que tenía diez años menos que Mary cuando empezó, parecía muy prometedor.

12

Más tarde tuvo lugar una ceremonia de investidura en el Salón Waterloo. La reina siempre disfrutaba de celebrarlas en Windsor. Aunque era una sala enorme, dominada por los retratos de los reyes y estadistas que se habían unido para derrotar a Napoleón, resultaba más informal que el salón de baile del palacio de Buckingham. De hecho, cualquier sitio era más informal que el palacio de Buckingham. No obstante, sí hubo la pompa pertinente mientras condecoraba a lo mejor de cada casa bajo la atenta mirada de sus familiares, asistida por sus oficiales gurjas y los alabarderos de la casa real.

Una vez concluida la ceremonia, la reina se dispuso a tomar el té con un trozo de pastel de chocolate en su salita privada mientras se ponía al día con los resultados de las carreras en el Canal 4. Aquellos momentos de placer solitarios le encantaban. A veces se echaba una pequeña siesta antes de las actividades de la tarde, pero aquel día tenía otra idea en la cabeza. Le pidió al lacayo que pusiera sobre aviso a la gobernanta. Una podía hacer lo que le apeteciera en su propio castillo, pero al personal no le gustaban las sorpresas en áreas que consideraba propias, así que les dio unos minutos para organizarse bien.

Hacía bastante tiempo que no ponía un pie en los pasillos del ático, sobre las dependencias de invitados. Se llevó los perros más jóvenes, que parecieron encantados con el ejercicio y corretearon ante ella olisqueando una puerta tras otra. El trayecto por el Gran Corredor, desde los Apartamentos Privados hasta las dependencias de invitados en el lado sur del patio interior, duraba sus buenos diez minutos a velocidad de corgi.

Conocía bien las principales habitaciones de invitados —solía asomarse por allí para comprobar el estado del mobiliario o para asegurarse de que todo estuviera en su lugar cuando llegaba un visitante especialmente distinguido—, si bien los áticos eran otra cuestión. En otra época, aquellos desvanes habían sido el escondite predilecto de gorriones y grajillas, que anidaban entre muebles abandonados y disfraces victorianos, pero Felipe había decidido vaciarlos cincuenta años atrás, cuando se hizo evidente que la familia pasaría allí la mayoría de los fines de semana. Si una es reina y su hogar es su castillo, todo va acompañado de una servidumbre tremendamente numerosa que precisa espacio. Y no sólo se trata de los criados —propios o de los invitados—, sino de otros visitantes que no son criados en absoluto aunque sí son importantes para el funcionamiento del castillo y no pueden alojarse en ninguna de las demás propiedades de la finca. Cuantas más habitaciones tenían disponibles, más gente parecía necesitar que le hicieran sitio. Y en una de ellas se había instalado Maksim Brodsky.

Había llegado el momento: la reina quería verla por sí misma.

En las paredes encaladas del pasillo de la última planta se habían colgado una serie de grabados eduardianos que no parecían adecuados para los salones de abajo. Las habitaciones eran espartanas y funcionales, y se habían decorado recientemente en tonos verdes y beige, con algún toque de morado en una colcha o el tapizado de una silla. Cuando se asomó a comprobar el resultado de la remodelación, Felipe había comentado que aquellas estancias parecían salidas de un hotel de autopista (¿cómo sabía eso?) o de Gordonstoun, el internado donde él había estudiado, o, dada la paleta de colores, incluso de Wimbledon. La reina no estaba segura de a qué se refería Felipe con aquellas analogías, aunque estaba claro que no eran un cumplido. Fuera como fuese, a los visitantes les daría igual.

Por el camino se cruzó con una serie de criadas y lacayos —entre ellos, un deshollinador—, todos afanándose en alguna tarea o encaminándose a hacerla. Un lacayo que llevaba una bandeja cubierta fue víctima de un brusco ataque de los perros, pero se lo tomó bien y los esquivó con agilidad y sin apenas alterar su ritmo. La jefa de gobernantas, la señora Dilley, la esperaba en el pasillo donde estaba la habitación del señor Brodsky. A su izquierda, una puerta donde un pequeño letrero indicaba que se trataba de las duchas. A sus espaldas, la reina captaba el sonido de una charla cordial procedente de otra habitación. La alegró que quienes estuvieran allí dentro no fueran conscientes de su presencia: adondequiera que fuese, toda conversación se interrumpía, y a veces resultaba agradable oír cómo los miembros de su personal se limitaban a ser ellos mismos.

—Es esta habitación, majestad —anunció la señora Dilley, señalando una puerta.

Insertó una pequeña llave y abrió de un empujón. La puerta era muy sencilla, estaba pintada de un espantoso color caoba falso y lucía un 24 en una plaquita de latón. Una lámina de papel plastificado de los servicios de seguridad advertía: PROHIBIDO EL PASO. La reina recordaba que en su última visita, años atrás, esas habitaciones podían cerrarse desde dentro con un anticuado pasador, y aun así casi nadie lo usaba: en otros tiempos, en el castillo solía darse por hecho que los ocupantes respetarían a los demás y sus posesiones, y lo cierto es que resultaba íntimo y agradable. Hoy en día todos suponían lo peor, y las puertas se cerraban con un simple clic; los objetos valiosos quedaban a buen recaudo, pero el aire de informalidad se había esfumado.

Brodsky probablemente conocía a su asesino, se dijo la reina al entrar en la habitación. A menos que hubiera dejado puesto el pasador para impedir que la puerta se cerrara, tenía que habérsela abierto él. ¿Y por qué iba a abrir en plena noche a un desconocido?

La señora Dilley se acercó a la cabecera de la cama y esperó allí pacientemente, mientras la reina examinaba la estancia. No había gran cosa que ver. Una pequeña ventana a la derecha de la señora Dilley mostraba tan sólo un retazo de cielo gris y desvaído entre las cortinas moradas. A su izquierda, junto a la pared del lado de la puerta, sólo quedaba un colchón desnudo sobre un somier de madera, dado que toda la ropa de la cama había sido retirada. Luego venía la pared de la ventana, donde había una mesa auxiliar y una silla. En la pared del lado contrario había una cómoda con la mitad de cajones sin tirador (la reina tomó nota: debía ordenar que los sustituyeran), y al otro lado de la pequeña habitación, en la pared que quedaba frente a ella, un armario estrecho y moderno abierto de par en par para revelar... nada. No había mancha alguna, ningún rastro de vida o de muerte, ni siquiera la impresión de que allí hubiera ocurrido algo importante.

Con cierto disimulo, la reina centró su atención en la puerta abierta y en el tirador con forma de D por el que había pasado el segundo nudo. El mueble en sí se veía endeble, no era lo bastante robusto como para contener a un hombre, y mucho menos para soportar su peso. ¿Qué clase de persona vería un trasto así y pensaría que era la herramienta para simular un suicidio?

Se aclaró la garganta.

—No debió de ser fácil para la gobernanta que lo encontró.

La señora Dilley alzó la vista.

—¿Para la señora Cobbold? Fue terrible, majestad. Al principio no pudo entrar, y tuvo que ir a Administración en busca de la llave maestra. Cuando regresó y abrió la puerta, se lo encontró ahí mismo, justo delante de ella, colgando del armario abierto con las piernas extendidas. Estuvo a punto de desmayarse. Pero ahora está mucho mejor, señora.

Todos andaban siempre tratando de tranquilizarla. Excepto Felipe: siempre podía confiar en que él sería absolutamente franco con ella, era el único que lo era. Según le había dicho sir Simon, volvería de Escocia al día siguiente. Y en buena hora.

—Me alegra saberlo. ¿Ya ha vuelto al trabajo?

—Oh, no, majestad. La semana que viene, tal vez...
—La señora Dilley no parecía muy segura.

Vaya, entonces tampoco estaba tan bien, ¿no? Bueno, tampoco era de extrañar.

—Gracias, señora Dilley.

—Majestad.

—Confío en que lo de tener a la policía por aquí a todas horas no haya sido un gran incordio.

—No, majestad. Sólo ha sido muy desagradable... Para todos nosotros.

La señora Dilley miró a los ojos a la reina, sin vacilar, de mujer a mujer, demostrándole que comprendía su situación. Era perfectamente consciente de que aquella tragedia en el seno de su hogar debía de ser muy agobiante para ella. La reina apartó la mirada y llamó a los perros, que andaban husmeando por el pasillo. Entraron los dos y corretearon alrededor de sus piernas, dándole a la habitación una breve apariencia de normalidad.

—*Candy, Vulcan*... ya es hora de irnos.

El trayecto escaleras abajo y a través del Gran Corredor le pareció el doble de largo. La reina lo recorrió despacio. No había previsto que se llevaría esa impresión. No por lo que había en aquella habitación, sino por lo que no había: ni el menor indicio de que allí se hubiera perdido una vida. Al parecer, Brodsky se había desvanecido de este mundo sin dejar huella, y ella, de algún modo, se sentía responsable.

En el caso de que se lo hubiese consultado, sir Simon le habría aconsejado que no se acercara a esa habitación. Por eso no lo había hecho, por supuesto. Él le habría dicho que no era necesario, lo cual faltaba a la verdad, y que podía resultarle perturbador, lo cual, por rabia que le diera, era exasperantemente cierto. Sólo de imaginarse aquella conversación se sentía herida, pese a no haberle dado a sir Simon la ocasión de decírselo. Dejó a un lado esos pensamientos. Como la reina María le decía siempre cuando ella apenas era una niña, no tenía sentido mortificarse.

Así que se centró de nuevo en el caso y se puso a pensar en aquella puerta que no podía abrirse desde el pasillo sin una llave. Brodsky había estado fuera hasta la madrugada, de modo que la persona a la que había dejado entrar, o que había entrado con él, fuera quien fuese, debía de haber acudido allí bastante tarde para asesinarlo. Por supuesto, un espía podría haberse hecho con una copia de la llave maestra. Todo eso formaba parte de ese gran plan que Humphreys insistía en imaginar. Sin embargo, que no se hubiera apretado bien el segundo nudo sugería que era una agresión improvisada. No podía formar parte de una enemistad que viniera de muy atrás, puesto que Brodsky no conocía a nadie allí. Tampoco parecía probable que la base fuera el sexo. El joven ya había tenido suficiente con lo ocurrido en la habitación de más abajo, y en el castillo de Windsor el número de amantes poco ortodoxos que uno podía procurarse en una noche era bastante limitado. Incluso Felipe estaría de acuerdo con eso, ¿verdad?

Así pues... ¿quién había sido?

Putin no, desde luego. Gavin Humphreys era un idiota al obsesionarse con esa teoría: a la reina no le cabía ninguna duda al respecto.

Carlos tampoco, porque aquella noche había regresado a Highgrove con Camila. (Trataba de ser objetiva y considerar todas las posibilidades, y Carlos, al fin y al cabo, había organizado aquella velada.) Y el rector de Eton también quedaba descartado, porque había vuelto a su casa, en la universidad, a menos de un kilómetro de distancia. Aunque las aventuras de Brodsky con la arquitecta habían venido a demostrar que, con un poco de ingenio, era posible moverse sin impedimento alguno entre las dependencias del personal y los invitados.

A partir de aquí la lista de sospechosos se volvía casi cómica, pues incluía a sir David Attenborough y al arzobispo de Canterbury. No, francamente... Si una no podía confiar en esos hombres, más le valdría dejarlo correr.

Aun así, incluso si los excluía, el abanico de posibilidades seguía siendo desconcertantemente amplio. No había motivos para sospechar del ex embajador, aunque no era imposible que en sus días en Rusia hubiera forjado algún vínculo con Brodsky del que ella aún no estuviera al corriente. La policía no había encontrado conexión alguna entre el joven y la novelista, o con la catedrática... Aunque Blunt también había sido un académico... Por supuesto, la mayoría de ellos eran pilares de la clase dirigente, pero nunca se sabía. Luego estaba la arquitecta, claro, la mujer que había bailado el último tango con el joven Brodsky. La reina reflexionó unos instantes, tratando de establecer alguna clase de móvil a partir de lo que sabía por el relato de Rozie, pero todo en aquella trágica historia sugería lo contrario: la pobre mujer se había enamorado perdidamente. Eso dejaba a Peyrovski, su mujer, su amigo —el gerente de un fondo de inversión— y sus criados. Sin duda era ahí donde los investigadores deberían estar centrando sus esfuerzos, ¿verdad?

En ese punto del trayecto, pasó ante un policía que custodiaba la entrada a los Apartamentos Privados, y al saludarlo con la cabeza la reina pensó en la locura que suponía haber elegido aquel lugar para cometer un asesinato. Si uno tenía contacto diario con un hombre al que odiaba, por la razón que fuera, ¿por qué decidirse por el castillo de Windsor para matarlo? Cierto que, con su perímetro de alta seguridad (aparte del que la rodeaba a ella misma), no era una zona problemática. Una vez dentro, lo que los invitados decidieran hacer a altas horas de la madrugada con su personal, o unos con otros, era sólo asunto suyo. Era cierto también que, por el momento, el perpetrador se había salido con la suya. Pero la suya había sido la estrategia de mayor riesgo posible. Sin duda imaginaría que, una vez se descubriera el delito, inevitablemente cada detective de homicidios y cada jefe de espías del país se interesarían en el caso. ¿Por qué cometer el crimen allí, cuando podía hacerlo mucho más fácilmente en Mayfair o en Covent Garden?

En tal caso, la opción de que el asesino fuera alguien que no conocía bien a Brodsky cobraba cada vez más sentido, y eso ampliaba la lista de sospechosos a todos y cada uno de los que se encontraban aquella noche en el recinto superior o sus alrededores.

Por fin había llegado a sus propios aposentos, aunque tenía la sensación de que no había hecho ningún progreso en sus indagaciones. De hecho, había retrocedido, porque la incertidumbre era ahora mayor que nunca.

Esa noche había ocurrido algo extraño... Pero no durante la fiesta si no antes. En algún rincón de su cerebro merodeaba un recuerdo que daba un tirón de vez en cuando. Cuando entró en su salita, precedida por los perros, ese recuerdo estuvo a punto de asomar a la superficie, pero se perdió de nuevo.

Decidió que le pediría a Rozie una lista completa de los visitantes que habían pasado la noche del lunes en el castillo. Y que llamara de nuevo a la embajada rusa para insistir en que les dieran más detalles de la familia. Le dolía pensar que el joven Brodsky podría desaparecer por completo de esta vida, tras haber estado tan inmerso en ella, sin que nadie llorase su marcha.

Sir Simon la esperaba con un delgado fajo de papeles que firmar. A su lado, un lacayo sostenía una bandeja con un vaso, hielo y limón, una botella de Gordon's y otra de Dubonnet. La reina miró los documentos con expresión de enérgica eficacia y la bandeja con una punzada de añoranza. Cinco minutos más y, durante un ratito al menos, podría relajarse.

13

—Buenos días, tontita mía. ¿Todo bajo control?

Sentado a la mesa del desayuno el jueves por la mañana, Felipe daba la impresión de no haberse marchado nunca.

—Creía que ibas a llegar esta mañana.

—Lo hice anoche, después de una cena rápida con unos amigos en Bray. Madre mía, tienes un aspecto horroroso. ¿Has dormido?

—Sí, gracias.

Trató de parecer enfadada, pero él lucía una sonrisa de oreja a oreja. Siempre había una chispa de humor en sus ojos, a menos que estuviera furioso con alguien, y como de costumbre llevaba el atuendo perfecto para la jornada, con su camisa a cuadros y su corbata. Estaba puesta la radio, volvía a haber tostadas sobre la mesa... ya daba la sensación de que el castillo hubiera vuelto a la vida. La reina no pudo evitar sonreír.

—¿Me has traído caramelos de dulce de leche?

—Maldita sea, se me olvidó. ¿Has visto las fotos de Guillermo y Catalina en los periódicos? Prácticamente salen en todas las portadas. Ya le dije a Guillermo que lo pasaría bien en la India. ¿Los has visto en ese safari, con elefantes y rinocerontes? Menuda suerte tienen los cabrones. Eso sí que es divertido, y no que te anden colgando medallas en la pechera.

La reina se negó a morder el anzuelo.

—¿Qué tal el salmón?

—Ha sido acojonante. Pesqué cuatro. Me los he traído en una nevera portátil. He pensado que el cocinero podría prepararlos para celebrar tu cumpleaños.

—Gracias.

—Claro que, probablemente, hará como seis meses que habrán decidido el menú.

En efecto, lo habían hecho.

—Aunque siempre pueden cambiarlo...—añadió Felipe.

—Ajá.

Eso no iba a pasar, pero a la reina ya se le ocurriría algo. Le emocionaba de verdad que él hubiera pensado en su cumpleaños. Y que cuatro enormes peces le hubieran parecido un regalo apropiado: y lo eran, desde luego. No paraban de recomendarle que incluyera el salmón en su dieta. Por lo visto era bueno para el cerebro. Y era un bonito recuerdo de los tiempos pasados junto a un río caudaloso.

Con la radio de fondo, durante unos segundos reinó un silencio agradable, hasta que él alzó la vista de sus tostadas y dijo:

—Ese maldito ruso... Según Tom, fue juego sucio.

El secretario privado de Felipe, el teniente comandante Tom Trender-Watson, era buen amigo de sir Simon y solía estar al corriente de todos los detalles del castillo. Y una podía confiar en su discreción, gracias a Dios.

—¿Ya han encontrado al cabrón que lo hizo? —quiso saber Felipe—. No he oído nada.

—No, aún no —contestó ella—. Los del servicio de inteligencia creen que fue Putin.

—¿Cómo? ¿En persona?

—No, encarnado en un sirviente real.

—Menudos idiotas.

—Eso mismo opino yo.

—¿Piensas en alguien en concreto?

La reina se quedó mirando su taza de té y suspiró.

—No exactamente. El castillo estaba a rebosar aquella noche, pero no veo por qué nadie iba a querer matarlo.

—Por lo que he oído, la mitad de las damas habrían deseado justo lo contrario.

—Ajá.

Se sintió tentada de contarle las travesuras nocturnas de Brodsky con la arquitecta, pero sabía que a Felipe le encantaría aquella historia y la compartiría con muchos miembros de su personal, quienes, con excepción de su secretario privado, sin duda la propagarían más rápido que un fuego en el bosque. Y en aquel momento se suponía que ni siquiera ella debería conocerla, de modo que no dijo ni mu.

—Bueno... pues necesitan resolverlo cuanto antes —comentó Felipe—. Todo esto no le hace ningún bien a nadie, y es preocupante que hayamos tenido trato con un posible asesino. Sabe Dios que hace falta solucionarlo antes de que caiga en manos de la prensa. Se pondrían las botas.

La reina ya sabía todo eso, así que se limitó a ofrecerle otro «Ajá».

—Deberías ignorar a Box y tener unas palabras con el tipo de la policía que esté al frente de esto. ¡Putin! ¡Bah!

Dicho lo cual, echó atrás la silla y abrió el periódico. A la reina le mosqueó un poco que Felipe le dijera lo que debía hacer cuando ella pensaba hacerlo de todas formas, pero, en igual medida, se sentía aliviada por el hecho de que él estuviera en casa y pudiera tranquilizarla con sus «¡Putin!» o «¡Bah!»

Sinceramente, la ayudaba a mantenerse cuerda.

En lo único que podía pensar Ravi Singh era en aquella vez que ganó un concurso de debates en el colegio, cuando tenía doce o trece años. Las manos le temblaban ahora exactamente como entonces, y podía notar la sangre latiéndole en las sienes. Aquella había sido la única vez que lo habían enviado al despacho de la señora Winckless, la directora, una estancia revestida de paneles de madera al fondo de un largo pasillo alicatado en el elegante extremo del laberíntico recinto de su escuela. Recordaba que la mujer tenía un jarrón con flores sobre el escritorio —unos apretados ramilletes pálidos que más adelante identificaría como hortensias—, y que llevaba un vestido azul eléctrico que ceñía un busto demasiado voluminoso para que un adolescente pudiera sentirse cómodo en su presencia.

El Salón de Roble, donde la reina lo había citado, no era lo mismo que aquel despacho de paneles de madera, por supuesto: era más grande y tenía una forma curiosa, ya que estaba ubicado en una especie de torre, y contaba con paredes blancas, cómodos sofás y un fuego crepitante, junto con detalles inesperados, como uno de los televisores de Su Majestad. Pero la sensación de hallarse ante una mujer poderosa a quien uno, sin saber muy bien por qué, le tenía un poco de miedo, y de sentirse culpable pese a que, hasta donde él sabía, no había hecho nada malo, era idéntica.

«Soy el comisario de la Policía Metropolitana —se recordó mientras tomaba asiento—. He alcanzado la cima de mi profesión. No va a echarme una bronca.»

La reina estaba sentada frente a él, en un pequeño sofá junto a una ventana grande y ornamentada con vistas al cuadrángulo que él acababa de cruzar. Y de hecho le estaba ofreciendo una galleta para acompañar el té con una gran sonrisa. Los perros se acomodaron cerca de sus pies. No estaba en un aprieto.

Pensó en la mirada torva que le había clavado Humphreys al enterarse de que la propia reina había solicitado aquel encuentro: «Asegúrese de contármelo todo después, palabra por palabra. Necesitamos saber qué está pensando ella.» Pero la reina, con unos modales educados y algo insulsos, sólo parecía interesada en que la pusiera al día de la investigación en términos generales. Y le parecía justo: al fin y al cabo, aquél era su castillo.

—Como es obvio, los especialistas del MI5 están haciendo sus comprobaciones, pero me temo que la lista completa de sospechosos es demasiado larga, majestad. La noche en cuestión, mucha gente tuvo acceso a ese corredor... Ah, usted ya ha visto la lista, ¿no es así? Los hemos sometido a todos a un intenso interrogatorio. Como es obvio, la cosa es un tanto complicada porque no queremos que sepan que se trata de la investigación de un asesinato confirmado. Eso también nos dificulta tomar muestras de ADN para el cotejo con el pelo que encontramos en el cuerpo. Lo haremos enseguida que tengamos un sospechoso en firme, como es obvio...

Cayó en la cuenta de que había dicho «como es obvio» hasta tres veces, y también notó que estaba sudando bajo la americana. Su Majestad era una mujer encantadora que no le había hecho una sola pregunta peliaguda, pero aquello era peor que aparecer en el programa de actualidad de Radio 4.

—Estoy segura de que están haciendo todo lo que está en sus manos.

—Por supuesto, señora. Como es ob... quiero decir que, evidentemente, nos hemos centrado en la gente que conocía a Brodsky o tenía conexiones con Rusia: el criado, que tenía la habitación junto a la de la doncella; las bailarinas, aunque sus historiales informáticos sugieren que la coartada del FaceTime se sostiene... También tenemos a una bibliotecaria experta en historia rusa, pero vive casi en la otra punta del castillo. En cuanto al archivero... Bueno, el señor Humphreys podrá contarle más sobre él, imagino.

—¿Y el señor Robertson? ¿Hay más noticias suyas?

—Nada todavía, majestad, o al menos nada consistente. Resulta que nos ha dado una explicación sobre una serie de pagos que nos tenían preocupados, aunque las pesquisas siguen en marcha.

—Ya veo. ¿Y eso es todo? ¿Con quién más han hablado?

El comisario consultó sus notas.

—El equipo de comunicaciones celebraba una especie de conferencia, majestad, de modo que cuatro o cinco de sus miembros habían acudido desde el palacio; a éstos se suman los que ya estaban trabajando aquí, así como los distintos miembros del personal que se alojan en el castillo de manera regular. Y un grupo de invitados del gobernador.

—Y mis invitados de la planta de abajo.

—Ellos quedan fuera de la foto, señora. No se puede ir de las suites de los invitados a las dependencias del personal visitante sin pasar por dos controles de seguridad, y ninguno de los vigilantes vio nada.

La reina le respondió con una sonrisa que, de no haber sido Su Majestad, le habría parecido juguetona.

—Oh, pues ha habido algunas historias bien sorprendentes a lo largo de los años, comisario. Esta misma mañana, Felipe me ha recordado la célebre ocasión en que un embajador francés, alentado por una apuesta, se las apañó para colar en su suite a una cabaretera disfrazada de criada.

—Esta vez no, majestad —aseguró Singh, mientras se decía que no debía olvidar compartir esta anécdota con los chicos de Scotland Yard.

—Bueno, pues es un alivio.

La reina sabía que debería contarle a Singh lo que Rozie había averiguado por Meredith Gostelow, pero la muchacha le había prometido guardar el secreto. Eso no había sido muy sensato, en su opinión. Una nunca sabía qué haría falta hacer o decir. No obstante, contarle lo que fuera al señor Singh supondría involucrar a Rozie en la historia, y en definitiva a ella misma, algo que, por supuesto, debía evitar a toda costa. Si el comisario jefe quedaba advertido de que era posible que personal e invitados hubieran hecho alguna travesura nocturna, quizá podría investigarlo por sí mismo. Por el momento, la reina aceptó con elegancia sus palabras tranquilizadoras.

—¿Y hay noticias de la embajada?

—¿Majestad?

—¿Se sabe algo de la familia de Brodsky? ¿Ha venido alguien a llevarse el cuerpo?

Singh hizo una pausa. Nadie le había dicho nada al respecto.

—No, señora. Imagino que continúa en la morgue. ¿Quiere que lo averigüe?

—Sí, por favor. Sería muy amable por su parte. Y dígame, ¿qué tal van esos chalecos antipuñaladas?

Siguiendo el ejemplo de la reina, Singh cambió de tema y se puso a hablar del nuevo chaleco asignado a su personal, sobre el que ella parecía muy bien informada. «No le pasa nada por alto», se dijo el comisario. En ese momento le recordaba a su bisabuela Nani Sada, que era aún más aterradora que la señora Winckless en su despacho de paneles de madera. Pero al menos podría contarle a Gavin que la reina se había mostrado satisfecha con los progresos de la investigación.

14

El bloque de apartamentos era bajo y alargado: cuatro plantas de ladrillo marrón rojizo con balcones del mismo material y modernas ventanas de aluminio. Rozie dedujo que se habría construido en los sesenta, aunque tampoco era una experta en arquitectura. El edificio en sí no era muy bonito pero tenía unas vistas fabulosas: situado junto al Támesis, a través de los árboles se adivinaba la mole de la central eléctrica de Battersea.

Estaba en la zona residencial de Pimlico, sede de varios picaderos londinenses para parlamentarios, donde se mezclaban casas pijas con fachada de estuco y edificios de pisos levantados después de la guerra, como aquéllos. Rozie calculó que de ahí al palacio de Buckingham habría poco más de media hora andando. Un paseo agradable en una mañana soleada. Y no sería un mal sitio al que volver, con esas vistas.

Con cierto esfuerzo, sacó una cesta de mimbre con el inconfundible logotipo de Fortnum & Mason del asiento trasero del coche. El trayecto desde Piccadilly había sido de infarto, a toda pastilla entre el tráfico de la hora punta de la mañana, consciente de que tenía dos entregas por hacer y de que debía estar de regreso a las tres. Para el personal de la Secretaría Privada de la reina «un día libre» significaba en realidad medio día, y llegar tarde no era una opción. Cerró la puerta del coche con la rodilla, accionó el cierre centralizado como pudo mientras sujetaba la cesta y se dirigió hacia la entrada más cercana.

Cuando la puerta del apartamento 5 se abrió, Rozie vio a un hombre de pelo entrecano sin afeitar y con una toalla al cuello, vestido con unos pantalones cortos de deporte y una camiseta sudada. Había tardado tres timbrazos en abrir, y al principio su desaliño la había dejado horrorizada, pero luego comprendió que había estado haciendo ejercicio, lo que le pareció alentador.

—¿Señor Robertson?

—¿Sí?

Robertson miró fijamente la cesta, tan grande que a duras penas había cabido en la parte trasera del Mini, y algo fuera de lugar en el angosto pasillo comunitario en el que Rozie estaba esperando, con aquellas luces fluorescentes, la pintura desconchada y las losetas de moqueta que faltaban aquí y allá.

—Vengo de la Secretaría Privada. —Él ya sabría a cuál se refería—. Esto es para usted.

—¿Cómo? —Robertson se secó la cara con la toalla—. Será mejor que pase.

Rozie lo siguió a través de un pequeño recibidor que de algún modo conseguía lucir inmaculado, a pesar de contener dos bicicletas de carretera, un perchero con abrigos, varias fotografías enmarcadas y un zapatero con calzado deportivo. La habitación que quedaba más allá era la cocina, dos veces más pequeña que la de Meredith Gostelow en Westbourne Grove, aunque ésta contaba con unas vistas privilegiadas de las icónicas chimeneas de la central eléctrica, ya en desuso. Las superficies eran blancas o de acero inoxidable, y todas relucían.

—¿Puedo ofrecerle algo? —preguntó él.

—No, gracias. Debo darme prisa.

Dejó la cesta sobre la encimera junto al fregadero, y se dirigió al camarero real con una sonrisa.

—Me llamo Rozie, y quisiera... Bueno, la Secretaría quisiera entregarle esto como muestra de deferencia. Comprendemos perfectamente la situación por la que está pasando. Debo insistir en que es de parte de la Secretaría Privada, no de Su Majestad en persona.

Al transmitirle el mensaje de la reina, lady Caroline se había mostrado muy puntillosa al respecto. Además, no debía disculparse. Una no pedía perdón por las cosas que los miembros de los servicios públicos —como el servicio secreto, en este caso— hacían en su nombre. Hacerlo sería hipócrita y equivocado.

Sandy Robertson volvió a frotarse la barbilla con la toalla. Parecía perplejo.

—Debe insistir, claro... —repitió él.

Tenía una voz profunda, con un leve ronroneo escocés que resultaba muy agradable al oído. Rozie lo imaginó ofreciéndole bebidas a la jefa, apartándole la silla, asegurándose de que todo estuviera como ella quería. Parecía la clase de persona que una desearía tener cerca.

—Bueno, pues echémosle un vistazo.

Robertson abrió la hebilla de la cesta y levantó la tapa. Dentro había una botella de vino y otra de whisky, algunos tarros de espesa mermelada de cítricos, y varias latas de color verde musgo con té y galletas de mantequilla y jengibre. También había una tarjeta, sin rellenar ni firmar, con la imagen de una camelia blanca pintada en acuarela.

Sandy alzó la vista de repente para mirar a Rozie, que no dijo nada, y se centró de nuevo en las provisiones. Acarició con las yemas de los dedos un tarro de mermelada, cogió una lata de galletas para examinarla y luego la dejó dentro. Y entonces apoyó el dedo índice sobre la tarjeta, sin sacarla, y miró de nuevo a Rozie.

—La flor favorita de la reina madre, la camelia blanca. ¿Lo sabía?

A Rozie le pareció que había lágrimas en sus ojos.

—No, no lo sabía.

—Y de mi mujer. Se lo conté una sola vez, hace siete años, cuando Mary murió.

—Oh.

Rozie hizo rápidos cálculos mentales. La reina madre había muerto en 2002, así que Sandy no se refería a ella, sino a la reina actual.

—Una sola vez... —repitió él con el dedo posado todavía en la tarjeta—. Y hace siete años de eso. Menuda mujer.

Rozie carraspeó.

—Como le decía, en la Secretaría tan sólo queríamos que... Probablemente no deberíamos haber... Pero...

—Dígale que se lo agradezco... —la interrumpió él, con su ronroneo de las Highlands—. Que se lo agradezco mucho.

Rozie tenía un nudo en la garganta, de modo que se limitó a asentir, incapaz de contenerse, y dijo que tenía que marcharse.

Su visita al piso de Adam Dorsey-Jones fue ligeramente distinta. Cruzó el río en dirección sur y condujo hasta una hilera de casas georgianas reformadas en Stockwell. Esta vez en la cesta no había una tarjeta con una camelia blanca, pero el hombre vestido con vaqueros y jersey de lana verde que la invitó a pasar reaccionó de una forma similar ante su afirmación de que la reina no tenía nada que ver con aquello.

—No, claro que no —susurró—. Usted hace esto como un simple gesto de deferencia.

—Podría decirse que sí.

—Bueno, pues muchas gracias, secretaria privada adjunta, señorita no-sé-quién-es.

—No hay de qué.

—Es muy generoso por su parte.

Rozie se esforzó en no sonreír.

El hombre dejó la cesta sobre la mesa de centro de su sala de estar, llena de obras de arte.

—Es evidente que no cree que el hecho de tener un novio que ha estado en San Petersburgo me convierte en un espía ruso.

—No estoy capacitada para contestar a esa afirmación —repuso Rozie sin alterarse.

—Y sin embargo... esta cesta.

—Es sólo... de la Secretaría.

Dorsey-Jones le pidió que se sentara y le habló sobre los dos años que había invertido en el proyecto de digitalización que le habían encomendado. Recordaba la emoción que había sentido al descubrir documentos de Jorge II que llevaban perdidos una eternidad, las noches que había pasado trabajando hasta altas horas para cumplir con los plazos de entrega que le habían fijado, incluso le explicó que se había perdido la fiesta de cumpleaños de su novio para acudir al castillo de Windsor a reunir la información definitiva, antes de entregar su informe a los dignatarios visitantes, dos semanas atrás.

—Se niegan a decirme qué se supone que he hecho según ellos —continuó—. Pero, por cómo llevaron el interrogatorio, es evidente que creen que soy del KGB o del Servicio Federal de Seguridad o algo así. Por lo visto, consideran que si a uno le gusta la literatura rusa tiene que ser devoto del Kremlin. Por Dios, ¡si hice mi tesis sobre Solzhenitsyn! Si de verdad le interesa saber cómo torturaban el espíritu humano, lea *Pabellón de cáncer*. Además, la galería de Jamie está especializada en arte de principios del siglo XX, cuando los rusos llevaban la delantera en abstracción y experimentalismo. Los revolucionarios lo detestaban. Mataron o exiliaron prácticamente a todos sus artistas, o se limitaron a hacerles la vida imposible. Esas cosas no hacen que uno pueda sentir mucho cariño por el Estado ruso, ¿no le parece?

—Todo esto acabará por olvidarse —dijo Rozie.

Sabía que no tenía derecho a tranquilizarlo. Se veía a sí misma como un personaje secundario en un análisis histórico al cabo de veinte años: la figura ingenua, miembro del personal de palacio, que le tuvo lástima al espía. Aun así, era capaz de captar su amargura por el modo en que lo habían desechado sumariamente, y le parecía que ése podía llegar a suponer el mayor riesgo para él.

—Lo siento —añadió.

Él la miró desde el otro lado de la mesa.

—Sí, estoy seguro de que lo siente.

Ya de regreso a Windsor, Rozie puso Radio 4 mientras volvía a abrirse camino entre el tráfico de Cromwell Road. El programa de noticias de la una se centraba casi en exclusiva en las últimas visitas de la gira de los duques de Cambridge por la India. Rozie casi no podía creer que en un par de semanas los vería en el castillo, y que probablemente oiría de primera mano algunas de sus aventuras.

Hacia el final del programa, oyó que habían encontrado a dos analistas de la City muertos por sobredosis de cocaína. La periodista, con voz rebosante de urgencia, se preguntaba: «¿Está llegando a un nivel peligroso el consumo de drogas recreativas en el centro financiero de Londres? Y los consumidores de clase media, ¿hasta qué punto son responsables de alimentar el mortífero comercio que diezma comunidades indígenas en Sudamérica...?»

Pero a esas alturas Rozie ya no estaba escuchando. La periodista había nombrado a los dos analistas: un hombre de treinta y siete años llamado Javier no sé qué, que trabajaba en la City, y una mujer de veintisiete llamada Rachel Stiles, que formaba parte de una pequeña sociedad de inversiones que llevaba el nombre de Golden Futures.

Tanto Rachel Stiles como Golden Futures le resultaban familiares: Rozie los había visto en la hoja de cálculo con la lista de visitantes a los que les habían asignado habitaciones en el castillo la noche de cena y pernocta; la misma lista que había elaborado el mayordomo mayor para la policía, y que posteriormente la reina había solicitado. El nombre de Golden Futures, con ese halo de futuro dorado y prometedor, se le había quedado grabado.

Y ahora, con apenas veintisiete años, esa joven estaba muerta.

TERCERA PARTE

La Franja y la Ruta

15

—No tiene nada que ver con nuestro joven ruso —le aseguró sir Simon a la reina aquella noche, después de que Rozie hubiera mencionado la coincidencia—. El inspector jefe Strong hizo comprobaciones con la Brigada de Investigación Criminal en la zona de Shepherd's Bush, donde murió la doctora Stiles. Tenía problemas con el alcohol.

—Vaya por Dios, ¿de verdad?

—La City se cobra su precio, supongo. Tomaba un montón de pastillas, y encima le daba a la cocaína. Fue un accidente, casi con toda certeza. Un trágico accidente, por supuesto.

Lo decía en serio. Sir Simon y su mujer no habían tenido hijos, pero sí tenían una sobrina, de veintisiete años precisamente. Ella también había trabajado en la City, antes de fundar una empresa que la tenía atada día y noche a su ordenador portátil. Era una joven guapísima, hija única y con un brillante futuro por delante. Sir Simon sabía que, si le ocurría algo, su hermano y su cuñada nunca lo superarían.

—¿Qué hacía exactamente esa joven en el castillo? —preguntó la reina—. Recuérdemelo.

—Era una invitada del gobernador —contestó sir Simon—. Celebraban una pequeña reunión sobre espionaje en el extranjero para el Foreign Office.

—Ah, sí. El joven de Yibuti...

—¿Majestad?

—Recuerdo que el gobernador estaba muy impresionado por un joven que había venido desde África Oriental, aunque yo había entendido que su reunión giraba más bien en torno a China. Tengo que preguntarle al respecto en algún momento.

—Sí, señora. Lo cierto es que eso tendría sentido. La doctora Stiles era experta en economía china.

—¿En serio?

—Tenía un doctorado en financiación de infraestructuras chinas. Golden Futures tiene varias inversiones en mercados asiáticos. La muchacha era una estrella en ascenso.

—Está usted muy bien informado, Simon.

—Eso intento, señora. Hay algo más.

—¿Sí?

—Usted le preguntó al comisario por la familia de Brodsky. Quería saber si alguien había iniciado los trámites para llevarse el cuerpo. Bueno, pues lo han comprobado a través de la embajada y resulta que no, que nadie lo ha hecho todavía. Suponen..., en la embajada, quiero decir..., que su madre está ingresada en una institución psiquiátrica, algo que ya sabíamos. Tenía un hermanastro, que al parecer murió en acto de servicio en el ejército. En su ejército, no en el nuestro. En cuanto al padre, supongo que Su Majestad recordará que murió cuando Brodsky era niño. Y ahí se acaba la cosa, por lo visto. Imagino que los rusos repatriarán finalmente el cuerpo.

—Gracias, Simon.

La reina volvía a tener cara de pocos amigos, pensó él. Bueno, era madre de varios hijos varones. Esas conversaciones nunca resultaban fáciles.

—Alegra esa cara, Lilibet —insistió Felipe—, que no se ha muerto nadie. Oh, vaya...

Iban en el coche de camino a una cena con un entrenador de caballos al que conocían desde que Guillermo era un bebé. Sus caballos habían derrotado a los de la reina dos veces ese último año, aunque ella no se lo recriminaba. Sencillamente, sería un placer pasar una encantadora velada sin hablar de otra cosa más que de carreras y de crianza. Además, el hijo mayor de su anfitrión tenía a su cargo una gran finca en Northumbria, de modo que Felipe podría conversar sobre el rendimiento de los animales de cría y los avances en agricultura ecológica, así como de las extravagancias de la temporada de caza.

Llevaba todo el día deseando que llegara ese momento, y estaba resplandeciente con su atuendo de encaje plateado y su nuevo pintalabios rosa, en el que había puesto muchas esperanzas. Felipe, cómo no, parecía salido de una revista, incluso a sus noventa y cuatro años. Nunca había conocido a un hombre a quien le sentara tan bien un uniforme, o el traje de etiqueta. Cuando se casaron, era el mejor partido de toda Europa. Entonces, igual que ahora, se sentía muy afortunada, pese a que Felipe, por supuesto, era realmente insufrible la mitad del tiempo.

—No ha venido nadie a llevarse el cuerpo —dijo para justificar su expresión.

—Bueno, sin duda alguien acabará haciéndolo, ¿no?

—La verdad es que no lo creo.

—Pero, Lilibet, no puedes convertirlo en un asunto personal...

La reina soltó un suspiro.

—Tengo la sensación de que sí lo es.

—Venga ya. No eres responsable del mundo entero, ¿sabes? Bailaste una sola vez con ese hombre: no puede considerarse precisamente una cita.

—¡Felipe! Desde luego...

A través de la ventanilla, miró los coches que adelantaban al Bentley, que transitaba firmemente sin superar los cien por hora y con tanta suavidad que apenas parecía moverse. Este coche era un gustazo. A diferencia de otros, ella lo reservaba para ocasiones especiales, de modo que aún olía a piel nueva, en lugar de a perro viejo y al líquido limpiador que usaban con discutible éxito para enmascarar el olor de sus dorgis. Sin embargo, el coche era tan silencioso que resultaba desconcertante: una se sentía como si estuviera dentro de uno de esos cubículos acolchados que había años atrás en las tiendas de discos para escuchar música.

—Venga, suéltalo de una vez. ¿Qué ocurre?

No tenía muy claro qué era lo que la inquietaba, hasta que se volvió hacia Felipe y vio los destellos de sol en su cabello rubio entrecano, la curva de su mandíbula, el aplomo con el que se sentaba en el coche pese a la postura relajada, como si estuviera preparado para pasar a la acción.

—Me recordaba a ti —afirmó ella, sin poder contenerse.

—¿Quién, el ruso? ¿En serio?

—A ti de joven.

—¡Bah! ¡Pues muchas gracias!

Felipe era uno de los hombres más guapos que había conocido, pero desde luego no el más sensible. La conocía a la perfección, y una de las cosas que más le gustaban de él era que no le rendía pleitesía como hacía la mayoría de la gente. Para él era sólo «Lilibet», tal como en gran medida se veía ella. Era un hombre franco, pero le costaba ser tierno. De modo que no era la persona ideal para explicarle sus sentimientos hacia el joven ruso, aunque él fuera el principal responsable de ellos.

Sin que ella fuera consciente de ello, Maksim Brodsky la había transportado a La Valeta, donde muchos años atrás había bailado toda la noche junto con otras esposas de la Marina y disfrutado de la libertad con su glamuroso compañero, con la tranquilidad de saber que su padre era rey, y que en los años venideros seguiría siendo un sabio monarca, además de su guía y consejero. Al cabo de un año, sin embargo, estaba muerto. Para ella, aquellos meses en Malta habían quedado como preservados en ámbar.

Ahora entendía por qué la imagen de aquel joven en el armario le resultaba tan difícil de encajar. Saberlo no lo hacía más fácil, pero sí más comprensible.

—¿Te sientes mejor? —preguntó Felipe, sin mirarla directamente.

—Sí, gracias —contestó ella.

Él le cogió la mano y le dio un apretón. El coche siguió avanzando como una flecha de seda a través de la noche de Berkshire.

· · ·

El sábado por la mañana, cuando le pidieron que acudiera a Windsor a tomar una copa antes del almuerzo, sir Peter Venn aceptó sin cuestionárselo. Él y su esposa habían quedado para ver una exposición en la National Gallery con unos viejos amigos de cuando estaba destinado en Roma, pero canceló el plan sin rechistar. Si la reina quiere que vayas a tomar una copa, te limitas a ir y punto.

No estaba claro por qué lo habían invitado y, con la discreción propia de un cortesano, tampoco lo preguntó. Como gobernador del castillo, conocía muy bien todas las estancias; esta vez se habían reunido en el salón Octogonal de la Torre Brunswick, con vistas al parque. Se unió a lady Caroline Cadwallader —canóniga de la capellanía en la capilla de San Jorge, colina abajo— y a unos cuantos miembros insignes del personal de la casa que estaban esparcidos por el salón. Su Majestad derrochaba optimismo y contaba los días que faltaban para la Exhibición Ecuestre de Windsor, que empezaría dentro de un mes y era una de sus celebraciones favoritas. Charlaba sobre las esperanzas que tenía puestas en *Barbers Shop*, al que había inscrito en la categoría de Exhibición de Caballos de Monta. A diferencia de otras personas que se habían apiñado en torno a la reina, sir Peter no era aficionado a los caballos, y no estaba del todo seguro de qué era una exhibición de caballos de monta (todos los caballos se montaban, ¿no?), pero sin duda se trataba de algo importante si la reina estaba tan emocionada ante la perspectiva de ganar.

—Sé que últimamente ha estado ocupado, gobernador —comentó la reina, apuntándolo con sus brillantes ojos azules.

El gobernador se preguntó si le habría dado la sensación de estar inapropiadamente aburrido.

—¿Ah, sí?

—Con esa reunión que usted organizó. Recuerdo que me presentó a un joven tremendamente tímido, de Yibuti.

La reina imitó con mucha gracia a aquel joven, fingiendo evitar el contacto visual y mirándose los zapatos. Los otros miembros del grupo, que tenían las aptitudes diplomáticas mejor pulidas del país, comprendieron que estaban de más en aquella conversación y se quedaron al margen. Sir Peter, que se había sentido algo decepcionado por lo poco que se había lucido Kelvin Lo en una ocasión como ésa, se alegró de tener la oportunidad de hablar un poco más sobre él.

—¡Así que lo recuerda, majestad! Sí, Kelvin es una especie de genio. Empezó a trabajar para nosotros hace unos meses. Ya ha sacado a la luz cantidades ingentes de información sobre la Iniciativa de la Franja y la Ruta.

—¿La Franja y la Ruta?

—Sí. Ése era el verdadero objetivo de la reunión: el grandioso plan de China para conectar Asia, África y Europa. Conceptos tremendamente confusos, en realidad, puesto que «franja» se usa para las zonas terrestres, que a menudo son rutas, y «ruta» para las marítimas, que nunca lo son. Excepto metafóricamente hablando, claro. Los chinos son muy metafóricos, me parece.

—Ah... —Aquello le sonaba a la reina—. ¿Es lo mismo que la Nueva Ruta de la Seda? Creo que hablamos de ello cuando vino el presidente Xi el año pasado.

—Bueno, le han puesto un nombre romántico para describirlo, señora, aunque en realidad no lo es en absoluto. No soy precisamente un experto en estas cuestiones, pero me alegré de poder celebrar la reunión aquí, en el castillo. Fue un asunto confidencial organizado por el

Foreign Office, con ayuda del MI6. Que se hiciera aquí le proporcionó a todo el mundo la privacidad necesaria, y a Kelvin le fue útil, por lo cerca que queda Heathrow. Pudo volar hasta aquí e irse rápidamente para asistir a una conferencia en Virginia, aunque, cómo no, el avión que lo transportó sufrió retraso por el mal tiempo, de modo que llegó tarde a todos lados. Postergamos un día la parte central de la reunión para incluirlo a él, porque tiene información fascinante acerca de lo que los chinos están haciendo en África. Lo siento... ¿le estoy dando más detalles de los que esperaba, majestad?

—No, me parece interesantísimo. Continúe.

—Ha diseñado un programa informático para trazar un mapa de las inversiones chinas en infraestructuras en todo el continente y en países vecinos, y desde luego son mucho mayores de lo que nadie había previsto, o de lo que los chinos admiten.

—¿En serio?

—Oh, sí, majestad. Están construyendo puertos enteros, redes ferroviarias y grandes autopistas, e incluso tribunales de justicia en los que dirimir las más que probables disputas comerciales.

—Qué diferencia con respecto al siglo pasado, cuando apenas hablaban con nadie.

—En efecto, señora. El presidente Xi está recuperando el tiempo perdido. Aunque han surgido grandes cuestiones sobre el monto de la deuda en que están incurriendo las naciones anfitrionas, y sobre si las infraestructuras podrían utilizarse con fines militares. Quiero decir... Madre mía, no deje que la aburra con esto ahora. Podrá verlo todo en el informe que está preparando el MI6. Y en el del Foreign Office, que está ya prácticamente acabado y que recoge algunas de nuestras preocupaciones más estratégicas. Este último informe es el que debía discutirse en la reunión.

—¿Y quién participaba en esa reunión, exactamente? Todos parecían muy jóvenes.

—Y lo eran, majestad. Da un poco de miedo, ¿verdad?, que personas de la edad de nuestros nietos parezcan de repente estar dirigiendo el país. Teníamos a varios cerebritos de la City, y a gente del ámbito académico y del centro de escuchas. Dudo que hubiera nadie que pasara de los treinta y cinco. Kelvin tiene veintiséis años, ¿puede creerlo?

Por encima del hombro de sir Peter, la reina advirtió que lady Caroline trataba de atraer su mirada. El cóctel se estaba alargando más de la cuenta, y probablemente el chef estaba preocupado por el pescado.

—Sí, vaya, qué interesante, ¿no? —comentó, mientras hacía girar la alianza de boda en el dedo para que lady Caroline acudiera a interrumpir la conversación.

Era una pena, porque en efecto el tema le parecía interesante y le habría gustado seguir charlando. No había sido consciente hasta hoy de que la reunión de sir Peter hubiera sido tan secreta y estratégica. Le daba mucho en que pensar.

16

El resto del fin de semana fue muy relajado. El domingo, después de misa, Eduardo y Sofía acudieron con sus niños y todos fueron a dar un paseo a caballo. Cuando volvieron al castillo, se dedicaron a hojear los álbumes de fotos de *Barbers Shop*, de los tiempos en que ganaba carreras como caballo castrado, y de sus posteriores triunfos en varios certámenes de monta. Su entrenador iba a llevarlo de Essex para el espectáculo ecuestre. El caballo tenía ya catorce años, así que probablemente le quedaba sólo uno para competir. Todos lo echarían de menos. Había sido una gran estrella, tanto en el ruedo como en la pista. Resultó encantador ver cómo la pequeña Luisa hacía preguntas inteligentes acerca de su linaje y su adiestramiento.

Aquella noche apareció sir Simon con la agenda de la reina para la semana, y por primera vez en un mes venía cargada de obligaciones: el comité asesor, los quinientos años del servicio de correos, su propio nonagésimo aniversario... Y como puntilla, los Obama. En realidad, ése era el evento que esperaba con más impaciencia. Aquella pareja tenía un glamur que le recordaba el de los Kennedy y los Reagan. Eran inteligentes y simpáticos, y en su última visita habían congeniado con toda la familia. En aquella ocasión se había desplegado toda la parafernalia en el palacio de Buckingham. Esta vez sería algo más discreto e íntimo. La reina quería que el castillo de Windsor ofreciera su mejor cara, de modo que sería ideal que el asesinato del joven Brodsky ya estuviera resuelto, y que su servicio secreto ya no anduviera a la caza de traidores en su propia casa.

Se acostó temprano, pero no podía conciliar el sueño. No podía quitarse de la cabeza la Franja y la Ruta, esa dichosa reunión no la dejaba dormir. Aquello encajaba con algo... Con algo que había ocurrido aquella noche, cuando ella había pasado por la Torre Normanda, donde el gobernador obsequiaba a sus invitados con su propio cóctel en su salón privado, y ella había accedido a entrar un momento a saludar.

No se había quedado mucho rato. En el salón había unas ocho personas, según le parecía recordar, la mayoría escandalosamente jóvenes, y sir Peter había hecho las presentaciones de rigor. Era un grupo en el que se detectaba una falta de cohesión fuera de lo habitual. Supuso que en parte se debía a los nervios, pero lo cierto era que, en general, ni siquiera parecían conocerse entre ellos. Era como si los hubieran arrancado de sus diversas organizaciones e instituciones para ese acto en particular, y todavía se sintieran incómodos unos con otros. Qué distinto de los cócteles militares a los que ella solía acudir, donde los oficiales constituían un grupito bien avenido y no paraban de bromear entre ellos y de contarse chistes.

Iban arreglados para la ocasión. No de etiqueta, por supuesto, pero sí con trajes oscuros y vestidos de cóctel. Sólo había dos mujeres, el resto eran hombres, incluidos el funcionario de alto rango del Foreign Office que había organizado el encuentro y un par de agentes secretos del MI6. Supuso que todos los demás serían analistas y académicos. Una de las chicas era muy guapa, con aspecto de elfo y un pelo rubio cortado a lo *garçon* que le recordó a Twiggy. La otra era morena, con una melena lisa que le ensombrecía el rostro. Esta última era Rachel Stiles, la joven que poco después moriría a causa de una sobredosis. ¿Habría sido forzada a tomar drogas por alguno de los allí reunidos? Todos tuvieron que pasar la noche en el castillo, puesto que la reunión principal se había pospuesto para el día siguiente.

China y Rusia.

¿Podía existir tal vez alguna conexión? En el plano geopolítico, como diría sir Simon, por supuesto que podría haberla. ¿Era Maksim Brodsky alguna clase de espía ruso? ¿Lo había infiltrado Peyrovski para hacerse con secretos chinos? ¿Había recibido la ayuda de Rachel Stiles? ¿Era ése el motivo por el que ambos habían tenido que morir?

Oh, por el amor de Dios, se estaba volviendo tan paranoica como el director del MI5. La sola idea de imaginar una conexión era absurda. Y aun así sus pensamientos seguían volviendo a aquella pequeña reunión en la Torre Normanda. Había algo que no encajaba. Lo había advertido ya entonces, y luego lo había descartado, pero ahora sabía que debería haber confiado en su instinto. Ojalá pudiera recordar de qué se trataba.

Intentó visualizar a los hombres. Recordaba que uno era más alto de lo normal. Otro tenía un nombre que sonaba a indio. Otro más había hablado un tanto atropelladamente de algo relacionado con fórmulas de índices de endeudamiento, y luego se había quedado ahí plantado, esperando a que la reina respondiera algo inteligente. Ella había sonreído y había dicho: «Qué interesante.» ¿Qué otra cosa se suponía que debía decir?

En cualquier caso, si pretendía encontrar al asesino antes del viernes, que era cuando llegaría el presidente Obama, sin duda tendría que trabajar muy rápido.

El lunes por la mañana, Rozie se presentó a trabajar vestida con pantalones de montar y una vieja chaqueta de *tweed* sobre una camiseta de manga larga. No era el atuendo habitual de una secretaria privada adjunta, pero le habían comunicado que debía encontrarse con la jefa en la entrada trasera de las caballerizas reales, lista para cabalgar.

La reina ya estaba allí, con una chaqueta acolchada y un fular de seda en la cabeza anudado al cuello. Rozie no recordaba haberla visto nunca con un casco de montar. Al parecer, las reinas no se caían de los caballos. Si bien, para ser justos, el negro y lustroso poni —que esperaba con paciencia junto a su mozo de cuadra en el inmaculado patio— tenía aspecto de ser una criatura de lo más plácida. A su lado había un bayo de tono caoba y patas cortas y poderosas, con una crin negra y sedosa que sacudió con coquetería en dirección a Rozie.

—¡Ah, hola! —la saludó la jefa con una sonrisa, señalando al bayo—. Hemos pensado que ensillaríamos a *Temple* para usted. Tiene la altura correcta y muy buen carácter, siempre y cuando le haga saber quién está al mando.

Rozie hizo una reverencia, lo que se le antojó extraño con aquellas botas de montar.

—Gracias, majestad.

La reina estaba de buen humor, pero mordaz.

—Tengo entendido que aprendió a montar en Hyde Park. Igual que yo. Siempre estoy bien informada. ¿Qué le parece? ¿Damos un paseo?

Montaron en sus respectivos caballos, y dos mozos de cuadra las acompañaron, uno en un poni negro casi idéntico al de la reina y el otro en un robusto rucio de Windsor. El día era sombrío, con nubes que pasaban raudas y amenazaban lluvia. La reina alzó la mirada al cielo.

—He comprobado el tiempo en la BBC. Al parecer disponemos de una hora más o menos.

Se dirigieron hacia el este, cabalgando sobre la hierba y bajo los árboles, hasta llegar a las grandes explanadas abiertas de Home Park, donde *Temple* adoptó un paso regular. Rozie flexionó las piernas y relajó los músculos, adaptándose al ritmo de su montura y percatándose de lo mucho que necesitaba algo así.

—Crecimos relativamente cerca la una de la otra —observó la reina, haciendo referencia a la casa de sus propios padres en Mayfair.

—Sí, señora.

—Me dejó muy impresionada que montara en el centro de Londres. No debía de ser fácil, ¿le daban clases?

Era demasiado educada para expresar lo que quería decir en realidad, pensó Rozie, pero tenía razón: había sido endiabladamente difícil. Se suponía que las chicas que crecían en viviendas de protección oficial no montaban a caballo. Sí, lo había hecho cerca de Hyde Park, pero una cosa es vivir en una las grandes mansiones de Holland Park o Mayfair, y otra bien distinta es hacerlo en un apartamento de dos habitaciones en Notting Hill y que tu padre trabaje en el metro de Londres, soportando a diario la agresividad de los pasajeros, mientras tu madre trabaja como comadrona y voluntaria en la comunidad local cubriendo unos servicios que, de algún modo, iban desapareciendo. El tiempo y el dinero para los caballos no era lo que se dice una prioridad.

Pero quizá tenían algo en común aparte de Hyde Park: ambas eran las hermanas mayores, y sus padres tenían grandes expectativas puestas en ellas.

—Encontré el modo de hacerlo, señora.

—¡Vaya! ¿Y cómo lo consiguió?

—Trabajando en los establos.

Día y noche, a primera hora de la mañana, los fines de semana y siempre que se lo permitieran. De esa forma pagaba por cabalgar. Rozie solía montar una hora antes de ir al colegio y otras dos por la tarde, y de algún modo encontraba el tiempo para hacer los deberes; nunca fue la mejor de la clase, pero siempre había estado por encima de la media en los estudios, pues ése era el trato que había hecho con su madre.

«—Si no consigues sacar buenas notas, olvídate de los ponis.

»—Caballos, mamá.

»—Lo que sea.»

—¿Y llegó a participar en competiciones?

—Sí, majestad. Con el ejército.

Rozie lo hacía todo de forma competitiva. Tras haber combinado la escuela y los establos, la universidad le pareció coser y cantar, de modo que se alistó en el Cuerpo de Entrenamiento de Oficiales, e incluso así se graduó con matrícula. No era la mejor amazona del mundo, nunca lo sería, pero era muy intrépida cuando se trataba de certámenes hípicos. Si le daban un caballo decente y un tiempo para practicar, era capaz de volar, nadar y lo que fuera necesario.

También era buena tiradora, como atestiguaba su insignia de los cien mejores en la competición de Bisley. Rozie siempre se sentía fuera de lugar en esos ámbitos, y aun así solía vencer a los chicos. No había nada tan satisfactorio en la vida como derrotar a un niño pijo en algo que a él se le diera bien. Desde muy pronto había aprendido también a aparentar que le daba igual, lo que además incrementaba la satisfacción. Y ahora ahí estaba —con un buen título universitario, tras un periodo de servicio en Afganistán y un empleo por la vía rápida en un banco de niños pijos—, trabajando nada menos que para la reina.

Por lo general, no pensaba nunca en todo aquello y se limitaba a cumplir con su trabajo diario, pero el caballo sobre el que iba montada la había llevado de regreso a aquellas tempranas mañanas en Hyde Park. ¿Cómo podría haber imaginado siquiera que conseguiría llegar hasta aquí?

—¿Qué opina de *Temple*? —quiso saber la reina.

—No está muy contento —respondió Rozie, echándose a reír—. Noto que quiere ir más deprisa.

—No se lo permita.

—Está muy pagado de sí mismo, ¿no?

La reina le sonrió.

—Puede permitírselo, con ese porte. Sí, *Temple*, eres precioso y lo sabes.

Continuaron al paso por uno de los caminos, oyendo el canto de los pájaros entre el rugido ensordecedor de los aviones que surcaban el cielo. Rozie nunca había visto a la reina tan en su elemento. Incluso tenía la sensación de haber cruzado un umbral en cierto modo, y de que ahora la chica de la vivienda de protección oficial era uno de ellos: una camarada amazona, un miembro del círculo íntimo. ¿Era aquel paseo un premio por el trabajo que había llevado a cabo en Londres? La reina jamás lo diría, ni ella se lo preguntaría, pero daba esa impresión.

Hablaron del reciente viaje de Rozie a Lagos, y de lo mucho que había crecido la ciudad, que ahora albergaba a veinte millones de personas. Aquello no era una novedad para la reina, que estaba familiarizada con todas las capitales de los países de la Commonwealth, pero para Rozie sí había supuesto una gran sorpresa la primera vez que visitó la ciudad. Se dio cuenta de los muchos prejuicios que había abrigado respecto a Nigeria, al suponer que sería una especie de Inglaterra en potencia tostada por el sol. Si acaso, era lo contrario: había emprendido su propio rumbo, y lo había hecho con tal confianza que sin duda podría llegar a ensombrecer a la propia isla.

—¿Y fueron sus abuelos quienes vinieron a vivir a Londres?

Así era. Rozie habló con orgullo de los padres de su padre, llegados en la década de los sesenta. Su abuelo había empezado lavando cuerpos en el depósito de cadáveres. Fue el único empleo que le permitieron desempeñar, pero siempre había trabajado duro para su comunidad. Todos en Peckham conocían a Samuel Oshodi. Si necesitabas algo, él averiguaba la manera de conseguirlo, y de algún modo lo hacía posible.

—Le concedieron la Orden del Imperio Británico —añadió Rozie—. Yo era muy pequeña cuando recibió esa distinción, pero recuerdo que estuvo unas cuantas horas preparándose antes de encaminarse a palacio, y que después nos reunimos todos para celebrarlo. Aquel día la conoció a usted y...

Se detuvo, todavía sonriendo ante aquel recuerdo. Su abuelo había dicho que Su Majestad era «muy menuda pero deslumbrante, incluso su piel parecía brillar». Aquello ya formaba parte del folclore familiar. Se suponía que era un comentario halagador, pero Rozie no estaba segura de cómo se lo tomaría la implicada.

La implicada miraba ahora a Rozie de una forma muy extraña. ¿Había dicho esas palabras en voz alta sin darse cuenta? Estaba segura de que no. La reina la miraba como si le hubiera hecho una pregunta difícil. O como si se la hubiese hecho otra persona y Rozie ni siquiera estuviera allí...

La reina, de hecho, estaba recuperando aquel recuerdo que tan escurridizo se había mostrado hasta ahora. Había vuelto a ella con la claridad del tecnicolor mientras Rozie hablaba; con tanta nitidez que no comprendía cómo podía haberlo olvidado.

—Volvamos —decidió, interrumpiendo el paseo—. El cielo tiene un aspecto amenazador.

Tenía razón. Las nubes, de un gris metálico, habían dado paso a enormes columnas del color de las perlas tahitianas. La temperatura había descendido varios grados. No era la primera vez que el pronóstico del tiempo de la BBC pecaba de optimismo. Dieron media vuelta para regresar a casa, y pusieron los caballos al trote.

Durante todo el trayecto, la reina estuvo evocando en silencio la expresión seráfica de Rozie cuando le había hablado de la distinción concedida a su abuelo. Las medallas tenían ese efecto. Debería haberlo tenido presente durante la investidura del miércoles anterior, si bien aquél había sido un acto rutinario, aunque agradable. Gracias al recuerdo de la emoción infantil de Rozie, su propio recuerdo, el escurridizo recuerdo que había tratado de desenterrar incansablemente, había aflorado y vuelto a la vida.

Las condecoraciones eran algo especial, personal y duradero. Siempre había una minoría que las rechazaba, pero quienes las aceptaban las atesoraban con un orgullo feroz. Jamás olvidaban el día en que se las habían concedido, ni lo que habían hecho para obtenerlas, y lo mismo podía decirse de sus familias. Ella había mantenido incontables conversaciones con orgullosos viudos y viudas, maridos e hijos, acerca de condecoraciones logradas en la guerra o en la comunidad. La gente podía mostrarse tímida en un primer encuentro, pero jamás lo era cuando se trataba de medallas. Bastaba una sola pregunta para que los implicados se abrieran de inmediato. A veces los embargaba la emoción, sobre todo si los amigos o camaradas soldados habían muerto durante una arriesgada campaña, o si la recibían en nombre de un pariente que había fallecido. Pero nunca se mostraban neutros, jamás.

Rachel Stiles, en cambio, no había reaccionado como cabía esperar. Llevaba una chaqueta de esmoquin sobre el vestido y, prendida en la solapa, lucía una cruz de plata diminuta sobre una corona de laurel. No era la única persona en la habitación que llevaba una condecoración. Sir Peter lucía siete, fruto de una carrera ilustre, y dos hombres más entre los presentes, una cada uno. En todo caso, a la reina le interesó en especial la de la doctora Stiles porque se trataba de la Cruz de Isabel, otorgada al pariente más cercano de los miembros de las fuerzas armadas muertos en combate o en un ataque terrorista.

Era una condecoración que había instituido ella misma, en reconocimiento al sacrificio de los militares, hacía menos de diez años.

—¿Y para quién era eso? —recordó haber preguntado.

La joven doctora pareció sorprendida.

—Para mi padre.

Las palabras parecieron forzadas, y le salieron casi en un tono interrogativo. No obstante, la reina insistió.

—¿Dónde estaba?

En ese momento, la joven pareció confusa.

—Esto... ¿en el palacio de Buckingham?

La reina se había dado cuenta de que la muchacha estaba temblando; parecía consumida por los nervios, así que decidió no insistir, sintiéndose un poco culpable por la vaguedad de su pregunta. Por supuesto, no pretendía preguntar dónde había obtenido la medalla, porque tenía que haber muerto para que se la concedieran a su familia. Pero eso, sin duda, era evidente. Lo que había querido decir era: «¿En qué ataque terrorista se vio envuelto?» O bien: «¿dónde estaba destinado?»

Era un tema delicado, naturalmente, aunque con los años había aprendido que a las familias les agradaba compartir su pérdida. Quizá era así porque una, en cierto modo, representaba aquello por lo que habían muerto. Quizá también porque le importaba muchísimo, y había conocido a muchas otras familias en situaciones similares, y de hecho había perdido a seres muy queridos en la guerra y en ataques terroristas.

En resumen, había esperado conocer la sin duda trágica historia que ocultaba aquella medalla, no una breve respuesta sobre el lugar donde había sido concedida. Además, el palacio de Buckingham era una respuesta poco corriente en ese caso. La Cruz de Isabel, por lo general, la entregaban representantes de la Corona en ceremonias a lo largo y ancho del país. En persona, ella había hecho entrega de sólo un puñado de ellas a familiares, y casi nunca en el palacio. Aunque quizá por eso precisamente había supuesto un hecho destacado...

Era una situación complicada, se había dicho a sí misma en aquel momento, en el breve instante en que la había considerado. La chica era tímida y se había dejado llevar por la emoción. Eso explicaba su extraña respuesta. Estaba claro que no era una gran conversadora. Y era de esa chica de quien momentáneamente se había acordado la reina al día siguiente, mientras Kelvin Lo insistía en mirarse los zapatos. La que tenía aspecto de estar indispuesta y que estaba en el grupo detrás de él.

Poco después de su breve conversación aquella primera noche, la reina se había ido de la Torre Normanda y se había dirigido a los Apartamentos de Estado, y luego se había concentrado en la velada *à la russe* preparada por Carlos. No había pensado más en todo aquello.

Pero ahora se daba cuenta de que Rachel Stiles no se había mostrado confusa por la emoción, sino que simplemente no había sabido qué decir. Había dado una respuesta del todo incorrecta sobre un acontecimiento que debería haber quedado grabado a fuego en lo más hondo de su ser. Ella no era la propietaria de aquella medalla. Ni siquiera sabía qué significaba. Llevaba la chaqueta de otra persona.

¿Era siquiera Rachel Stiles?

Como si fuera una señal, un trueno resonó en el cielo y empezaron a caer los primeros goterones sobre el parque. *Emma*, la robusta poni, agitó un poco la cabeza y continuó trotando con firmeza, pero *Temple* alzó repentinamente la vista como si hubiera oído un disparo y se lanzó al galope sin previo aviso, llevándose a Rozie con él.

—¡Vaya tras ellos! —ordenó la reina al mozo de cuadra que iba a lomos del rucio de Windsor.

Temple se dirigía hacia los árboles a medio galope. Rozie podía acabar derribada por una rama si no tenía cuidado.

En ese momento caía ya un verdadero chaparrón, y maldiciendo el parte de la BBC, la reina los siguió tan rápido como pudo.

17

Una hora más tarde, estaban de vuelta en la salita privada, trabajando. Después de tanto tiempo sin montar, Rozie notaba los muslos doloridos, pero había merecido la pena por la emoción de la cabalgada. Todavía se sentía radiante al pensar en el paseo, sobre todo en la última parte, cuando había cruzado al galope Home Park, hasta que *Temple* se había sometido por fin a sus órdenes y había emprendido el regreso con un trote digno de un caballo de exhibición en el Olympia. Rozie se había encariñado con él. Era un granuja, pero ella ya lo tenía calado. La reina le había dicho que podía montarlo en su tiempo libre, y Rozie se sentía en una burbuja de pura felicidad.

La reina, ataviada de cachemir y perlas, y con aspecto de haberse pasado medio día en un salón de belleza, se estaba tomando una taza de té negro con miel. El aguacero había pasado deprisa, pero las había dejado empapadas de pies a cabeza, y ella había ido derecha a sus dependencias para acicalarse y poner la cabeza bajo el secador. Lo último que necesitaba en una semana como aquélla era pillar un catarro.

Puso a Rozie rápidamente al día sobre el incidente con la Cruz de Isabel.

—¿De modo que cree que robó la chaqueta? —preguntó Rozie.

—Es posible. —«O la identidad en sí», tuvo ganas de añadir la reina, pero no se sintió capaz de pronunciar esas palabras en voz alta—. ¿Podría comprobar si a la familia Stiles se le concedió esa medalla? Ah, y no estaría de más conseguir una fotografía de la joven.

—Por supuesto, majestad.

—Oh, Rozie, y...

—¿Señora?

—Hay un caballero llamado Billy MacLachlan que vive en Richmond. Formó parte de mi equipo de escolta hace ya mucho tiempo. En el archivo encontrará los detalles para contactar con él. ¿Podría pedirle, con absoluta discreción, que vuelva a comprobar con el patólogo forense que no hubiera nada fuera de lo común en la muerte de la doctora Stiles? Creo que todavía tiene buenas conexiones con la policía. Quizá podría usted proponerle que sugiera que, según una de sus fuentes, podría no haberse tratado de una sobredosis.

—Sí, señora.

—Y no hace falta que diga que...

—No, majestad, por supuesto. Y ahora, respecto al jueves: el príncipe de Gales y la duquesa de Cornualles llegarán de Highgrove más o menos a mediodía...

Para esa tarde se había programado un corte de pelo y una larga sesión con Angela, la encargada del vestuario de la reina. Había varios cambios de atuendo que ultimar para los días venideros, y el clima seguía empeñado en mostrarse impredecible. También había joyas que elegir, que se habían sacado para su inspección en un despliegue de estuches forrados de terciopelo. A la reina siempre le resultaba agradable pasar tiempo con Angela —a quien, en otras circunstancias, habría considerado una amiga íntima—, pero ese día tenía muchas cosas en la cabeza. Intentaba concentrarse, pero le costaba más que de costumbre. Le hizo falta una gran dosis de paciencia para esperar la aparición de Rozie, ya a última hora de la tarde, con su agenda del día siguiente y con su puesta al día de las actividades de la mañana.

Las noticias eran diversas.

—El padre de la doctora Stiles, el capitán James Stiles del Cuerpo de Ingenieros Reales, murió en Kosovo en 1999, víctima de un artefacto explosivo improvisado —la informó Rozie—. Rachel tenía diez años. El representante de la Corona en Essex le hizo entrega de la Cruz de Isabel a su madre, que once años más tarde, en 2010, moriría de cáncer de ovario en Merville Barracks, Colchester. Rachel tenía un hermano menor, pero por lo visto se arrogó el derecho de lucir ella la condecoración.

—Ya veo.

—Aquí tengo una fotografía de Rachel, majestad.

Rozie le tendió una copia del impreso que se entregaba al equipo de seguridad del castillo para su aprobación, y que incluía una foto tamaño carnet en la parte superior. La imagen, pequeña y sin nada que llamara la atención, mostraba una joven de ojos azules y espesa melena negra que a la reina le resultaba familiar.

—He buscado otras, pero me ha costado encontrarlas —admitió Rozie—. Pese a haber nacido en los noventa, se mantenía alejada de las redes sociales. No hay ninguna foto en su perfil de LinkedIn, que es una web para profesionales, majestad, y no estaba en Facebook ni en páginas de citas ni nada por el estilo.

Sí había dado con algunas fotografías de grupo hechas en fiestas en la oficina de Golden Futures, pero ninguna era de especial utilidad. Para las notas de prensa que anunciaban su muerte se habían apañado con una granulosa imagen de graduación.

La reina examinó la fotografía con una lupa que sacó del cajón del escritorio. Desde cierta distancia y sin la lupa, habría dicho que se trataba de ella; pero ahora se daba cuenta de que el parecido residía sobre todo en el cabello. La nariz de esa joven era distinta de la que ella creía recordar: más grande y menos atractiva. Tenía el mentón más largo... ¿o sólo lo parecía? Si alguien le hubiera pedido en ese preciso momento que jurara que se trataba de una persona distinta (por suerte nadie hacía nunca esas cosas), no podría poner la mano en el fuego. Tenía la sensación de que lo era, pero nada más.

Sin embargo, no cabía la menor duda de que Merville Barracks no era el palacio de Buckingham. La conversación sobre la ceremonia de concesión de la medalla no había tenido ningún sentido. No dejaba de ser una ironía que la Cruz de Isabel fuera una de las escasas condecoraciones con muy pocas probabilidades de entregarse en el palacio. Muy poca gente pensaría en ese detalle, por supuesto, pero resultaba que ella era una de las pocas que sí lo haría.

¿Convencería eso a otros investigadores? Además, Rachel ni siquiera había recogido personalmente la medalla: se la habían entregado a su madre. Qué fácil sería decir que una niña no recordaría algo así, o que simplemente había sido presa de la confusión por la emoción de conocer a la reina.

Pero ella sí lo sabía. Lo sabía y punto. Y ahí acababa la cosa.

Rozie captó en cierto sentido qué estaba pensando la reina y pareció titubear.

—¿No cree que la habrían descubierto en los controles de seguridad si no fuera la persona que tocaba?

—Para eso sirven, desde luego —dijo la reina.

—¿Y qué me dice de después? Me refiero a después del asesinato, cuando la policía interrogó a todos los que habían estado aquí... ¿no lo habrían descubierto entonces?

—Eso es lo que cabría pensar, sí. —La reina soltó un suspiro y cambió de tema—: Me imagino que aún no sabemos nada de Billy MacLachlan, ¿no? —preguntó sin muchas esperanzas.

Se suponía que sólo hacía unas horas, como mucho, que Rozie habría establecido contacto con él. No era muy probable que MacLachlan hubiera averiguado nada todavía.

—No, señora. Pero ha dicho que nos pondría al corriente en cuanto se enterara de cualquier detalle útil.

—Bien.

La joven esperó, indecisa. La reina reparó en que parecía nerviosa y vacilante: no era la conducta habitual de su secretaria adjunta.

—¿Hay algo más?

—Pues sí, hay algo más, majestad. Creo que he cometido un terrible error, lo siento.

—Suéltelo ya.

La reina la observó hacer acopio de valor y levantar el mentón.

—Llamé a la oficina de Rachel y pregunté por sus parientes más cercanos. Pensaba que usted podría pedirme más adelante que hablara con ellos. En todo caso, dije que llamaba de parte del servicio doméstico del castillo; que ella se había dejado algo aquí y que acabábamos de darnos cuenta y queríamos devolvérselo. Y la mujer de su oficina me dijo que no tenía constancia de que Rachel hubiera estado en el castillo de Windsor. Olvidé que la reunión era de alto secreto, majestad... O más bien di por hecho que en su oficina lo sabrían, como mínimo. Pero resulta que no sabían nada, o al menos la encargada de recepción con la que acabé hablando.

—Vaya por Dios. No mencionaría la naturaleza de esa reunión, espero... —dijo la reina; su tono era tranquilo: aquello era desafortunado, pero no un desastre.

—No, por supuesto que no, majestad. Pero aquella mujer me dijo que le sorprendía que Rachel hubiera acudido aquí siquiera. Llevaba varios días enferma y ni la habían visto. Pregunté cuánto tiempo hacía, y la mujer me dijo que desde una semana antes de su muerte, lo que corresponde más o menos al momento de la cena y pernocta.

—Gracias, Rozie.

La reina parecía pensativa.

—¿Quiere que se lo diga a alguien, señora?

—Podría preguntarle al inspector jefe Strong, como de pasada, si su equipo consiguió interrogar a todos los que figuraban en aquella lista de visitantes tras la muerte del señor Brodsky. Yo doy por hecho que sí, desde luego. Y dígale al superintendente que estoy preocupada por la seguridad, y que me gustaría que le echara un vistazo al protocolo de vigilancia de aquel día y del siguiente para verificar si se comprobó por partida doble que todos contaban con la prescriptiva autorización. Me imagino que lo habrá hecho ya. Me gustaría saber qué ha averiguado.

La reina no era supersticiosa, pero a menudo había advertido que las malas noticias solían llegar de tres en tres. Al día siguiente, tras lo que pareció un informe prometedor, se sucedieron tres contratiempos en el término de una hora.

Se estaba preparando para una reunión más del comité asesor cuando apareció Rozie.

—Tengo noticias de Billy MacLachlan, majestad.

—Ah, qué bien. ¿Algo interesante?

—Pues resulta que sí. El informe toxicológico del cuerpo de Rachel Stiles arroja un dato ligeramente extraño. Además de cocaína y alcohol, había rastros de un tranquilizante que no le habían recetado. Pero dicen que llevaba mucho tiempo lidiando con la ansiedad. Como ya sabemos, era muy joven cuando perdió a sus padres.

—Ya veo.

Sin embargo, el siguiente informe de Rozie dio al traste con la incipiente teoría de la reina. El equipo del inspector jefe Strong había en efecto interrogado a todos los visitantes de la lista en los días posteriores al asesinato, incluida Rachel Stiles, que estaba en su casa en los Docklands y había recibido encantada a dos de sus detectives, pese a estar convaleciente de la gripe. De modo que, por lo menos, la joven estaba al corriente de lo que había ocurrido.

Además, el superintendente del castillo le había pedido al jefe de seguridad que comprobara de nuevo el protocolo de vigilancia, y todo se había hecho como era debido. Si Stiles se había compinchado con alguien para que se hiciera pasar por ella, ambos lo habían hecho muy bien.

Sin embargo, el tercer golpe fue, con mucho, el peor de todos.

Humphreys la informó —con cierta alegría, pensó la monarca— de que el equipo de la Torre Redonda había descubierto que el año anterior Sandy Robertson había adquirido por internet unas braguitas de encaje idénticas a las que se habían encontrado junto al cuerpo de Brodsky. Estaban estrechando el cerco.

La fecha límite que se había impuesto ya se estaba acercando, y se preguntó si había hecho algún progreso siquiera. Estaba segura de estar sobre la pista de algo, pero Strong y su equipo, que por supuesto no sabían nada de sus pesquisas, no dejaban de aportar detalles que parecían sugerir lo contrario. No obstante, por el momento era importante centrarse en los días que se avecinaban, que serían lo bastante ajetreados como para tenerla ocupada por completo. Iban a hacer historia, y el mundo los estaría observando. El pobre Sandy Robertson tendría que esperar.

Le costaba aceptarlo, pero no podía hacer nada al respecto.

18

De niña, cuando le preguntaban qué querría ser de mayor, la princesa Isabel contestaba: «Una señora de campo, con montones de perros y caballos.» Durante esas últimas semanas había sido precisamente eso, pero los días siguientes tocaba ser reina.

Era miércoles, y aún faltaba un día para su cumpleaños, pero ella y el príncipe Felipe tenían que celebrar los quinientos años del servicio postal visitando la oficina de correos de Windsor. Hubo multitudes, vítores y banderines, y el tiempo fue clemente. Angela había hecho un buen trabajo con un abrigo rosa y un sombrero a conjunto que, con aquel día soleado, quedarían bien en las fotos. La oficina de correos sería rebautizada en su honor y habría una exposición con fotos de la reina en Windsor y el inevitable sello conmemorativo.

Fue todo muy alegre y típicamente británico, y sólo se vio superado por lo que vino justo después: una excursión a los Jardines Alexandra, donde ella y Felipe procedieron a inaugurar un nuevo quiosco de música, y donde montones de colegiales cantaron para la reina mientras otros interpretaban un fragmento de *Romeo y Julieta* como parte del Festival Shakespeariano de la escuela.

Cuando regresaron al castillo, bastante agotados, tanto Felipe como ella se echaron un sueñecito antes de asistir a una cena privada con los miembros de la familia que ya habían llegado para la celebración del día siguiente. Los Apartamentos Privados se iban llenando de hijos, nietos y bisnietos de la reina. A la mayoría no los había visto desde que habían posado para unos retratos familiares después de Pascua, poco antes de la cena y pernocta.

Aquellas imágenes, tomadas por Annie Leibovitz, saldrían pronto a la luz pública. La reina estaba satisfecha con ellas, aunque en realidad prefería sus fotos privadas. Le gustaba pillar a la gente desprevenida, haciendo tonterías y pasándolo bien, lo cual distaba mucho del estilo de Leibovitz. Pero la imagen donde salía ella con Ana sí tenía cierto encanto. Y esa con los perros en las escaleras del castillo era bastante bonita. Ah, y a la gente le encantaría la de los pequeños Luisa y Jacobo, y el resto de sus bisnietos, con su bolso. Sí, en general había sido todo un éxito, aunque la fotógrafa estadounidense se había presentado con su séquito habitual y un equipo de proporciones ingentes, y la cosa le había llevado el triple de tiempo del que una en realidad hubiera deseado invertir. Esa noche les enseñaría el resultado a los niños.

Rozie observaba a la familia desde cierta distancia: todo giraba alrededor de la reina, cuyo rostro irradiaba satisfacción. Era cierto que resplandecía, como había dicho el abuelo Samuel. Eso tenía que ver con su piel, siempre impecable, y con sus ojos, que parecían chispear de alegría cuando algo la divertía. También ayudaban los infalibles diamantes y las perlas, desde luego, pero el abuelo Samuel tenía razón: la reina parecía refulgir incluso en bata. Y en ese momento, con el vestido de noche de damasco y estampados plateados, estaba radiante.

Así pues, Rozie decidió no estropear la celebración, ni ese día ni el siguiente, mencionando a Vadim Borovik, el ayuda de cámara de Yuri Peyrovski, que había sido víctima de una brutal paliza en un callejón del Soho. Masha Peyrovskaya había llamado a Rozie aquella misma tarde, totalmente fuera de sí.

—¡Yuri sabe que él me ayudó! ¡Es Yuri quien lo ha ordenado! ¡Lo ha castigado, y no tardará en hacer lo mismo conmigo!

Rozie había necesitado un buen rato y todo su don de gentes para tranquilizarla un poco. Masha se negaba a creer la «versión» de la policía, según la cual se trataba de la típica agresión homófoba.

—¡Pues claro que dicen eso! ¡Como es homosexual, resulta creíble!

—¿Se pondrá bien? —había preguntado Rozie.

—Quién sabe. Podría morir durante la noche.

Desde luego, los rusos eran muy melodramáticos, se dijo Rozie. Pero decidió que, por si acaso, a la mañana siguiente comprobaría el estado de salud del ayuda de cámara. Si es que lograba encontrar un momento, claro.

El jueves debería haber sido su día libre, pero era el cumpleaños de la reina y eso significaba que el tiempo libre quedaba cancelado. Distintos miembros de familias reales de toda Europa asistirían a la fiesta de la soberana en el castillo. Entretanto, el presidente de Estados Unidos llegaría al aeropuerto de Stansted, antes de encontrarse al día siguiente con la reina. Ella y sir Simon estarían despiertos desde el amanecer hasta la madrugada, actuando de enlaces, solucionando problemas y supervisándolo todo. Durante cada segundo del día, el mundo entero estaría observándolos para comprobar que todo se hacía al más alto nivel. La reina Victoria había vivido hasta los ochenta y un años. Los noventa suponían un territorio inexplorado para la monarquía. Para la reina, era importante iniciar esa década tal como pretendía continuarla.

Al día siguiente seguía sin haber noticias de la Torre Redonda. Pero era 21 de abril y daba la sensación de que todo Windsor estaba en las calles. La gente se apiñaba contra las barreras y se instalaba en balcones y ventanas para hacer ondear un verdadero mar de banderas del Reino Unido. Las campanas de la capilla tañían constantemente, y sonaban clarines y la banda de los Guardias de Coldstream.

La reina apartó la investigación de su cabeza y se centró en su trabajo, que consistía en ser ella misma en público, algo que había aprendido a hacer después de toda una vida de práctica. Durante el paseo bajo el castillo, parecía como si todo el mundo tuviera un ramo de flores que ofrecerle. Había globos gigantes de color rosa, nonagenarios como ella a quienes saludar, un paseo oficial que inaugurar (se le daban muy bien las cortinas de terciopelo y las cintas), y un pastel violeta gigante, hecho por la ganadora del certamen de repostería de la BBC, que prometía una inusual combinación de sabores y que ella no tuvo oportunidad de probar.

El año anterior, la casa Land Rover había creado para ella una especie de Papamóvil a partir de un Range Rover descapotable, y se instaló en su parte trasera con Felipe a su lado para saludar a todos los que deseaban agasajarla y agitaban sus banderitas. El sol había accedido a brillar de nuevo, apareciendo decorosamente entre las nubes plateadas. Hacía frío, pero no demasiado. Y el buen humor de la gente, que no dejó de cantarle el *Cumpleaños feliz* a lo largo de toda la ruta, la llenaba de emoción.

Pensó en su tocaya y en sus reales marchas a lo largo y ancho del país. ¿Qué habría pensado la primera reina Isabel de ese «Reinamóvil», como inevitablemente lo llamaba Felipe? Las multitudes la habrían complacido, sin duda. Una trataba de no pensar en los tiradores apostados en los tejados, preparados para intervenir si había problemas, y de sentirse agradecida por poder hacer aquello todavía. Últimamente, los cristales antibalas y los vehículos de seguridad eran muy frecuentes. Pero eso era para el primer ministro. Si a una soberana no se la podía ver, ¿qué sentido tenía su existencia? De ahí su atuendo de ese día, de un verde hierba en honor a la primavera, y su agradecimiento al tiempo clemente y a una constitución de hierro que aún le permitía ir de pie en un coche abierto.

Más tarde, la puesta de sol tiñó el cielo plateado de un rosa anaranjado, y Carlos pronunció un breve y sentido discurso y la invitó a encender una antorcha. Sería la primera de las más de mil antorchas que se encenderían por todo el Reino Unido, e incluso en Gibraltar, y también el inicio de una espléndida cadena de teas encendidas en todo el recorrido de la Larga Avenida arbolada, que refulgirían contra el cielo cada vez más oscuro. Todo aquello le recordó a la reina las celebraciones del fin de la guerra, y la forma en que el reino había difundido las noticias desde los tiempos de la Armada Invencible. Entretanto, sir Simon le informó de que más de doscientas cincuenta mil personas habían enviado felicitaciones de cumpleaños a través de Twitter. Gracias a Dios que no habían enviado tarjetas.

Ella había pedido que ese día se armara el menor revuelo posible, y ése era el menor revuelo que el país estaba dispuesto a armar. Había sido un día agotador, aunque dichoso. Qué especial había sido celebrar su cumpleaños en Windsor. Se sentía como si lo hubiera compartido con toda la ciudad, y sus habitantes con ella. Ahora había llegado el momento de la cena en el castillo: se celebraba al estilo Carlos, lo que significaba una mesa para setenta comensales en el Salón Waterloo, todo un despliegue de flores y un montón de discursos divertidos.

Y una confiaba en que todos siguieran vivos por la mañana.

Si Putin hubiera querido transmitir un mensaje, debería haber elegido esa noche.

Subió a cambiarse. Encima de la almohada, encontró un paquete de caramelos escoceses de dulce de leche, con una nota de Felipe. No se había olvidado. Se comió uno: eso la ayudaría a aguantar la velada que tenía por delante.

19

Tras una noche de lluvia, la mañana del viernes amaneció de un gris claro. El presidente Obama se hallaba en Londres, donde tenía previsto visitar al señor Cameron en Downing Street. Eso alejaría las noticias de Windsor durante unas cuantas horas, y la reina se sintió agradecida por ello.

El presidente y la primera dama acudirían a almorzar, y aunque, gracias a Dios, nadie había aparecido para informarle del asesinato de otro visitante, la investigación del primero seguía en marcha. Con el transcurso de las horas, había esperado un gesto de asentimiento de sir Simon, o una solicitud de audiencia por parte de Gavin Humphreys para hablarle de un avance sorprendente, pero nada de eso había sucedido.

Esa misma mañana, unas horas después, sir Simon sí le comunicó algo, pero su noticia no hizo más que enturbiar las aguas. Dada la similitud del tipo de pelo y su inesperada muerte posterior, los agentes habían cotejado el ADN del pelo hallado en la habitación de Brodsky con el de Rachel Stiles, y habían descubierto que coincidían.

De manera que aquella joven sí había estado allí. Y sin embargo no había sido capaz de dar detalles sobre la medalla de su propio padre...

—Parece sorprendida, majestad.

—No, en absoluto —respondió ella, recobrando la compostura—. ¿Se conocían?

—Parece ser que no. Pero Stiles mencionó que había mantenido una breve conversación con Brodsky en el pasillo la noche antes del asesinato. Una de las gobernantas lo confirma. Por lo visto ese joven pianista era un tipo muy abierto. El inspector jefe Strong mantiene un contacto estrecho con la Brigada de Investigación Criminal de la Isla de los Perros, donde se encontró el cuerpo de la muchacha. Van a poner a alguien a investigar si se conocían de antes, pero no parece probable, y aunque así fuera no explicaría gran cosa. La chica no supo que se quedaría a dormir aquí hasta bien entrada la tarde, por lo que difícilmente podría haber planeado matar a nadie.

—Ya veo. Gracias por hacérmelo saber.

—Majestad.

Y así estaba la cosa. El presidente Obama estaba a punto de subir a bordo del *Marine One* para volar hasta Windsor, y toda la investigación de la muerte de Brodsky acababa de dar dos pasos atrás. No estaba pensando en la del MI5, por supuesto —esa investigación proseguía a piñón fijo y en línea recta—, sino en su propia teoría, que de todos modos era todavía incipiente, y ahora volvía a situarla en la casilla de salida.

Pues que así fuera. A una no le quedaba más remedio que «hacerse la longuis», según la expresión adecuada para estos casos que le había enseñado su nieto Enrique.

• • •

Tras mucho tira y afloja entre las altas instancias, se había decidido que la reina recibiría en persona a los Obama cuando aterrizaran en Home Park, justo bajo la terraza que daba al este. No era el procedimiento habitual, pero tampoco era nada corriente que una celebrara su cumpleaños en su castillo favorito con el presidente y la primera dama de Estados Unidos. Los recogería en un Range Rover, y Felipe iría al volante.

Había tres helicópteros en total, y supuso un alivio que consiguieran abrirse camino en el espacio aéreo de Heathrow y aterrizar sin incidentes en el campo de golf. Hacía un día ventoso, y la reina se había puesto un pañuelo en la cabeza, mientras que Felipe iba bien abrigado en su gabardina. Cuando el presidente Obama salió del *Marine One*, con los miembros de su escolta abriéndose en abanico, lucía una gran sonrisa.

Hubo ciertas dudas sobre dónde debía sentarse cada cual en el coche, pero no tardaron en resolverse. Por lo visto, el personal daba por hecho que sería como en una comida oficial, donde el caballero visitante acompaña a la dama anfitriona, pero la reina consideraba que aquello era más como una cacería, de modo que los hombres, obviamente, irían juntos delante para poder charlar. Ella ocupó el asiento trasero con Michelle, que estuvo tan encantadora como siempre en cuanto logró atemperar sus nervios.

La primera dama era extraordinariamente alta, y la reina sentía un ligero tirón en el cuello cada vez que alzaba la vista para mirarla. Sin embargo, Michelle irradiaba esa aura de estrella que a ella tanto le gustaba. Era agradable no ser la única mujer a la que la prensa quería fotografiar. Todos y cada uno de los gestos públicos de la señora Obama eran comentados y diseccionados, y estaba habituada tanto a ser adorada como a ser insultada, así como a no estar nunca a solas. Tenían mucho en común, aunque, por supuesto, una había subido al trono casi una década antes de que Michelle y su marido hubieran nacido siquiera.

A esas alturas, el castillo hervía de agentes de seguridad y de cámaras y equipos de televisión. Hubo una rápida rueda de prensa en el Salón de Roble para dejarlos contentos a todos, y luego por fin pudieron relajarse. Había mucho de que hablar. En primera línea estaba la cuestión del referéndum, por supuesto, y también las próximas elecciones, pero la reina mostró mucho interés en los planes de la pareja tras sus ocho años en la Casa Blanca. Iba a echarlos mucho de menos. No obstante, la idea de que una mujer fuera presidente de Estados Unidos le parecía también muy interesante. Cómo había cambiado el mundo desde el año 1926. ¿Quién podía haber previsto algo semejante en aquel entonces?

No fue hasta después de comer, en el camino de regreso hacia los coches, para despedirse, cuando el presidente Obama se inclinó hacia ella para decirle:

—Tengo entendido que aquí ha tenido un problemilla recientemente, con un joven ruso. Si hay algo que podamos hacer para ayudar...

La reina se volvió hacia él con el semblante serio antes de esbozar una rápida sonrisa para quitarle importancia al asunto.

—Gracias. El servicio de inteligencia parece tenerlo bajo control. Por lo visto creen que fue el mayordomo.

—Eso tendría su lógica.

—Pues yo confío en que no sea el culpable. Aprecio mucho a mis mayordomos.

El presidente Obama pensó en la casa de su tía en Hawái, y en las habitaciones de alquiler de sus tiempos de estudiante en Nueva York, y en el diligente equipo de la Casa Blanca que, hoy en día, satisfacía todos sus caprichos, y asintió prudentemente con la cabeza, si bien con un destello malicioso en la mirada.

—Todos los apreciamos mucho, majestad, todos los apreciamos mucho...

20

Rozie estaba sentada en su habitación con la luz encendida. Deseaba meterse en la cama después del día más agotador que era capaz de recordar, pero se sentía aún demasiado tensa para dormir. Eran las dos de la madrugada. Casi todas las ventanas del castillo estaban a oscuras. Se moría de ganas de llamar a Fliss a Fráncfort por FaceTime, pero su hermana estaría durmiendo, como todos los de aquí, y al igual que todos los de aquí tendría que levantarse pronto por la mañana.

Faltaban menos de cinco horas para que sonase el despertador, y Rozie sabía que debía darse una ducha rápida, beber algo caliente y apagar esa pequeña zona de su cerebro que no dejaba de recrear la jornada en intervalos de cinco minutos, clasificando cada decisión y cada reacción según lo bien que hubiesen ido. En lugar de eso, se acercó a la bandeja de licores —tan corriente en Windsor como una tetera en Notting Hill— y se sirvió un whisky. Ya se había comido todas las bolsas de plátano frito que se había traído de Lagos, de modo que echó mano de unos diminutos sándwiches de mermelada, del tamaño de medio sello de correos, que guardaba en una fiambrera. Eran sobras de la merienda de los niños que le habían pasado los de las cocinas. ¿Qué diría su abuelo si supiera que había estado intercambiando chistes con el príncipe heredero de Dinamarca y se estaba comiendo los sándwiches de mermelada del príncipe Jorge?

Su ordenador portátil seguía abierto, y comprobó la agenda del día siguiente antes de echar un vistazo a Twitter, la BBC, *The Financial Times*, *The New York Times* y *The Washington Post*. Cuando iba ya por el sexto sándwich, se paseó por el *Daily Mail*, el *Daily Express* y los demás periodicuchos que seguían a la familia real, para asegurarse de que no hubieran publicado información más tergiversada de lo normal. Eligió a Art Blakey de su lista de música, con la esperanza de que un poco de jazz con notas de blues compensara su subidón de cortisol. Luego entró en YouTube y, como Alicia, cayó en varias de sus «madrigueras»: «El presidente Obama llega al castillo de Windsor: EN DIRECTO», «Hillary Clinton habla de su mala racha en los primeros minutos de *Saturday Night Live*», «Los nueve anuncios más divertidos de Old Navy y Julia Louis-Dreyfus»...

A estas alturas, se odiaba bastante.

Así que se metió en Facebook. Curioseó un rato en la página de su hermana y en las de varios primos antes de empezar a buscar al azar a gente conocida. Según el reloj de la pantalla, eran casi las tres de la madrugada. Si no apagaba pronto el ordenador mañana iba a... Estaba tan cansada, que ni siquiera podía pensar en lo que podría pasar al día siguiente, pero no sería nada bueno. En fin. Se comió un sándwich más y tecleó el nombre de Meredith Gostelow, pero la arquitecta no estaba en Facebook. Qué raro. ¿Esa mujer no tenía vida o qué? Luego probó con Masha Peyrovskaya, esperando encontrarse con toneladas de fotografías de vacaciones exóticas y almuerzos con damas influyentes. Sin embargo, aunque sí tenía un perfil, era privado. «Pues vale», pensó Rozie. A esas alturas estaba lanzada y, recordando uno de sus últimos paseos por Londres, tecleó «Vijay Kulandaiswamy». No era un nombre fácil de olvidar.

Esta vez, la cosa fue distinta.

Sólo había un resultado que cuadrara con su búsqueda, y la foto del perfil era la del chico al que había conocido en el piso de Brodsky en Covent Garden. Vijay era muy activo en la red. Publicaba cosas constantemente para que todo el mundo las viera. Le gustaban los *gifs* y los *memes* sobre las elecciones en Estados Unidos, algo que a ella la hacía sentirse como en casa, y colgaba fotos de sí mismo con sus amigos en un sinfín de bares y restaurantes de distintos lugares del mundo. Subiendo y bajando con el ratón por su biografía, Rozie sintió por fin, agradecida, que la invadía el sueño, pero cuando subió otra vez hasta la publicación más nueva se desveló del todo.

La fotografía más reciente, que Rozie había ignorado al principio, era una imagen antigua de Vijay con un grupo de amigos desgreñados que parecían borrachos y felices al final de una fiesta. «Siempre te echaré de menos», rezaba el pie de foto, y como ella tenía en la cabeza a Maksim Brodsky, había dado por hecho que esa frase se refería a él.

Sin embargo, ese mensaje de despedida no era para Brodsky, sino para otra persona, una chica. Rozie sintió lástima por Vijay. Qué desafortunada coincidencia. ¿Cómo podía tener uno tanta mala suerte como para perder a un compañero de piso y a una amiga en menos de dos semanas? Según el pie de foto, la chica tenía veintisiete años. Se llamaba Anita Moodie y no quedaba muy claro cómo había muerto. Por lo visto había sido una cantante de talento, una muchacha con facilidad para los idiomas que viajaba por todo el mundo. Vijay también compartía una imagen con su propio hermano y Anita, tomada en el monte Victoria de Hong Kong un par de años antes. Sus rostros sonrientes transmitían esperanza y promesas.

Sin otro motivo que la pura curiosidad del navegante de internet que se mete en una madriguera tras otra, Rozie tuvo ganas de saber qué le había ocurrido a aquella chica. Le daba la impresión de que Vijay se mostraba demasiado comedido al respecto. ¿Habría sido un accidente terrible? ¿Una enfermedad?

Hizo clic sobre el hermano de Vijay, Selvan, cuyas fotos estaban etiquetadas, y resultó que también era muy activo en su perfil. Tenía un montón de publicaciones con fotografías de sí mismo de adolescente con Anita y otros amigos. En un par de ellas, Maksim Brodsky aparecía tendido en el suelo, fingiendo una pose lánguida para la cámara, o sentado, riendo, con una de las chicas en las rodillas.

Rozie echó un vistazo a las biografías de Selvan y Vijay: ambos habían sido alumnos del Allingham. Bueno, eso no era sorprendente: el día que había estado en su piso, Vijay le había contado que Maksim y él habían ido al mismo colegio, era lógico que su hermano también hubiera ido allí. Rozie pinchó entonces en el vínculo de la página de Anita Moodie. Ella también había ido al Allingham. Al comprobar las fechas de nacimiento, comprendió que Anita debía de ir a la misma clase de Selvan, un curso por encima de Maksim y Vijay. A juzgar por las fotografías antiguas, estaba claro que habían

213

salido todos juntos por ahí unas cuantas ocasiones por lo menos.

Volvió a entrar en la página de Selvan, y en las entradas más recientes encontró varios comentarios que aludían a la inesperada muerte de Anita, cuya vida se había visto «segada de golpe». «No tenía ni idea de que tuviera problemas psicológicos», decía alguien. Selvan había contestado con un emoji que lloraba y un «Yo tampoco. Ha sido un golpe para todos nosotros».

Rozie dio un sorbo de whisky y notó un escalofrío en la espalda. Tres personas entre los veinte y los treinta años habían muerto en los últimos dieciocho días, y dos de ellas habían ido al mismo colegio... No era capaz de discernir cómo la muerte de Anita Moodie podía tener relación con la de Maksim Brodsky, ni mucho menos con la de Rachel Stiles, pero no podía tratarse de una simple coincidencia, ¿verdad? Bueno, sí podía serlo, pero... ¿lo era realmente?

A sus espaldas, colina arriba, se hallaba la Torre Redonda, que albergaba el despacho del inspector jefe Strong. «Debería pasarme por allí a primera hora de la mañana», se dijo. Aun así, sabía que no iba a hacerlo. Sir Simon le había contado que la policía tenía muy poco interés en el detalle del pelo de Rachel Stiles en el cuerpo de Brodsky. Sí, formaba parte de la investigación, por supuesto, pero por lo visto la pista de las bragas parecía mucho más excitante para ellos. Rozie había estudiado suficiente teoría estadística en el banco para saber hasta qué punto resultaría fácil defender la mera coincidencia en la conexión del colegio. Los jóvenes morían constantemente. Tomaban drogas y se quitaban la vida. Era trágico, pero lo hacían y punto. Además, ¿cómo iba a explicar que se hubiera pasado media noche acechando a Vijay Kulandaiswamy, un hombre al que supuestamente ni siquiera conocía?

Ahora, sin embargo, se sentía extrañamente calmada. Apuró el whisky, dejó a Art Blakey sonando en el portátil, se metió en la cama vestida y apagó la luz.

Eran las nueve cuando se despertó con un fuerte dolor de cabeza. Por lo visto, no había puesto bien la alarma del móvil. En lo primero que pensó fue en la suerte que había tenido: aquella mañana le tocaba a sir Simon llevar las cajas. Rozie sabía que estarían más llenas que de costumbre tras la relativa tranquilidad, al menos en lo concerniente al papeleo, de las últimas cuarenta y ocho horas. El día anterior había reunido personalmente una pequeña selección de cartas y tarjetas dirigidas a la reina por gente de todo tipo, que sin duda ella querría ver. Sí, la ya nonagenaria monarca trabajaría el fin de semana para compensar el tiempo perdido, por supuesto. Según sir Simon, había parecido sorprendida y ofendida cuando, con toda la delicadeza del mundo, él le había sugerido lo contrario.

El secretario le llevaría las cajas al cabo de una hora más o menos. Lo haría él, no Rozie. La noche anterior no había pensado en eso. No tenía programado ver a la reina en todo ese día, ni al día siguiente, que era domingo, y se preguntó si podría esperar al lunes para compartir con ella su descubrimiento. Al fin y al cabo, tal vez no significara nada.

Pero había muerto un hombre, algo que a la reina le preocupaba mucho. Y a Rozie también.

Se preparó una taza de té y se acabó los sándwiches de mermelada que quedaban. El dolor de cabeza remitió un poco, y se sintió mejor después de una ducha. Diez minutos más tarde, estaba vestida con una falda de tubo muy ajustada, una camisa blanca y una americana entallada que le había costado su salario del primer mes; se había peinado y aplicado el mínimo maquillaje posible, y se había calzado los zapatos de tacón de marca.

Se le había ocurrido un plan, y para hacerlo funcionar sólo eran necesarias un par de llamadas telefónicas en el momento justo.

Sir Simon estaba hablando con el mayordomo mayor cuando Rozie pasó ante la puerta abierta de su despacho, y se limitó a darse unos golpecitos sobre el reloj de pulsera y a dirigirle una mirada socarrona cuando ella se dirigió a su escritorio en la habitación adyacente. La puntualidad no era tan esencial los fines de semana, cuando a una no le tocaba «turno» con la jefa.

Rozie abrió la agenda actualizada de la reina en la pantalla de su ordenador, y centró toda su atención en la hora previa al almuerzo. Luego hizo una rápida llamada a la oficina del primer ministro para hablar con Emily, su secretaria personal, que en aquel último par de meses se había convertido en una amiga.

—Hemos estado pensando en posibles regalos para la reina que podrían gustarle al Gabinete. Sir Simon ha hecho una lista.

—Oh, ¿en serio? Porque David está desesperado. No paran de ocurrírsele ideas para regalos, pero o bien la reina ya lo tiene, o bien lo tiene en oro, o Sam cree que es una chorrada, o uno de los ministros hace una mueca y David cambia entonces de opinión.

—A Simon se le ocurrieron ayer algunos regalos brillantes.

—Estupendo, porque sólo tenemos hasta junio, y tampoco es tanto tiempo si debe ser algo por encargo. Y encima David tiene muchas cosas en la cabeza, por supuesto. Gracias a Dios que la reina no quería nada para el día de su cumpleaños. ¿Le regaló algo el presidente de Estados Unidos?

—Pues no lo sé.

Durante la visita, Rozie se había ocupado de los teléfonos de la oficina, de modo que, si la pareja presidencial había hecho algún regalo, sólo sir Simon lo habría visto. Por un segundo, volvió a pensar en el carácter surrealista de su trabajo: lo único que tenía que hacer para saber qué le había regalado Barack Obama a la reina por su cumpleaños, en privado, era preguntárselo a su jefe.

—¿Puedo hablar con él ahora? —preguntó Emily—. Con Simon, quiero decir.

—No está en su escritorio. Prueba sobre las once.

—Perfecto. Gracias, cariño.

Rozie colgó el auricular con un satisfactorio chasquido. Emily era concienzuda e insistente, y siempre estaba obsesionada con la lista de cosas pendientes del primer ministro. El regalo del Gobierno por el aniversario de la coronación de la reina llevaba mucho tiempo en los primeros puestos de esa lista, y haría lo que fuera por tacharlo. Rozie hizo entonces un par de llamadas más.

A las once se aseguró de estar hablando del parte de la víspera con sir Simon y el jefe de seguridad del castillo. A las once y cuarto, siguiendo instrucciones de Rozie, un clérigo de la catedral de San Pablo llamó a su jefe para hablar con él sobre los detalles del oficio religioso de acción de gracias en el aniversario oficial. A medida que pasaban los minutos, sir Simon iba consultando el reloj.

La reina no tardaría en acabar con las cajas. Pero a las once y media su secretaria entró para decirle que tenía al teléfono por tercera vez a alguien del Gabinete del primer ministro, que quería hablar con él directamente sobre un asunto bastante urgente.

Con un suspiro y un gesto de exasperación, él asintió con la cabeza:

—De acuerdo, páseme esa llamada. —Miró a Rozie alzando las cejas—. ¿Le importaría ir a por las cajas?

A Rozie no le importaba, por supuesto. Cuando le pasaron la llamada a sir Simon, ella salió a buen paso del despacho, haciendo que su jefe se maravillase una vez más de que pudiera caminar a grandes zancadas con esa falda y esos tacones.

—Ah, qué bien, le ha tocado a usted —dijo la reina sin sorprenderse, mientras dejaba el último documento de nuevo en su caja y comprobaba que no hubiera olvidado nada.

—Sí, majestad. —Rozie hizo una reverencia; llegar a dominar esa técnica con una falda como aquélla sí que había supuesto un aprendizaje interesante.

La reina dejó la taza de té en su platillo.

—Gracias.

La camarera que había estado esperando al fondo cogió la bandeja y salió de la habitación. La reina se volvió de nuevo hacia Rozie.

—¿Hay novedades?

—Sí, señora.

Rozie había estado practicando lo que iba a decir y cómo hacerlo sin desperdiciar un solo segundo del tiempo del que disponían. Le contó a la reina lo de la paliza a Vadim Borovik en el Soho, y añadió, para tranquilizarla, que ya le habían dado el alta del hospital, sin olvidarse de mencionar que Masha Peyrovskaya se temía que su marido fuera el responsable de la agresión. Luego procedió a explicar su sesión de la noche anterior en internet, y la curiosa coincidencia de la muerte de Anita Moodie.

La reina pareció intrigada.

—¿Y cree que esa muchacha era buena amiga de Brodsky?

—Bueno, desde luego se conocían. Y es posible que haya una vinculación con el departamento de música del Allingham. Maksim tocaba el piano, por supuesto, y esta mañana he buscado información sobre Anita. Estudió música en la universidad; de hecho, llegó a tener una diplomatura en canto.

—¿Y se dedicó a eso después? ¿A cantar?

—Eso parece, por lo que he podido averiguar. No colgaba gran cosa en Facebook, pero sus amigos aluden a menudo a sus magníficas interpretaciones.

Eso no acababa de encajar del todo. La reina absorbió aquella información sin saber muy bien qué hacer con ella en realidad.

—¿Se sabe a ciencia cierta que fue un suicidio? —preguntó.

—Es lo que parecen creer sus amigos. No obstante, todos se llevaron una sorpresa.

—¿Tiene una fotografía suya?

—Sí, majestad.

Rozie había utilizado el móvil para capturar imágenes en pantalla del perfil público de Selvan y de la página de Facebook de la propia Anita. Se inclinó para irlas pasando en el teléfono, mientras la reina las observaba con sus gafas bifocales. Mostraban a una guapa joven de ojos castaño oscuro, con una brillante melenita rojiza cortada a navaja a la altura de la nuca. En cada foto adoptaba una bonita pose, con ropa femenina y de buen corte. La reina le daba vueltas a todo aquello.

—Gracias, Rozie. Muchas gracias. Podría pedirle al señor MacLachlan que indagara por nosotras sobre Anita Moodie, ¿le parece? Sería interesante saber un poco más sobre su vida. ¿Le importaría comentarle que averigüe si hablaba mandarín? También quería pedirle si podría investigar qué clase de ropa interior compró supuestamente Sandy Robertson por internet.

—Lo cierto es que eso ya lo he hecho yo, majestad. Lo hice ayer mismo —contestó Rozie, que se dejaba ver regularmente por el pequeño centro de operaciones del inspector jefe Strong, en la Torre Redonda, para charlar un rato. A menudo les llevaba sándwiches de mermelada o algunos trozos de bizcocho escocés de frutas, que tenían muy buena acogida.

La reina pareció sorprendida.

—¿En serio?

—Pensé que lo de esa compra podía tenerla preocupada. —Era una forma diplomática de decir que ambas creían que la teoría de las bragas era ridícula—. Se adquirieron en Marks & Spencer el verano pasado. Eran de su propia marca, del tercer modelo más popular de la casa, del que se han vendido más de cien mil unidades. El señor Robertson mantiene que las compró para su hija, Isla, que vive con él. Tiene dieciséis años. Compra regularmente cosas para ella, y la chica tiene varias bragas iguales. Por supuesto, eso no prueba que no adquiriera otras con un propósito distinto.

—No. Y dígame, ¿está muy emocionado el inspector jefe Strong con esa supuesta conexión?

—Yo diría que sí, demasiado emocionado, majestad, porque cien mil bragas son muchas bragas.

—Gracias.

Rozie cogió las cajas y las llevó de vuelta al despacho de sir Simon, que aún seguía hablando por teléfono con Emily sobre posavasos grabados en plata para copas de champán. El jefe puso los ojos en blanco con mucho dramatismo, volvió a darse unos golpecitos en el reloj, y de nuevo puso los ojos en blanco. Rozie se echó a reír. Lo cierto era que le tenía cariño, mucho cariño.

Estaba mal mentirle a un hombre como él, pero, maldita sea, qué emocionante era.

21

En el Quick Talk Internet Café, en Clapham Junction, había tres mesas, una barra en la que servían refrescos y pasteles muy densos, y una extensa consola a lo largo de la pared de la izquierda con ocho monitores de ordenador, seis de los cuales funcionaban. Estaba bastante lleno para tratarse de una mañana de domingo, con cinco clientes ante los teclados con sus respectivas bebidas. Dos mujeres con hiyab charlaban en voz baja mientras vigilaban a un bebé dormido en un cochecito junto a la puerta. En el centro, un joven en camiseta se encorvaba sobre su pantalla, concentradísimo, mientras a su lado un hombre de avanzada edad murmuraba para sí y llenaba el teclado de migas cada vez que apretaba una tecla con el dedo corazón y esperaba el resultado.

El hombre, bien vestido y ligeramente calvo, con un tabardo marinero abierto y sentado ante el ordenador más cercano a la barra, no había acudido allí a charlar ni a tomar ese maldito pastel. Estaba a dieta y nada de lo que ofrecían allí encajaba en ella. Además, el té estaba demasiado cargado y era malísimo, así que también había pedido agua del grifo, que le habían servido en un vaso desportillado. Hubiera preferido estar en su casa de Richmond, con todas las comodidades y una tetera decente, y un ordenador que le resultara más familiar.

El ordenador de su casa, sin embargo, tenía su propia dirección IP. Conocía bien los protocolos privados de navegación, pero también sabía que, si algo salía mal, los mejores *hackers* del país, que trabajaban para el Gobierno, no tardarían ni un segundo en descubrirlo. De modo que aquella cafetería anónima y a diez minutos en metro era el lugar más indicado para hacer lo que le habían pedido.

Billy MacLachlan llevaba veinte minutos haciendo averiguaciones sobre Anita Moodie, y por lo que veía ya había dado con una mina en su perfil de Instagram. Aquella chica era adicta a los *selfies* y llevaba años subiendo fotos. Había más de dos mil imágenes colgadas, y él las estaba revisando una por una. Esa parte del trabajo no era muy difícil que digamos (aunque el agua del grifo sabía fatal; incluso el té era mejor). A la chica le gustaba viajar. Se había dado la gran vida. Disfrutaba de las cosas bonitas y de los lugares bonitos. Él disfrutaba viéndolo todo a través de filtros cuidadosamente elegidos, y sólo se detenía para tomar notas de cosas que debería investigar más tarde.

Había una pauta regular en los bolos que había hecho como cantante después de licenciarse en la Facultad de Estudios Orientales y Africanos, donde había cursado su primera carrera. Una pauta muy interesante. MacLachlan la iba esbozando en la barata libreta de espiral que tenía junto al teclado. Tomó un sorbo de agua, seguido por otro de té (no, definitivamente el té era aún peor) y bajó un poco más en la pantalla con el ratón.

• • •

La reina no era la única persona disgustada por el hecho de que Obama hubiera llegado allí, con todo el poder de inteligencia que la CIA podía proporcionar, mientras los mejores cerebros de la policía y del MI5 se veían incapaces de resolver un asesinato menor.

Aunque no era porque no lo estuviesen intentando.

El inspector jefe Strong alzó la vista hacia el tablón colgado en la pared de su improvisada habitación en la Torre Redonda, que mostraba un alarmante despliegue de sospechosos y signos de interrogación. Un montón de gente había tenido acceso a la habitación de Maksim Brodsky aquella noche, dando por hecho que él les abriría o que sabrían cómo forzar una cerradura básica. Una vez dentro, lo único que les habría hecho falta para matarlo habrían sido unas manos fuertes, un poco de práctica y tiempo para orquestar la escena. Pero ¿quién querría hacer algo así? Ése era el problema al que David Strong seguía enfrentándose.

El director del MI5 seguía convencido de la teoría del espía durmiente, y ciertamente podía ser muy persuasivo cuando se lo proponía. Había conseguido cierto prestigio entre los miembros del servicio de inteligencia gracias a un par de fascinantes hipótesis sobre nuevas y alarmantes estrategias de naciones supuestamente amigas, basadas en concienzudas pesquisas entre bastidores. Los lemas de Humphreys eran la paciencia y la atención al detalle. La paciencia, daba él por hecho, había sido la característica clave del durmiente de palacio, y si Box estaba en lo cierto, le había hecho un buen servicio a aquel hombre: el asesinato se había cometido, y el crimen continuaba sin resolverse. Desde el punto de vista del durmiente, aquello había sido un gran éxito.

Sin embargo... Strong era demasiado prudente para sacar ese tema cuando se reunían con la plana mayor —algo que hacían dos o tres veces por semana—, aunque estaba claro que los servicios de inteligencia rusos no andaban celebrando alegremente el brillante asesinato de un disidente cometido ante las mismísimas narices de Su Majestad la reina. O, de ser así, lo estaban haciendo con tanta discreción que ni el más leve susurro había llegado a oídos de los infiltrados del MI6 en el Kremlin y en distintos puestos de avanzada rusos.

Si uno se tomaba tantas molestias para matar a alguien, y para matarlo de esa forma, después de haber invertido tanto tiempo para situar al asesino en posición, ¿por qué guardárselo en el buche junto con el vodka? Tras las muertes de Markov en 1978 y de Litvinenko en 2006, los servicios secretos rusos habían sido un hervidero de cotilleos y especulaciones, de triunfalismo y de bravatas al más puro estilo de Putin y sus secuaces. Strong sabía que era así porque había investigado al respecto. Deseaba comprender el mundo de Humphreys, y un hombre como él, cuyo territorio estaba situado fuera del castillo de Windsor, tenía muchos contactos.

Ésa, además, no era la única razón por la que Strong mantenía abierto el abanico de posibles sospechosos. El hecho de que fuera meticuloso por naturaleza tenía mucho que ver en el asunto. Su equipo había investigado a fondo a las bailarinas y al novio con el que, supuestamente, había hablado por FaceTime una de ellas (en efecto lo había hecho). Y habían investigado también a la doncella de Peyrovskaya, pese a lo menuda que era. Su ADN no estaba en ninguna de las cosas que habían encontrado en la habitación de Brodsky: no era una prueba concluyente de que no estuviera involucrada, pero estaba claro que prácticamente la descartaba.

Luego estaba aquella muchacha de la reunión de analistas. Se había topado con Brodsky en el pasillo, ante su habitación, después de su interpretación al piano en el Salón Carmesí. Una gobernanta que pasaba los había visto juntos. Según la chica, se le había caído una lentilla y él la había ayudado a buscarla, y la gobernanta había confirmado esa historia. En los primeros días, Strong había pensado que ella había sido la última persona en verlo con vida. Pero ¿por qué iba a asesinarlo? No podía haberlo planeado. Hasta unas horas antes, ni siquiera sabía que iba a quedarse a pasar la noche allí.

¿Habían mantenido un encuentro sexual desenfrenado? ¿Había abusado él de ella de alguna forma? ¿Se había torcido la cosa de forma inesperada?

Strong había estado dándole vueltas a esa línea de investigación, pero entonces había hecho el increíble descubrimiento sobre el ayuda de cámara ruso, que había sido como una bomba de relojería. Surgió de algo que había dicho el comisario Singh sobre una historia que había oído (según él, de labios de la reina en persona, aunque podía estar adornando el relato), relacionada con escarceos entre visitantes y criados, y con apuestas sobre gente que se saltaba los controles de seguridad para llegar a las suites de los invitados.

Eso había dado mucho que pensar a Strong, y desde la semana pasada estaba investigando una vez más todas las posibilidades con el pequeño equipo de tres inspectores que trabajaba con él. Por supuesto, el protocolo principal de seguridad en el castillo de Windsor se había diseñado para evitar la entrada de personas desde el exterior, y por encima de todo para proteger a la familia real. No se había trazado especialmente para proteger a los visitantes ilustres —como se los llamaba— de sus propios criados. Cierto que al personal no le estaba permitido acceder a las suites de huéspedes sin una invitación explícita, pero si un huésped, ya fuera hombre o mujer, deseaba arreglárselas para entablar jueguecitos de alcoba con sus doncellas o lacayos, ¿había algo específico que se lo impidiera?

Fuera como fuese, aquello había dado pie a una línea de investigación interesante. Se había vuelto a interrogar, en esta ocasión con mayor rigor, a los lacayos y policías que estuvieron de guardia aquella noche, y Strong había descubierto que Vadim, el ayuda de cámara de Yuri Peyrovski, había subido a las habitaciones de los huéspedes en dos ocasiones: la primera para visitar a la preciosa Masha Peyrovskaya, y la segunda, para atender a su señor.

La primera vez, el señor en cuestión había estado bebiendo en la planta baja con su amigo del fondo de alto riesgo, de modo que todo parecía cuadrar. Sin embargo, uno de los inspectores del equipo había advertido un par de detalles extraños en las declaraciones de uno de los lacayos: en aquella primera ocasión, Vadim había conseguido ocultar su rostro de los hombres apostados en los pasillos porque se volvió para hablar con su acompañante, y además llevaba un traje gris; en la segunda, en cambio, los había mirado a la cara y llevaba un traje negro.

Era un poco raro. Así que el equipo decidió someter al ayuda de cámara a un interrogatorio bastante duro, y al final acabó derrumbándose. Resultaba que no se había dado ningún revolcón con su preciosa señora, al fin y al cabo. Era homosexual, según dijo, y tenía un novio estable. Sólo se había avenido a ceñirse a aquella historia para complacerla, y lo último que deseaba era que se sugiriera que eran amantes.

De modo que la primera vez no había sido él, Vadim, quien había subido con ella. Aunque por lo visto tampoco había sido ningún otro hombre con la intención de hacer el amor con ella, de eso el ayuda de cámara estaba seguro. Masha Peyrovskaya era como una joya preciosa. Le era fiel a su marido, y aquella noche estaba muy emocionada por estar en el castillo. No hubiera hecho nada que pudiera estropear la velada; no era «esa clase de mujer». De hecho, quien había subido con ella era el señor Brodsky, y eran amigos, sólo amigos. A ambos les encantaba la música. Probablemente, sólo había subido a la habitación para hablar de Rajmáninov.

Cuando hablaron con Masha, sin embargo, ella delató de inmediato a Meredith Gostelow. La arquitecta estaba en ese momento trabajando en San Petersburgo, de modo que aún no habían podido hablar en persona con ella, pero no había negado la afirmación de Masha de que el objeto de las atenciones del joven era ella misma. Así que Brodsky se había dado el revolcón con la mujer mayor, no con la joven. ¿Quién lo habría dicho?

Eso significaba que Brodsky había estado fuera de su habitación durante un par de horas de las que no sabían nada. Aquel error hizo que Strong se sintiera avergonzado... Aunque no explicaba lo ocurrido después. El mismo personal de seguridad tenía la certeza de que el hombre que ahora sabían que era Brodsky había vuelto a subir al ático solo. Meredith Gostelow no lo había acompañado en aquel último trayecto. Eso echaba por tierra la conjetura de Humphreys de que, como trabajaba en un proyecto en San Petersburgo, la mujer era sin duda alguna una secuaz de Putin: una Mata Hari de mediana edad enviada para seducir y asesinar a Brodsky tras el pollo y los canapés. Era una lástima, la verdad: a Strong le había gustado bastante la idea.

El propio Vadim podría haber matado a Brodsky después de ayudar a su señor a meterse en la cama, caviló Strong. Pero, una vez más, ¿por qué? ¿Porque Brodsky lo había suplantado? Matarlo parecía una reacción un pelín exagerada.

La persona que parecía más aterrada con todo el asunto era Meredith Gostelow. Desde su habitación del hotel de San Petersburgo no dejaba de rogarles que no dijeran nada, porque estaba en juego su reputación como arquitecta internacional. (Strong nunca había oído hablar de ella, si bien eso no probaba gran cosa en el mundo de la arquitectura internacional.)

En todo caso, por fortuna para Gostelow, el riesgo de que aquella información se filtrara era muy pequeño, porque la paranoia absoluta con respecto a los titulares de prensa había acabado provocando que ésa fuera la investigación de asesinato más discreta y segura que Strong había llevado a cabo nunca, o que tuviera la posibilidad de llevar. Su pequeño equipo estaba formado por los hombres y mujeres más leales que conocía. Nunca se dejaban documentos rodando por ahí. Ningún mensaje despistado se abría nunca paso hasta un grupo de WhatsApp. Y a los agentes de la metropolitana que ayudaban con las pesquisas y los interrogatorios se les daban sólo detalles muy limitados. Cualquier clase de pregunta, incluso de íntimos amigos del cuerpo de policía, recibía una respuesta anodina. Aun así, una serie de altos cargos del Gobierno y del MI5 se ponía regularmente en contacto con ellos para intimidarlos con amenazas, señalándoles lo que ocurriría si cometían alguna negligencia.

Sólo Singh confiaba en que sacarían adelante la investigación y en que lo harían correctamente, siguiendo a rajatabla el entrenamiento que habían recibido. A Strong le caía bien el comisario de la policía metropolitana. Se comía un montón de marrones, y nunca los pasaba hacia abajo en la cadena de mando.

Entretanto, Vadim Borovik había sido víctima de una supuesta agresión homófoba en un callejón del Soho que daba a Dean Street, aunque Strong estaba bastante seguro de que era una cuestión «privada» que tenía que ver con Peyrovski y su mujer. Volvió a centrarse en su tablón. ¿Debería sugerirle al comisario que le mencionara todo aquello a Su Majestad, además de que Brodsky había estado deambulando por ahí cuando se apagaron las luces? Probablemente ella tenía mejores cosas en las que pensar. De los detalles desagradables ya se ocupaban hombres como él.

Un pitido flojo le advirtió que acababa de recibir un correo electrónico en su portátil. Lo abrió y soltó un juramento en voz alta. Eso sí era algo que la reina querría saber. Se alegró de que no fuera él quien tuviera que darle la noticia.

22

Era la última semana de tranquilidad en Windsor antes del regreso a la ciudad. Aunque «tranquilidad» era siempre una palabra relativa cuando se trataba del castillo, sobre todo con la exhibición ecuestre que se celebraría dentro de dos semanas, para la que iban a tener que acomodar a más de mil caballos. Felipe estaba en su elemento.

—Me voy a Home Park a ver cómo llegan los obstáculos para la carrera de enganches.

Estaba de pie en la puerta, con la chaqueta puesta y las llaves del coche en la mano. La reina consultó el reloj. Faltaban menos de noventa minutos para la reunión con el sumiller de cortina de la capilla de San Jorge, con el que debía revisar una propuesta para la iluminación nocturna del castillo. Cualquiera podría imaginar que la iluminación de un edificio antiquísimo desde el exterior no sería una cuestión de suma importancia, pero, para los moradores de Windsor, el furor que despertaba la decisión entre luz blanca o levemente azulada podía llegar a ensombrecer cualquier debate sobre el Brexit. La reina necesitaba tener la cabeza despejada para ello.

—Pues igual voy contigo.

La ruta en Range Rover hasta el estadio de Home Park, con vistas a Castle Hill, que se alzaba ahora majestuosa a sus espaldas por encima de los árboles, duraba cinco minutos. En su calidad de Guarda Forestal del Gran Parque de Windsor, Felipe se tomaba muy en serio su papel y le encantaba inspeccionar cualquier cosa que estuviera en marcha. Y nada era más importante que esa última exhibición ecuestre, que estaba a punto de albergar un número récord de caballos, varios miles de visitantes y un equipo de la Independent Television.

En ese momento, el terreno en cuestión era un cenagal, lleno de camiones de plataforma, rieles metálicos y montones de vallas móviles. El capataz de las obras, que llevaba unas botas de puntera de acero y un casco protector y estaba un poco nervioso, les señaló las zonas de hierba donde se instalarían los remolques para caballos y los distintos puntos en los que se les proporcionaría agua y comida. Luego pasó a enseñarles el lugar donde se ubicarían las tiendas y pabellones.

Un poco más allá, se llevaban a cabo obras de mejora de las tribunas.

—La reina lleva acudiendo a este evento desde el año 1943 —le estaba comentando Felipe al capataz—. Desde el primer certamen. Entonces también había perros de exhibición, hasta que un labrador le birló el sándwich de pollo al rey y quedaron prohibidos para siempre.

La risotada que soltó hizo que el capataz retrocediera un paso.

—En realidad no era un labrador, sino un perro de caza —lo corrigió ella, acercándose—. Y recaudaron más de trescientas mil libras. Bastó para setenta y ocho Typhoons.

—¿Se refiere al té, majestad? —preguntó el capataz con el ceño fruncido, un tanto perplejo.

—No, me refiero al avión. Con ellos contribuimos a ganar la guerra.

—Mi abuelo estuvo en Dunkerque, majestad —se permitió decir el capataz, un poco más relajado, ahora que habían entablado conversación.

—¿No me diga? Qué interesante. ¿Sobrevivió a la guerra?

—Sí, señora. Jugaba al fútbol con el Sheffield Wednesday. Falleció hace cinco años, y estuvo más sano que un roble hasta el final.

—Me alegro por él —dijo la reina, aunque estaba pensando que el caballero en cuestión no habría sido mucho mayor que ella. Su generación pendía de un hilo.

Cuando regresó al castillo, se sintió agradecida por el pequeño soplo de aire fresco. Ahora le tocaba zambullirse en un millar de detalles que debía considerar pormenorizadamente. La familia en pleno aparecería de nuevo, junto con el rey de Baréin y su séquito. Seguía pendiente la cuestión de la ropa de cama de la habitación 225, la suite preferida para los huéspedes especiales. Una gobernanta había reparado en que las sábanas favoritas estaban ligeramente deshilachadas, era evidente que no se podían usar, pero ¿debían encargar de nuevo los bordados eduardianos? ¿Y con qué sustituirlas, entretanto? Asimismo, ¿les importaría a los Linley no dormir en su habitación de costumbre porque hacía falta para otras personas? Luego llegó el momento de visitar al sumiller de cortina en su guarida junto a la capilla, y de supervisar la fatídica decisión con respecto a las luces.

En cuanto salió de la capilla, le llegó un mensaje del entrenador en el que le decía que *Barbers Shop* se había distendido un músculo durante un ejercicio, y que su presencia en la exhibición ya no era segura al cien por cien. Si no lo conseguía, sería una tragedia. Tenía muchas posibilidades de ganar en la categoría de caballos de monta, y sin duda se lo merecía. Además, llevaba meses sin verlo y estaba deseando que llegase desde Essex con su entrenador. Cuando vio acercarse a sir Simon por el Gran Corredor con cara de pocos amigos, le dijo:

—Malas noticias no, gracias. Ya he tenido suficientes por un día.

Pero en vez de mostrar su sonrisita sardónica de costumbre, sir Simon se puso aún más serio.

—Podría ser peor, majestad.

Lo cual no fue precisamente reconfortante.

—Pase y cuénteme.

Entraron en el Salón de Roble, con sus vistas al cuadrángulo del recinto superior, y tomaron asiento. Sir Simon le explicó entonces que Sandy Robertson, su camarero favorito, había tomado una sobredosis de paracetamol y se estaba recobrando en el Saint Thomas, donde lo habían llevado después de que su hija lo encontrara en su casa de Pimlico.

—Gracias, Simon.

Él pensó que se la veía desolada. Débil y vencida. Retrocedió y salió rápidamente de la habitación, para darle tiempo a secarse una lágrima si lo necesitaba.

Una vez a solas, la reina inspiró profundamente.

—Maldito cabrón... —musitó, y no se refería al pobre Sandy.

Los días transcurrían sin avances perceptibles. En las cocinas, la lavandería y la oficina del mayordomo mayor

234

y administrador de la casa, había arrebatos de mal humor y nerviosismo porque todos iban tirando a base de demasiado café y pocas horas de sueño. En una de las cámaras frigoríficas, el jefe de reposteros vertía una tercera tanda de chocolate en pequeños moldes para un nuevo tipo de trufas que debían servirse en una de las grandes recepciones que se celebrarían dos semanas más tarde. Llevaba dos días intentando que la cobertura de *ganache* le saliera bien, pero no había manera. Sólo le quedaban unas horas más en aquella cámara, trabajando con esos moldes, antes de que se viera obligado a recoger todo el equipo de su sección para llevarlo de vuelta al palacio de Buckingham. Únicamente se llevaba los utensilios esenciales y personales con los que le gustaba trabajar a diario, pero aun así era mucha cosa. Después debía dedicarse por entero a los preparativos de la fiesta en los jardines, antes de regresar otra vez para la exhibición ecuestre, momento en que sólo dispondría de tres días para tenerlo todo listo.

La doncella de cámara —la misma joven que había especulado con tanta exactitud sobre la investigación policial inicial acerca de la vida sexual del señor Brodsky en el castillo— se estaba preguntando si tal vez no se habría equivocado al escoger aquel trabajo. Durante años, la idea de trabajar para la reina había sido un sueño para ella, y cuando superó la entrevista definitiva tras su periodo de formación de alto nivel se volvió loca de alegría. Pero estos últimos días no se había podido acostar antes de la una de la madrugada. Cada turno parecía fundirse con el siguiente. Y aquella misma mañana el príncipe Andrés le había gritado por bloquear sin querer un umbral cuando cargaba con dos pesadas sillas. Aquel detalle le habría importado poco en otras circunstancias, pero ahora se preguntaba qué sentido tenía todo aquello cuando a un servidor tan leal como el adorable Sandy Robertson lo mandaban de pronto a casa y les decían a todos que no se pusieran en contacto con él. Además, desde ayer circulaba el rumor de que el pobre hombre estaba en el hospital. ¿Hasta ese punto llegaban las cosas? ¿Ésa era la recompensa que podían esperar? Había páginas web donde se ofrecían salarios de seis cifras en grandes casas en países cálidos para gente con sus referencias. Esa noche quizá les echaría otro vistazo.

En su estudio en la Torre Normanda, con vistas a su jardín privado en el antiguo foso, sir Peter Venn repasaba su lista de reuniones para la semana siguiente, dispuesto a ocupar su sitio como cabeza titular del castillo mientras la reina estuviera ausente. Hacía ya días que captaba la intranquilidad en las cocinas y los corredores. Por lo general, las cosas se calmaban una vez que la gran celebración que tocara en ese momento llegaba a su fin, si bien ahora todos eran plenamente conscientes de la presencia del equipo policial allí al lado, en la Torre Redonda, todavía inmerso en su investigación. El día anterior, un periodista incluso se había puesto en contacto con él para hacerle incómodas preguntas sobre los rusos y saber por qué el informe de la autopsia no estaba disponible. Sólo era cuestión de tiempo que la simple curiosidad se convirtiera en algo más serio, y que alguien empezara a indagar de verdad. Entonces se armaría la de Dios es Cristo.

Entretanto, la jefa de gobernantas le había entregado los planes actualizados para el alojamiento de los huéspedes durante la exhibición ecuestre. Su esposa, que solía ser la imperturbabilidad personificada, tenía ahora un pequeño ataque de pánico. A lo largo de los años había alojado a embajadores, mariscales de campo, dos astronautas y varias duquesas, pero ni siquiera ella sabía muy bien cómo impresionar a gente como Kylie Minogue o el dúo cómico Ant & Dec.

Rozie, por su parte, captaba el descontento en el aire como si fueran truenos de verano. Intentaba no preocuparse demasiado, pero era perfectamente consciente del esfuerzo que realizaban todos, y tenía la sensación de que la delicada red que mantenía unida a la familia del castillo era cada vez más frágil. Se trataba de la misma clase de esfuerzo que la había llevado a no dar demasiada importancia al hecho de que su prima Fran tuviera que cambiar la fecha de la boda para adaptarla a su agenda. Y que la hacía desear trabajar en sus días libres y tolerar una pared exterior con humedades en su dormitorio, y aceptar que no iba a estar presente en las Navidades y cumpleaños de su propia familia.

Todo aquello tenía mucho que ver con el deber, la confianza y el afecto, pero estaba claro que funcionaba, y debía funcionar, en ambos sentidos. Ahora, sin embargo, lo que le estaba ocurriendo a Sandy Robertson había sacudido los cimientos del castillo. Y ¿qué pasaría entonces? ¿Qué haría toda esa gente que estaba renunciando a su vida voluntariamente para hacer feliz a una persona? ¿Si la confianza se esfumaba, si el afecto se tornaba decepción, que acabaría ocurriendo? El resultado sería un terremoto, y el edificio entero se vendría abajo.

Rozie hizo lo que siempre hacía cuando notaba que le invadía el estrés: se puso ropa de deporte y salió a correr a la hora de comer. Mientras recorría el parque dejando atrás los kilómetros, trataba de encontrarle sentido a lo que ya sabía. Sin duda era en Rachel Stiles en quien debería estar centrándose la policía, ¿no? La chica bebía y consumía drogas, y habían encontrado su ADN en la habitación de Brodsky. ¿Lo había matado y luego se había suicidado? Pero ¿qué pasaba con la otra chica, Anita Moodie? ¿También la había matado Stiles?

Al cabo de cuarenta minutos de castigarse los pulmones, Rozie sabía que no había hecho demasiados progresos para solucionar aquellas cuestiones, pero se sentía mejor de todas formas.

—Se la ve más alegre —comentó sir Simon cuando volvió al despacho—. ¿Hay buenas noticias sobre su madre?

Mintiendo descaradamente, Rozie le dio un parte detallado sobre el estado de la cadera de su madre. El subidón de endorfinas le ayudó a sobrellevar la tarde.

La semana llegaba a su fin. El sábado al mediodía, sentado al volante de su Honda Civic de cuatro años, Billy MacLachlan se maravillaba, y no por primera vez, de lo condenadamente lejos que quedaba Suffolk de... cualquier parte. Muy bonito cuando llegabas allí, pero, por Dios, cuántos malditos kilómetros tenías que comerte.

La radio del coche perdió la señal de la emisora de música clásica que estaba escuchando, y Billy aprovechó el silencio para meditar sobre la conversación que el día anterior había mantenido en Edgware con una joven. Era maestra en una escuela para niñas pijas en el norte de Londres. Daba clases de música y, como complemento, hacía de entrenadora de *netball*. MacLachlan la había pillado entre el ensayo del coro, la hora de comer y una sesión de calentamiento con el equipo de las chicas de sexto B, y habían estado charlando en un aula vacía con sendos cafés de la sala de profesores que ella misma había servido en gruesos tazones de cerámica.

«Señorita de compañía...»

Decididamente había pronunciado las palabras «señorita de compañía» después de media hora de charla, cuando la joven había entrado en calor y el café se había enfriado. Él comprobaría después la grabación en su teléfono móvil, pero estaba seguro de ello.

—Sé que le iban bien las cosas, pero, aun así... En fin, le gustaba la ropa bonita y, bueno, una vez la vi con un abrigo increíble y me di cuenta de que era de Gucci, y de esa misma temporada. También llevaba un bolso de Anya Hindmarch que yo llevaba siglos deseando tener, y cuando le pregunté si lo había encontrado de segunda mano me dijo que no, que era nuevo. Aunque el bolso que más solía llevar era un Mulberry, y ése también parecía nuevo. No es que pretenda burlarme o algo así, pero sí que llegué a preguntarme en un par de ocasiones... Bueno, tal vez no debería decir esto.

—Continúe.

—Vale, en fin... No lo digo con mala intención, eh, pero me pregunté si no estaría haciendo de señorita de compañía. Lo sé, es ridículo. Anita no era esa clase de chica. Quiero decir que era bastante reservada en general... Con los hombres, quiero decir. Pero tenía montones de cosas bonitas, y eso que ni siquiera era la mejor cantante de nuestro curso. Era buena, sí, pero... En fin, supongo que sencillamente había tenido suerte.

Suerte, tal vez; talento, seguro. Anita Moodie había ido a la universidad con aquella chica, y se había sacado el título de interpretación de canto. MacLachlan iba formándose poco a poco una imagen de ella a través de las conversaciones que estaba manteniendo con algunos de sus viejos amigos. Para los primeros con los que se había entrevistado, era un antiguo profesor que había quedado devastado por la noticia de su muerte y deseaba averiguar más cosas acerca de su vida. Para otros, era un periodista que estaba escribiendo un artículo sobre el suicidio. Era posible que la policía siguiese esa misma vía más tarde, y si lo hacían, no quería que averiguaran quién era el tipo que les había llevado la delantera. Al cabo de un par de horas, cuando por fin llegara a Woodbridge, se convertiría en un viejo amigo de la familia que recopilaba recuerdos para transmitírselos a sus parientes en Hong Kong.

La Anita que estaba descubriendo era una chica ferozmente ambiciosa. Después del internado en Hampshire, había estudiado música en la Escuela de Estudios Orientales y Africanos de Londres, la SOAS, centrándose en las tradiciones musicales de África, Asia y Oriente Medio. Luego había cursado una diplomatura en el Royal College of Music, donde se la tenía por una intérprete tenaz, si bien no excepcional.

En el último año en la SOAS sus amigos habían empezado a fijarse en la mejora de su estilo de vida. Vivía en los mismos pisos de alquiler que ellos, en zonas de mala muerte de Londres, pero se iba de vacaciones más a menudo, llevaba ropa más buena y conducía su propio coche, un Fiat 500 de color rosa chicle, todo lo cual quedaba capturado con todo lujo de detalles en las depuradas imágenes que subía a Instagram.

Con excepción de su amiga maestra, todos achacaban aquella nueva ostentación a lo bien que se le daba encontrar trabajos en cruceros y fiestas suntuosas en el extranjero. Había varias imágenes de Anita en hoteles magníficos y locales de moda: sitios con fuentes en el patio y coches de lujo aparcados bajo las palmeras. Anita parecía cada vez más cómoda en sus vestidos de noche y bajo relucientes lámparas de araña. Finalmente, había dado una paga y señal para comprarse un bonito apartamento con vistas al río en Greenwich, no muy lejos del O2 Arena.

¿Qué chica de menos de treinta años podía permitirse un piso de propiedad en Londres? Algunos amigos habían imaginado que venía de una familia adinerada, pero quienes la conocían bien aseguraban que sus padres vivían modestamente en Hong Kong, donde tenían una academia de idiomas, y que para ellos había supuesto un gran esfuerzo cubrir los costes del internado.

Bueno, ¿y quién pagaba el alquiler y los bolsos de marca? ¿Había algún viejales rico que la protegía? Una compañera de clase comentó que había seguido manteniendo una estrecha relación con su profesor de música de bachillerato. ¿Quizá le iban los hombres mayores? El tipo se había retirado en Suffolk, y había accedido de inmediato a que él fuera a visitarlo. MacLachlan mantuvo las miras abiertas: quizá el señor De Vekey se había mostrado sólo... paternal; o quizá llevaba diez años sin tener contacto con ella y no tendría nada que decir.

Aunque a él no le había dado esa impresión cuando lo había llamado para concertar un encuentro. El tipo se había quedado impresionado, parecía inquieto y bastante afectado. Un hombre con muchas cosas en la cabeza.

A medida que la A12 cruzaba gradualmente Essex en su camino hacia la costa, MacLachlan se iba preguntando qué cosas serían exactamente.

23

Después de cenar, la reina se fue a su capilla privada. Tras el incendio de 1992, la capilla antigua se había convertido en el Vestíbulo de la Linterna y se utilizaba para dar la bienvenida a los invitados. Como era donde habían dado comienzo las llamas, la idea de rezar allí le había parecido simplemente intolerable.

Ahora veía que habría llegado a acostumbrarse, pues el tiempo lo cura casi todo. Pero seguía sin lamentar aquella decisión.

La nueva capilla, creada a partir de un corredor transformado, tenía un soberbio techo de roble verde revestido de azul cerúleo que imitaba el estilo gótico. Varios miembros de la familia habían colaborado en la creación de aquel espacio, que era la contribución más personal de la reina a la estructura del castillo. Carlos había formado parte del comité arquitectónico; David Linley había hecho el altar, bastante sencillo, como a ella le gustaba, y Felipe había colaborado con un maestro artesano en el diseño del ventanal con vidriera, ante el que la reina pasaba al entrar.

Aquel ventanal era una obra de arte tachonada de recuerdos. El trío de imágenes en la parte superior representaba la Trinidad, serenamente encumbrada sobre una panorámica verde grisácea del castillo y el parque. Dios los miraba desde lo alto, confiriendo a la casa real su amorosa tutela. Las tres imágenes al pie representaban el día del incendio. En el centro, San Jorge se alzaba sobre un dragón de ojos rojos; a su izquierda, un voluntario sostenía en alto un retrato rescatado del fuego; a la derecha, un bombero luchaba contra las llamas, con la Torre Brunswick ardiendo como una tea a su espalda. En un principio, Felipe había propuesto que, en lugar de un bombero, hubiera un ave fénix elevándose; a la reina le había gustado mucho esa idea, pero prefería la versión definitiva. El castillo no se había reconstruido solo: lo había hecho un equipo muy unido, con gran brillantez, después de que los bomberos hubieran luchado día y noche para minimizar los daños.

Ahora formaban parte de su extensa familia y todavía se sentía en deuda con ellos, como debía ser. Aunque 1992 seguía siendo su *annus horribilis*, se sentía agradecida siempre que entraba allí por lo que había venido después. «No temas, porque yo estoy contigo.» «Yo soy tu fortaleza y tu escudo.» De niña le habían enseñado que, si se mantenía firme, una al final siempre encontraba su recompensa. Durante la guerra, se había refugiado en Windsor. A veces la recompensa podía hacerse esperar, pero tarde o temprano acababa llegando.

Ocupó su sitio habitual, una silla carmesí cerca del altar. Centrando sus pensamientos en el presente, rezó por el joven ruso, por la chica de la City y también por la cantante, cuyo papel no comprendía aún del todo. Rezó por sus familiares, los más próximos y los más lejanos, y dio gracias por las futuras generaciones, que empezaban con tan buen pie. Ahora sólo faltaba que Enrique encontrara una muchacha decente; eso estaría muy bien. Rezó por llegar a comprender mejor las cosas, y por ser capaz de utilizar lo que ya sabía para arrojar luz en la oscuridad actual, antes de que se perdieran más vidas jóvenes.

Se sintió tentada de pedir una señal premonitoria sobre el desenlace de la carrera de las 15.15 h del día siguiente en Wincanton, pero Dios no respondía a plegarias relacionadas con apuestas. La carrera requería suerte y buen criterio, y eso se gestaba con años de experiencia y dedicación, como en la vida misma.

Más o menos en ese mismo momento, cuando ya se incorporaba al cinturón del norte desde la A13 a su regreso de East Anglia, MacLachlan se fijó en el BMW M6 cupé negro situado tres coches más atrás. Estaba seguro de que había visto uno igual en el camino de ida. Le había llamado la atención por lo estilizado y rápido que era, un modelo que no le importaría conducir, si alguna vez decidieran doblarle la pensión, claro. Y ya puestos, antes había advertido también la matrícula diplomática. Redujo la velocidad suavemente y se pasó al carril para vehículos lentos. El M6 lo adelantó segundos después. Llevaba las mismas placas de matrícula, y el conductor incluso se volvió para mirarlo.

«Menudos idiotas —se dijo—. Si vais a hacer esto, al menos conseguíos un coche que pase desapercibido y hacedlo como Dios manda.» A pesar de todo, notó cómo su corazón palpitaba más deprisa al pisar de nuevo el acelerador.

Unos veinte minutos después, concentrado aún en prestar atención a todos los detalles, se fijó también en el Prius blanco. Ése era más viejo y llevaba una matrícula normal y corriente, como montones de coches de Uber, pero se había situado a seis coches por detrás de él desde poco después de que llegara al puente de la Torre. Lo vio aparecer y desaparecer, nunca más de unos minutos fuera de su vista, hasta que salió de la A4 en Chiswick, al otro lado de Londres y no muy lejos de casa. Podría haber sido pura coincidencia si no hubiera añadido media hora de trayecto dando un rodeo por Battersea, para cruzar el río de norte a sur por el puente de Chelsea y de nuevo de sur a norte en Putney: una ruta que ningún navegador por satélite, por chiflado que estuviera, elegiría nunca. No cabía duda de que lo estaban siguiendo para saber a ciencia cierta adónde se dirigía. No estaba nada mal lo de utilizar dos coches. Pero usarlos ambos de esa forma tan chapucera era de aficionados, gracias a Dios.

Con tanto rodeo y seguimiento, para cuando llegó a casa era más tarde de lo previsto, y demasiado tarde ya para hacer una llamada al castillo de Windsor esa noche. Mejor intentarlo mañana. Tal vez debería llamar a la secretaria adjunta que se había puesto en contacto con él, pero siendo fin de semana consideró que sería más eficaz llamar a Su Majestad directamente, al menos si calculaba bien el momento. En torno a las siete, entre las copas y la cena, solía funcionar. Años atrás le había sorprendido que ella contestara tan deprisa a sus llamadas —siempre que estuviera libre para poder hablar en privado, claro—, ahora simplemente lo aceptaba como una más de las revelaciones por las que la prensa sensacionalista mataría a su propia abuela, aunque nunca los descubrirían.

Sí, tendría que esperar hasta mañana, pero él era un hombre paciente.

La reina estaba a punto de vestirse para la cena de la noche del domingo cuando su doncella de cámara le trajo un teléfono: uno de los antiguos, con base y auricular, y cualquier cosa menos «inteligente».

—Una llamada para usted, majestad. Es del señor MacLachlan.

—Gracias.

La doncella se retiró. La reina se contempló durante unos instantes en el espejo del tocador (se vio cansada y un poco hinchada), y luego levantó el auricular.

—Billy, qué amable has sido llamando.

—Es un placer, majestad. Creo que he conseguido lo que andaba buscando. Esa chica, la tal Moodie, no se suicidó... Al menos si mis fuentes no se equivocan. Además, me pidió que averiguara si hablaba chino, y lo hacía, efectivamente. Estudió mandarín en la escuela y hablaba cantonés en su casa, en Hong Kong. Indagué un poco por ahí para ver si también hablaba ruso, por si acaso, pero no lo creo. Podría decirse que llevaba una vida interesante, aunque está claro que algo no andaba del todo bien en ella.

—Cuénteme todo lo que pueda. Dispongo de unos siete minutos.

—Tiempo de sobra, señora.

La puso al corriente de sus hallazgos en la cuenta de Instagram, y luego le contó todo lo que había deducido de sus conversaciones con los amigos de Anita Moodie.

—Y ayer, finalmente, visité a su antiguo profesor —añadió—. Cuando ella fue a verlo, un par de días antes de morir, tenía mal aspecto. Él dio por hecho que aquello se debía a un problema con algún chico y lo achacó a su temperamento artístico, etcétera, etcétera, pero nunca la había visto así. Por lo visto estaba mal de verdad, ya sabe a qué me refiero: no sólo triste y llorosa, sino a punto de perder el juicio. Según me contó su profesor, se sentó en el suelo de su jardín y empezó a mecerse, musitando cosas prácticamente ininteligibles. Parecía fuera de sí, desesperada.

—¿Y no sugiere eso la posibilidad de un suicidio? —preguntó la reina. Era lo que sus amigos creían, aunque hubiera sido muy repentino.

—Podría pensarse que sí —repuso MacLachlan—, pero, en cuanto el señor De Vekey consiguió hablar con ella, cambió de opinión sobre lo que le pasaba... sobre su estado anímico, ya sabe a qué me refiero. La chica creía que iba a morir. Él no conseguía calmarla, no lograba consolarla. Y añadió que, pensándolo bien, más que alterada le había parecido aterrorizada. Muerta de miedo, de hecho.

A la reina no le estaba gustando lo que oía de aquel profesor.

—¿Y no se le ocurrió avisar a nadie? ¿A sus padres? Si la chica estaba tan mal...

—Según me dijo, ella le pidió que no lo hiciera.

La reina no se molestó en preguntar al inspector jefe cómo le había sonsacado esa información a aquel hombre, porque el talento de MacLachlan para ese tipo de cometidos era precisamente la razón de que ella confiara en él.

—¿Qué desea que haga ahora, majestad? Aunque debo avisarla de que ayer estuvieron siguiéndome.

—¿Quiénes?

MacLachlan le contó lo del coche negro y el coche blanco.

—La matrícula diplomática procede de una embajada árabe. De un país pequeño y amigo. Cuesta imaginarlos organizando un asesinato.

MacLachlan le reveló el país en cuestión, y ella estuvo de acuerdo. Luego se quedó callada unos segundos, pensativa.

—No haga nada más, por ahora. Gracias, pero creo que tenemos suficientes emociones por hoy. ¿Estará usted bien?

—Sí, majestad —la tranquilizó él, pensando que sería divertido verlos intentar algo—. Hágame saber lo que sea...

Pero la reina ya tenía la cabeza en otra parte. Todas las piezas del rompecabezas estaban ahí: sólo tenía que encajarlas unas con otras. La forma básica la tenía clara, ya hacía algún tiempo que era así, pero algunos detalles se resistían tercamente a cuadrar.

Quizá habría podido resolverlo aquella misma noche, pero, en cuanto colgó el auricular, su doncella apareció con unas medias nuevas, y luego llegó el momento de la última cena en Windsor antes de volver a Londres, una celebración que estaría a rebosar de amigos y parientes.

Aquella noche, cuando cogió su diario, pensó brevemente en el interrogatorio de la policía a Rachel Stiles en su apartamento de la Isla de Perros (cerca de la Cúpula del Milenio, donde ella había pasado la que sin duda era una de las noches más espantosas de su vida, lo cual daba cierto sesgo a las cosas), y en sus ojos y en aquel pelo...

Y en aquellas bragas. ¿Para qué las bragas? No conseguía encontrarle ningún sentido a todo aquello.

Como hacía a menudo cuando un problema parecía inabordable, decidió consultarlo con la almohada. Pero el reloj seguía avanzando, implacable. Si ella estaba en lo cierto, significaba que también el odioso Humphreys tenía su parte de razón, lo que a su vez significaba que el país estaría en peligro hasta que todo se resolviera.

CUARTA PARTE

Un breve encuentro

24

Felipe tenía un acto en la ciudad el lunes, y cuando ella se dirigió a los establos para montar por última vez, su marido ya se había levantado y salido, acompañado de su ayuda de cámara y su secretario privado. La reina había confiado en que el aire fresco, el verdor de los jardines y el reconfortante olor a caballo traerían consigo alguna clase de revelación, pero estaba demasiado nerviosa por la exhibición ecuestre, demasiado triste por tener que marcharse y demasiado atareada con los preparativos de último momento de la semana que se avecinaba como para hacer el más mínimo progreso.

Rozie llegó con las cajas para que ella les echara un vistazo antes de irse. La secretaria tenía disponibilidad para viajar con ella, pero la reina quería un poco de tiempo a solas para pensar.

—La veré en el palacio.

—Sí, majestad.

—Hay unas cuantas cosas de las que tenemos que hablar.

—Por supuesto, señora.

—Venga a verme después de comer.

Una hora más tarde, el Range Rover abandonaba discretamente el recinto del castillo y emprendía la familiar ruta hacia la M4. Ese día se celebraba el cumpleaños de la princesa Carlota. La reina hizo una llamada rápida a Anmer Hall para señalar la ocasión. Estaban muy ajetreados preparando una pequeña fiesta, y los iba a ver pronto, en la exhibición ecuestre. Por el momento, lo único que obtuvo fue un tímido «Hola, bis-bis» del príncipe Jorge. Era un crío normalmente bastante espontáneo, pero aún lo ponía un poco nervioso la tecnología. Quizá una debería sentirse agradecida por ello: dentro de una década, probablemente sería imposible arrancarlo de sus garras.

Pensó en la pequeña y unida familia de los Cambridge, bien arrebujada y a salvo de la atención pública en su casa de Norfolk. Y así debía ser. Para ella también había sido así en Mayfair, cuando era apenas una jovencita y vivía con ciertas expectativas de una vida de privacidad por delante. Le costaba recordar cómo había sido todo aquello: lo de confiar en poco más que un puñado de amigos íntimos, correr riesgos y cometer errores con la feliz certeza de que no tenían mucha importancia.

Ahora todo importaba, y casi todo el mundo se iba de la lengua.

El coche aceleró al entrar en la autopista. Vio las miradas de la gente en varios automóviles que los adelantaron: conductores y pasajeros se fijaban en el coche y en los vehículos idénticos que lo escoltaban, y entornaban los ojos tratando de verla en el asiento trasero.

Era un milagro que aquel sórdido asesinato no hubiera llegado aún a las portadas de los periódicos. Sólo la máxima discreción por parte de todos los implicados lo había hecho posible. Al inspector jefe Strong no debía de haberle sido fácil mantener su investigación fuera de la antena del radar. No podía ni imaginar qué pasaría si la prensa sensacionalista se enteraba de la historia de las bragas y el pintalabios...

Y entonces, de repente, la pieza del rompecabezas que contenía el batín y el cordón encajó en su sitio. Por supuesto. El inspector jefe Strong había hecho exactamente lo que se suponía que debía hacer.

Durante los kilómetros siguientes, las demás piezas fueron encajando en torno a esta última, hasta que todo lo relacionado con aquella noche quedó claro y cobró sentido para ella.

Era el pelo lo que había causado el mayor problema. Sin embargo, ahora que comprendía la cadena de acontecimientos, la solución a la cuestión del ADN resultaba obvia. De hecho, nunca debería haber dejado al margen ese detalle.

Ahora veía con claridad cómo se había maquinado la escena del crimen y por qué.

Lo peor de todo, como comprendió con desesperada lucidez, era que ella misma había sido la causa. Las bromas que había intercambiado con Felipe, aquellas frustraciones sin importancia, no eran simplemente detalles secundarios, sino que se hallaban en el núcleo mismo de la humillación de aquel pobre joven. Ella era responsable de aquel armario, del batín morado, de todo.

El tráfico de la autopista hizo que el trayecto se volviera cada vez más lento. La reina miró por la ventanilla y vio una fila de aviones en la distancia, haciendo cola en el cielo para aterrizar. Se obligó a respirar con calma y a pensar.

Porque también estaba la cuestión de lo que había ocurrido después. ¿Cómo había podido la muchacha estar en dos sitios al mismo tiempo? O, más bien, ¿cómo habían estado dos chicas a la vez en el mismo sitio?

¿Y cómo era posible que nadie lo hubiera advertido?

Le llevó un buen rato imaginar la secuencia de acontecimientos. Cuando entendió qué había ocurrido, soltó un grito ahogado. Su escolta se volvió desde el asiento del copiloto para comprobar que estuviera bien, y ella asintió para tranquilizarlo.

Pero no estaba bien.

Ahora veía cómo lo habían hecho, y era horroroso. Frío, calculador y espeluznante... Y menudo desperdicio. Hacía que una se estremeciera. Y ni siquiera con eso había bastado, por lo visto.

Repasó cada detalle, comprobando que todos encajaran con lo que le había contado MacLachlan, con lo que sabía el equipo del inspector jefe Strong y con lo que ella misma y Rozie habían averiguado. Sí, todas las piezas se ajustaban a la perfección. Los recientes descubrimientos de MacLachlan le habían dado el valor necesario para verlo.

Cada uno de esos detalles eran simples retazos que aún debían unirse, aunque eso podía solucionarse. Si la gente supiera qué andaba buscando, acabaría por encontrarlo, eso y probablemente mucho más. Comprendió que había una persona por encima de todas las demás que podía iniciar ese proceso. ¡Ojalá siguiera ella misma en Windsor, maldita sea! Tendría que buscar una excusa para hablar con él.

Para cuando el Range Rover pasó raudo por delante de Harrods en medio del tráfico de la mañana, la reina ya había dilucidado qué era necesario y cómo hacer que sucediera. Se sentía un poquito mejor, pero contemplar tanta muerte y tanta traición la había dejado exhausta.

Necesitaba ver al pequeño Jorge y a la graciosa Carlota, y celebrar la alegría de la vida. Pero aún faltaban unos cuantos días para eso. Sería una larga espera.

—¿Puede ponerme al teléfono al gobernador del castillo de Windsor? Necesito preguntarle algo.

—Sí, majestad.

La reina estaba sentada al escritorio de su despacho privado del palacio de Buckingham, con el teléfono acurrucado entre una colección de fotografías y flores. Aquella sala era un bálsamo para ella, con su decoración y sus retratos familiares, y sobre todo con sus vistas a los plátanos plantados por Victoria y Alberto, cuyas ramas se entrelazaban. A su llegada había sacado a los perros a dar un largo paseo, algo que no estaba en su agenda, pero que el personal de palacio se había tomado con admirable calma. Ahora se sentía mejor. Ya podía seguir adelante.

La centralita tuvo a sir Peter al aparato en un par de minutos.

—Ah, gobernador, deseaba preguntárselo antes de marcharme, ¿han decidido ya dónde van a aparcar las monstruosas furgonetas de televisión? Porque, sencillamente, no pienso tolerar que estropeen el césped.

Durante unos minutos, sir Peter y ella hablaron de los últimos flecos y los arreglos finales de la exhibición ecuestre. En opinión del gobernador, no eran cuestiones tan urgentes como Su Majestad las hacía parecer, pero no le correspondía a él criticar, ni mucho menos, lo que ella consideraba importante en su propia casa.

—Oh, y estaba pensando también en ese asunto tan feo de la joven que murió en Londres... —añadió la reina como quien no quiere la cosa—. Sí, la de la cocaína. Supongo que, en parte, el hecho de ver de nuevo la ciudad me lo ha recordado. Se me ha ocurrido de pronto... Usted debió de ser una de las últimas personas que la vio... Sí, lo sé, pero me preguntaba si esa chica habría estado tomando drogas en el castillo. Eso es lo último que necesitamos. ¿Sabe si el equipo del inspector jefe Strong lo comprobó en su momento? Recuerdo haberla conocido. Una chica muy callada... En fin, sea como sea, dígales a los de Independent Television lo que le he mencionado sobre sus furgonetas. Si eso no les mete el miedo en el cuerpo, no sé qué otra cosa podría hacerlo.

Después, la reina hizo una rápida llamada a Billy MacLachlan.

—Creo que ya es hora de que haga lo que sugirió. Pero con mucho tiento. Y después échele un ojo: me gustaría pensar que estará a salvo. Ah, ¿y no le parecería adecuado que alguien le soplara al MI5 lo de los pagos? Gracias, Billy.

Rozie estaba plantada ante su escritorio, lista para tomar notas. Aquellas conversaciones no acababan de tener sentido para ella. En especial la que planteaba la duda de si Rachel Stiles habría consumido drogas en el castillo. ¿Desde cuándo era eso una cuestión importante? Estaba desesperada por saber en qué punto estaban las cosas, pero entre la jefa y ella parecía existir un acuerdo tácito de no hablar directamente de lo que fuera que estuviesen tramando.

—¿Hay algo que pueda hacer yo, majestad? —preguntó.

—Sí. ¿Podría averiguar si Rachel Stiles llevaba lentillas? Y quizá podría contactar con el director general del MI5. Dígale que me gustaría verlo el miércoles. No me vendría mal un informe de sus progresos.

En el castillo, sir Peter se guardó el teléfono en el bolsillo con gesto pensativo. Estaba bastante seguro de que el director de la exhibición ecuestre ya se había ocupado de ese asunto de las furgonetas y el equipo de televisión, pero se aseguraría doblemente de ello antes de tranquilizar a Su Majestad al respecto. Entretanto, estaba esa pequeña cuestión de la cocaína. Era Rachel no sé qué... ¿Stiller? ¿Snipes?

No creía que la chica se hubiera atrevido a consumir drogas en el castillo. Al fin y al cabo, había acudido allí para asistir a una reunión de alto secreto, ¿no? Aunque era cierto que, si bien parecía estar en buena forma el primer día, no lo había parecido tanto el segundo... Aun así, no veía qué relación podía tener todo aquello con la investigación sobre Brodsky, por mucho que la chica hubiera llevado un colocón del quince... Pero él era un hombre meticuloso y diligente, así que pondría de su parte y lo comprobaría. Si acabara descubriéndose que alguien había consumido drogas en el castillo, y la prensa se enteraba, el asunto iba a ocupar los titulares del *Daily Mail* durante las próximas semanas. Y antes de que eso ocurriera, debería poner sobre aviso a los del equipo de comunicaciones.

Sir Peter tenía que ver a unas cuantas personas en las oficinas del recinto inferior, pero en cuanto acabó con su ronda se pasó un momento por la Torre Redonda antes de volver a la Torre Normanda para comer con su mujer. Subió penosamente por las escaleras hasta la tercera planta y entró en la pequeña sala que ocupaba el equipo de investigación. El inspector jefe Strong no estaba en su escritorio, pero Andrew Highgate, su sargento, sí estaba allí.

Cuando se encontró de pie ante el policía, sir Peter se sintió un poco ridículo con la misión que le habían encomendado. Su diligencia empezó a parecerle más bien una innecesaria interferencia. Sin duda les preocupaba mucho más un asesinato que cualquier posible consumo de drogas, ¿no? Además, por lo que sabía sir Peter sobre una serie de visitantes, aquélla no sería precisamente la primera vez que había ocurrido algo así en el castillo a lo largo de los años... Sin embargo, el sargento de policía Highgate, en presencia de un general, caballero del reino y, por citar su título oficial completo, condestable y gobernador del castillo de Windsor, se mostró muy interesado en llevar a cabo una tarea concienzuda.

—No, ha hecho usted lo correcto, señor. Gracias por tomarse la molestia de pasar por aquí. Permítame que busque lo que tenemos sobre ella... Sí, aquí está, Rachel Stiles. Experta en economía china. Ya no tiene mucho «futuro dorado» que digamos, tristemente. Mmm... sí, déjeme comprobarlo... No, ésta es sin duda la fotografía correcta. La obtuvimos de la empresa en la que trabajaba. La que teníamos al principio, de su formulario de seguridad, era un poco pequeña. No, no creo que hayamos cometido ningún error. Puedo volver a comprobarlo... Le llamaré por teléfono en unos cinco minutos, a menos que prefiera esperar mientras yo...

Bastante alarmado a esas alturas, sir Peter le dijo que esperaría.

· · ·

En su jardín de Woodbridge, unas horas más tarde, Guy de Vekey daba sorbos a una copa de pinot grigio muy frío mientras los vencejos recién llegados volaban raudos en bandadas, como nubes en forma de flecha. Le encantaba esa hora un poco mágica en la que el día daba paso al anochecer y el cielo viraba del naranja melocotón al violeta mientras las sombras avanzaban en el jardín. Tras él, la seductora música de Elgar se vertía en el aire nocturno, un poco chirriante, desde un disco de vinilo.

Había prometido guardar un secreto. Ya lo había revelado una vez, a aquel hombre, ese mismo sábado, y ahora acababan de pedirle que volviera a hacerlo. Su primer instinto fue cumplir con su palabra. Anita estaba muerta, ¿cómo podía ser capaz de defraudarla? Y sin embargo, ¿no era cierto que se había sentido...? ¿Cuál era la palabra...? Sí, eximido... ¿No era cierto que se había sentido eximido de su juramento al contarlo la primera vez?

Había enseñado a cantar a dos generaciones de niños. Varios de ellos habían mantenido el contacto, algunos incluso lo habían invitado a sus bodas o primeros conciertos, pero sólo unos pocos se habían convertido en amigos de verdad. Normalmente eran los que tenían un talento excepcional, aunque Anita no había sido uno de ellos. Era una buena cantante, por supuesto, pero lo que destacaba en ella de verdad era su avidez y su ambición: ante la vida, en pos del éxito, siempre en busca de lo mejor y dispuesta a darlo todo por conseguirlo. En la industria despiadada de la música clásica, eso constituía un talento en sí mismo. Fuera como fuese, pese a la diferencia de edad, ella confiaba en él. Valoraba sus consejos. Solía ir a visitarlo una vez cada dos años, siempre burbujeante y alegre, siempre deseando enseñarle fotos de sus viajes y contarle noticias sobre ella. Sin embargo, aquella última vez, tres semanas atrás, había sido muy distinta... Incluso a esas alturas, Guy se encogía con sólo pensarlo. Transmitía desesperanza. Era una mujer desesperada, una ruina humana que gimoteaba entre lágrimas.

Y luego aquel amigo de la familia había aparecido preguntando por ella. El señor... ¿cómo se llamaba? No conseguía acordarse... Fuera como fuese, por el bien de sus padres, aquel hombre quería comprender cómo se había sentido Anita antes de que... se hiciera aquello a sí misma. ¿Quién podía imaginarlo? ¿Quién podía siquiera haberlo imaginado?

En aquel momento, a Guy le había parecido relativamente normal que una joven tuviera un mal día y estuviera alterada. Pero cuando el amigo de la familia le preguntó qué le había contado aquel día y cómo la había visto, le sorprendió lo mal que sonaba. De algún modo, al explicarlo, Guy lo había dejado salir todo a borbotones. Menudo guardián de secretos...

Al hablar sobre ello el sábado, fue consciente por primera vez de que el cambio sufrido por Anita era muy extraño. Repentino, inexplicable... Guy veía ahora que no era tristeza lo que había brotado de ella en temblorosas oleadas: era terror, un terror absoluto. Incluso había pronosticado su propia muerte. Él le había dicho, le había rogado, que no hiciera nada... Pero ahora tenía claro que Anita tal vez no le había estado hablando de una simple decepción amorosa, de un corazón roto.

Quizá el hombre tenía razón cuando había llamado hacía sólo un momento, preocupado. Quizá Guy debería contárselo a la policía. Era posible que lo tomaran por un loco, pero ¿y si no se equivocaba?

Mirándolo ahora bajo una nueva luz, ¿había tratado ella de decirle algo desde el principio? Anita se había mostrado muy callada y asustada, y dos días más tarde estaba muerta. Guy apuró su copa de vino y rezó por estar equivocado.

—¿Has tomado una decisión?

Su pareja salió de la casa y le puso una mano en el hombro. Él tendió la suya para rodearla con el brazo por la cintura.

—Los llamaré mañana a primera hora.

25

El martes por la mañana se celebraba un oficio religioso en la abadía de Westminster en homenaje a sir Geoffrey Howe, un hombre que había resultado de lo más ameno en los tiempos de Margaret Thatcher y que, como la reina, había nacido en 1926. Ella no asistió al funeral, porque si acudía a uno, tendría que acudir a todos, pero en esa ocasión le habría gustado hacerlo. Era un hombre bueno y decente, un político honesto (Dios sabía que no era siempre el caso) y un competente jugador de críquet.

Una pérdida más.

A su edad, tanto ella como Felipe solían recibir noticias de muertes de personas de su generación. Últimamente pasaba casi a diario, y siempre les resultaba un poco deprimente. De hecho, unos meses atrás Felipe había exclamado que, si lo invitaban a un solo funeral más, los fulminaría a todos. Pero no lo decía en serio, claro. Y, al menos, la mayoría de sus amigos más queridos habían tenido vidas plenas.

Se observó desapasionadamente en el espejo. Durante el homenaje a la oficina de correos de Windsor, alguien le había recordado (a menudo la gente se enorgullecía de decirle cosas sobre sí misma que no eran ninguna novedad para ella) que la suya era la imagen más reproducida en todo el mundo a lo largo de la historia. Eso era algo que había decidido olvidar voluntariamente, pues consideraba que ningún ser humano debería verse obligado a soportar una información de ese tipo. Y además, una habría jurado que la imagen más reproducida era la de Diana. En los noventa un amigo que acababa de regresar de las cumbres más inaccesibles de Nepal, lejos de coches, teléfonos e incluso de la radio, le contó que allí, en las estribaciones del Annapurna, había visto a un labriego que blandía una guadaña de aspecto medieval para segar y que llevaba una camiseta estampada con el rostro de su difunta nuera. Adondequiera que una fuera, allí estaba ella.

Pero los billetes de banco y los sellos de correos superaban en número a todos los periódicos, revistas y tiendas de recuerdos. Era una cuestión de simple aritmética, si una lo pensaba bien. Tanto allí como en todos los países de la Commonwealth, a la menor duda usaban su perfil en las monedas y los sellos; por suerte, solían utilizar el de cuando era bastante más joven y no tenía tanta papada. Además, había vivido muchísimo tiempo, así que si una se ponía a sumar...

Inclinándose un poco hacia adelante, se ajustó las gafas y se inspeccionó la real nariz en busca de pelos que sobresalieran de los orificios nasales. Envejecer era un proceso muy poco digno. Nunca se había considerado una belleza, aunque ahora que miraba atrás desde una enorme distancia comprendía que posiblemente sí lo había sido. Lo cual era una suerte si la gente insistía en imprimir tu cara millones de veces en objetos corrientes.

Ahora la cosa consistía sobre todo en mantener a raya el avance de los folículos pilosos.

Billy MacLachlan tuvo la fortuna de pillarla de nuevo en el tocador, a esa hora de la mañana. La conversación fue muy breve.

—He hablado con el señor De Vekey, majestad.

—¿Ha conseguido convencerlo?

—Creo que sí.

—Excelente. ¿Y pudo hacer la otra llamada?

—Sí. Fue un formulario en línea, pero tuvo el mismo efecto.

—Gracias.

—No hay de qué, señora. Que pase un buen día.

Poco después, cuando ya estaba terminando con los documentos de sus cajas se oyó un alboroto tremendo procedente del pasillo. Le llegaron fuertes pisotones, portazos y voces airadas.

Sir Simon había entrado ya a recoger los documentos y estaba ante su escritorio, pero no movió ni un músculo de su cara. La reina lo miró, un tanto molesta.

—Mire a ver qué pasa, ¿quiere?

Sin embargo, antes de que él pudiera hacer nada, la puerta se abrió de par en par y Felipe entró a grandes zancadas con la cara muy roja y echando humo.

—¿Te has enterado de lo que hizo ayer ese cabrón de Humphreys?

—Gracias, Simon.

Sir Simon se esfumó sin decir esta boca es mía. La reina se volvió hacia Felipe.

—No.

—Pues estuvo interrogando a mi ayuda de cámara. ¡Maldita sea, a mi ayuda de cámara! Durante seis horas, nada menos, y en plena noche. Sin preguntármelo, o por lo menos decírmelo, por Dios. No me he enterado hasta esta mañana.

—Madre mía. ¿Y por qué?

—Porque creerá que es un condenado agente soviético, yo qué sé por qué. Lo más al este que ha viajado ese hombre ha sido a Norwich. ¿Y has sabido lo de Robertson? Su propia hija se lo encontró y lo llevó a urgencias. Los están acosando, eso es lo que están haciendo. Ya estoy harto de que Humphreys ande imponiendo su voluntad en nuestra casa como si fuera un dictador de pacotilla.

—Te comprendo perfectamente...

—¿De verdad? Ha estado tirándose pedos con total impunidad por todo el castillo de Windsor durante semanas, y ahora se los está tirando aquí. Tienes que acabar con esto antes de que haya una crisis.

La reina enarcó una ceja.

—¿Te gustaría que pusiera de patitas en la calle al director del MI5?

—Pues sí, maldita sea, me gustaría.

—Estoy segura de que al primer ministro le encantaría.

—Que se joda el primer ministro.

—Voy a verlo esta tarde —dijo la reina—. Le transmitiré tus palabras.

—Por mí encantado... Oye, Lilibet, hablo en serio. —Se estaba calmando un poco. Nadie lo habría dicho a juzgar por su conducta, pero así era. Se acercó al escritorio y apoyó una mano en él—. Humphreys no puede seguir molestando a nuestra gente sin una buena razón.

No tiene ni la más mínima prueba para esa absurda teoría suya.

—Ya lo sé. Y, de hecho, he solicitado que viniera a verme.

—¿De veras? —Felipe se incorporó nuevamente—. ¿Y le dirás que ya basta?

—Haré lo que pueda —repuso ella.

Pese a estar realmente furioso por cómo se había tratado a su personal, el duque sabía que le estaba pidiendo algo muy poco razonable a su mujer. Y el hecho de que ella se mostrara tan apacible y complaciente lo desarmaba un poco.

—¿En serio?

—Sí, en serio.

—Ya veo. Pues qué buena noticia. ¿Cuándo?

—No estoy segura del todo. En algún momento de mañana, me parece. Si conseguimos hacerle un hueco... —Se ajustó las gafas bifocales y bajó la vista—: entre el secretario general de la Commonwealth, el obispo de Leicester y Michael Gove.

—¡Ja! Eso te lo estás inventando. —Felipe volvía a estar de buen humor; sus arrebatos rara vez duraban mucho.

—No.

—Menudas cosas haces por tu país.

Ella le guiñó un ojo.

—Y respecto a Humphreys, ¿vas a cantarle las cuarenta cuando lo veas? —insistió él, a modo de comprobación.

La expresión de la reina fue enigmática, pero sonrió.

—Algo parecido.

26

El miércoles, la vida en el palacio de Buckingham había recuperado sus rutinas habituales. Era como si nunca hubieran estado ausentes. Rozie estaba ocupadísima colaborando con los japoneses en la inminente visita de su primer ministro y ayudando a la oficina administrativa del Gabinete a organizar la celebración del aniversario de la coronación de la reina, que iba a celebrarse en junio.

Ya había podido informar a la jefa de que Rachel Stiles, la chica cocainómana de los Docklands, era hipermétrope y a veces llevaba gafas, pero lentillas no, al menos por lo que había averiguado. La reina había recibido la noticia con poco más que un evasivo «ajá». Rozie ardía en deseos de hacerle preguntas, pero se contuvo. Sabía que la reina seguía sin dar crédito a la teoría del MI5 sobre los rusos. Por todo el trabajo que ella misma había hecho, y por lo que sabía sobre las actividades de Billy MacLachlan, tenía claro que Brodsky, Rachel Stiles y Anita Moodie estaban relacionados de algún modo. Sospechaba que Anita se había hecho pasar por Rachel, pero no conseguía ver dónde estaba el vínculo. ¿Había sido Brodsky, de alguna forma, quien había organizado el asunto?

Al fin y al cabo, él conocía a Anita. ¿Sería él un espía? ¿Era eso lo que MacLachlan «debía comunicar» al MI5?

Rozie tenía la impresión de que la dejaban fuera, pero no se sentía marginada, y eso la sorprendía; pensaba que estaría más resentida con la reina por no explicarse con mayor claridad, aunque, sencillamente, era así como la jefa hacía las cosas. Ella no era tu amiga, y tú no eras su confidente. Para tratarse de alguien que siempre estaba recibiendo a gente, llevaba una vida muy solitaria, y tras muchas filtraciones e historias a lo largo de muchas décadas —empezando por su propia institutriz, que había entendido mal qué podía y qué no podía decirse sobre las pequeñas princesas—, probablemente hacían falta años para ganarse su confianza. Su ayuda de cámara gozaba de ese privilegio, se dijo Rozie, pero ella llevaba en la casa desde 1994. Rozie sólo hacía seis meses que trabajaba allí.

Gavin Humphreys era un hombre metódico que vivía según un viejo lema. Lo había sacado de su padre, que era militar, y lo había bautizado como «las siete pes»: «Planificación, preparación y precaución previenen de un papel pésimo y penoso.» El director general del MI5 planificaba las cosas, estaba preparado, era un hombre precavido y nunca esperaba hacer un mal papel.

Así que haber sido citado en el palacio de Buckingham para informar a la reina de los avances respecto a la caza del espía no era algo que lo preocupase en absoluto. Fue sólo al salir de su oficina en Millbank cuando sintió una ligera punzada de nerviosismo. Le hubiera encantado, de hecho, que a esas alturas toda la planificación y la preparación hubieran dado como fruto una octava «p»:

«progresos». Claro que con esa clase de cosas no había que precipitarse, por supuesto; Su Majestad sin duda entendería eso. Era una mujer muy comprensiva, según le había asegurado Singh.

Sin embargo, el día anterior el duque de Edimburgo por lo visto se había tomado las cosas a la tremenda. Y además la teoría del ayuda de cámara había acabado en una especie de callejón sin salida, lo que sin duda había resultado embarazoso, aunque al principio sonara prometedora: la ex novia del tipo había trabajado nada menos que para dos cadenas hoteleras dirigidas por conocidos simpatizantes de Putin en Turquía. Al servicio secreto le habría sido fácil echarle el guante a través de ella, pero resultó que ahora tenía una novia nueva, una administrativa de la casa real, y que la noche de la cena y pernocta había estado en la cama con ella. Encima, la nueva novia era hija del subdirector del Cuartel General de Comunicaciones del Gobierno, y por tanto era prácticamente intachable como testigo. Tampoco habían avanzado de forma significativa con el camarero real ni con el archivero. Humphreys empezaba a sospechar que el agente se había infiltrado a un nivel mucho más alto de lo que habían previsto en un principio.

Vladímir Putin había jugado sus cartas de manera brillante, y no era la primera vez que lo hacía. Podía ser un dictador del siglo XXI carente de escrúpulos, pero sin duda era un hombre digno de admiración.

Un secretario privado lo acompañó hasta la puerta de la Sala de Audiencias de la reina, donde se celebraría el encuentro. Humphreys inspiró profundamente, y rezó para que no estuvieran los corgis.

No estaban allí. Aquella sala era sorprendentemente corriente si se tenía en cuenta todo el mármol y las estatuas que uno se encontraba por el camino antes de llegar hasta allí. Estaba pintada de azul y adornada con las obras de arte y los espejos antiguos habituales, pero tenía un toque liviano, femenino. La ayudante de los tacones altos estaba presente, y la reina le preguntó a Humphreys si le importaba que se quedara a escuchar, y él dijo que en absoluto. Por suerte, no había ni rastro del furibundo príncipe Felipe. Su Majestad, como Singh le había dicho, derrochó cortesía, apoyo y comprensión. Ella sabía hasta qué punto era difícil, y esencial, la tarea de proteger a la nación.

Tomaron asiento en unas sillas tapizadas en seda, y Humphreys procedió a explicarle, a su juicio con razonable eficacia, las dificultades que entrañaba desenmascarar al astuto infiltrado de Putin, pero afirmó que, con el tiempo, llegarían sin duda al fondo del asunto. Pudo notar el desagrado de Su Majestad ante el hecho de que se siguiera perturbando la vida de los ocupantes del castillo de Windsor. El compromiso de la reina para con su servidumbre le parecía un tanto excesivo. Humphreys no sabía qué era eso: él y su mujer tenían una asistenta que acudía a limpiar su casa dos veces por semana, y no sabían siquiera su apellido. No servía de nada ponerse sentimental, pero por supuesto uno no podía decirle eso a la soberana, y menos todavía teniendo en cuenta que era una señora de noventa años. Le aseguró educadamente que estaban procediendo con toda la celeridad posible.

—Hay un detalle interesante —añadió Humphreys, para animarla un poco—. Hemos establecido que una de las mujeres que visitó el castillo aquella noche era una impostora. Ha sido el gobernador quien ha reparado en ello.

—¿No me diga?

—Tenía un papel muy secundario, majestad. No suponía ninguna amenaza seria para la seguridad nacional, pero, por supuesto, también estamos haciendo averiguaciones al respecto, y ya hemos tenido un golpe de suerte con esa investigación. Es muy poco probable que guarde relación alguna con el caso Brodsky. La chica en cuestión ni siquiera debería haber estado allí; fue una de esas extrañas coincidencias que suelen darse.

Humphreys sonrió y se encogió de hombros. La reina sonrió a su vez, y luego llegó el momento de poner fin a la visita.

—Lo acompañaré a la salida —anunció la reina.

A él le pareció algo insólito, pero era su palacio, y según ella de todos modos iba en su misma dirección.

Mientras caminaban por las gruesas alfombras de los pasillos, seguidos a tres pasos de distancia por el secretario y la ayudante de los tacones, la reina dijo como de pasada lo atareada que iba a estar, ahora que había dado comienzo la temporada de verano.

—Me esperan montones de visitas a escuelas y universidades, lo habitual en estos días.

Mencionó unas cuantas de esas visitas. Para tratarse de alguien de su edad, tenía muy buena memoria. Por lo visto, una de ellas era la escuela donde Brodsky había aprendido a tocar el piano, lo cual vino a ensombrecer un poco el ambiente. Era un lugar llamado Allingham. La reina comentó que el ruso había sido un pianista excelente, y que ella estaba deseando visitar el departamento de música. Y entonces llegaron a las escaleras y la visita concluyó. Humphreys se sintió agradecido de que no hubiera mencionado al ayuda de cámara del príncipe Felipe. Y no sólo eso, sino que se había mostrado decididamente habladora. Al salir por una puerta lateral para ir en busca de su chófer, Humphreys suspiró aliviado.

En cuanto estuvo de vuelta en su escritorio, le pasaron una llamada del comisario de la Policía Metropolitana.

—¿Cómo ha ido con ella?

—Muy bien. ¿Hay novedades por vuestra parte?

—La verdad es que ha ocurrido algo, sí. Hemos recibido unas imágenes interesantes de unas cámaras de vigilancia. Acabarán por llegarle a través de sus canales, pero he pensado que le gustaría verlas.

27

El jueves tuvo lugar la visita del primer ministro japonés. De pie en un estrado junto a David Cameron, en el mismo lugar donde antes que él había estado el presidente Obama, Shinzō Abe advirtió sobre los riesgos de votar a favor del Brexit en el referéndum que se avecinaba. Incluso los japoneses estaban inquietos. Rozie detestaba todo aquel catastrofismo, pero no estaba demasiado preocupada. Al fin y al cabo, el referéndum escocés había salido bien. Además, Japón no era su problema en esos momentos. La audiencia con la reina sería breve, y sir Simon manejaba esa clase de diplomacia como si fuera un juego de niños.

Era su día libre, y como la semana próxima iba a ser de locura, sir Simon había insistido en que lo aprovechara. Así que Rozie iba a pasar la tarde con una millonaria en una suite del hotel Claridge. Masha Peyrovskaya quería volver a hablar con ella.

Lo que más sorprendió a Rozie cuando entró en el reluciente vestíbulo de tonalidades caramelo del hotel más distinguido de Londres no fue lo abrumador que resultaba todo aquel lujo elegante, sino lo cómoda que se sentía ella allí. Aquel empleo se le estaba subiendo a la cabeza. Lo mismo le había ocurrido con su anterior trabajo en el banco: las reuniones de fin de semana para fomentar el espíritu de equipo se celebraban regularmente en lujosos balnearios distribuidos por todo el país, y las cenas con clientes se regaban con vinos exquisitos en reservados iluminados por lámparas de araña venecianas. Ahora se había aficionado a ese tipo de vinos, y entendía un poco al respecto. Le agradó el repiqueteo de sus tacones Francesco Russo contra las baldosas de mármol blanco y negro del vestíbulo. Le gustó que el rostro del conserje se quedara helado durante una fracción de segundo cuando ella mencionó el nombre de Masha, aunque enseguida la dirigió con soltura hacia la suite Grand Piano. Su propio rostro dibujaba la misma expresión cuando conocía a un rey o a un presidente. Pero empezaba a dársele igual de bien lo de actuar con soltura después.

Arriba, en la suite, Masha estaba sentada al piano tocando algo intenso y dramático, meciendo levemente el cuerpo cuando sus manos se tendían hacia las teclas más distantes. Rozie se quedó allí de pie, observándola sin decir nada. La criada personal que le había abierto la puerta se esfumó hacia otra habitación.

Al cabo de un rato, la pieza llegó a su fin. Masha inspiró profundamente y cerró los ojos.

—Chaikovski —dijo sin volverse—. Está en armonía con mi estado de ánimo.

—Toca usted de maravilla.

—Lo sé. —Masha miró hacia la ventana que tenía a su izquierda, en la que las delicadas cortinas se habían corrido para revelar el paisaje de tejados de Mayfair—. Debería haberme dedicado a esto profesionalmente.

—Se encogió de hombros y le ofreció a Rozie una leve sonrisa—. Ha decidido venir. ¿Y cómo se encuentra Su Majestad?

—Muy bien, gracias.

—¿Le ha dado recuerdos de mi parte?

—Por supuesto.

—Si alguna vez... le apetece escuchar más música rusa para piano... —dijo Masha, con aire esperanzado.

Al principio Rozie se preguntó si andaba buscando alguna clase de empleo, pero entonces lo entendió: la pobre mujer sólo deseaba volver a ver a la reina, estar cerca de ella. La jefa producía ese efecto en algunas personas. De hecho, en la mayoría de la gente, como Rozie sabía por experiencia.

—Es una pena que ya no pueda escuchar al señor Brodsky —respondió, cambiando ligeramente de tema. Todavía no estaba del todo segura de por qué le habían pedido que acudiera allí.

—¿Le apetece beber algo? —preguntó Masha.

Se levantó y fue hacia un sofá de terciopelo, sobre el que se dejó caer con desenfado. Rozie se sentó más recatadamente en una de las butacas de enfrente. Masha iba descalza y llevaba unos vaqueros ajustados, una camiseta holgada y varios collares. No se había cepillado el pelo, y en su rostro no había ni rastro de maquillaje. Estaba, si es que eso era posible, más guapa que nunca.

Rozie iba a sugerir una taza de té cuando apareció un mayordomo con una bandeja en la que traía té, café, agua con y sin gas, dos clases de batido de frutas y un cuenco de cristal con fruta fresca.

—Por favor, póngase cómoda —le insistió Masha, haciendo un gesto hacia Rozie y al mismo tiempo despachando al mayordomo.

El mayordomo se retiró. Rozie cogió un batido de color rosa, se quitó los zapatos y se sentó doblando las piernas sobre la butaca. Seguía sin tener ni idea de qué hacía allí, pero más valía disfrutarlo.

—¿Cómo puedo ayudarla?

La que siguió fue una hora muy extraña en la que Masha le expuso sus tribulaciones conyugales con todo lujo de detalles.

—Me pisotea como a una cucaracha. Cree que lo único que me importa es el arte, pero ¿cómo puede saber lo que pienso si nunca habla conmigo? Hace siete semanas que no hacemos el amor. Antes era un amante maravilloso, pero ahora... lo hace como si me odiara. —Masha apoyó la cabeza en el respaldo y dejó que su mirada se perdiera en el techo—. El último regalo que me hizo fue un bichón frisé. Dijo que una perra merecía una perra. ¿Puede usted creerlo? Soltarle algo así a tu propia esposa... Le di la perra a la cocinera. Él despidió a la cocinera, y eso que era buena en su trabajo.

Jugueteaba con el anillo: hacía girar el diamante, del tamaño de un huevo de gaviota, y observaba cómo la luz incidía en él.

—Todos los días me interroga sobre Vadim. ¿Seguro que es gay? ¿Fue un jueguecito? ¿Hicisteis un trío? Es repugnante. Asegura que él no ordenó la paliza, pero yo sé que lo hizo. Está furioso conmigo por haber ayudado a Maks. Le dije que iba a abandonarlo y me contestó: pues vete. Así que me fui y me vine aquí, al hotel más caro que conseguí encontrar. Me tiene vigilada, pero me da igual.

—Parece... complicado —respondió Rozie, consciente de que se quedaba muy corta. Nunca podría estar con un hombre que utilizara un perro como insulto, por no hablar de todo lo demás. Pero lo cierto era que ella, para empezar, nunca habría aceptado ese anillo. Tenía claro que ese tipo de cosas solían ir acompañadas de condiciones.

—¿Cree que debería divorciarme?

—No soy ninguna experta en...

—¡Usted trabaja para la reina! Tiene experiencia al más alto nivel y la pone en práctica constantemente.

—Pero no en asuntos como éste.

—¿Ah, no? ¡La reina tiene cuatro hijos, y todos se han divorciado!

—Sólo tres. El conde de Wessex...

—Ella comprende este dolor. Y le pide consejo a usted, ¿no?

—La verdad es que no.

—Yo creo que sí lo hace —dijo Masha en un tono tajante, y se dio la vuelta en el sofá antes de doblar las piernas y esconder los pies debajo del cuerpo, como Rozie—. Estoy segura de que ella confía en usted. Y yo también. Tiene usted algo... Es la única persona en la que confío, por eso está aquí.

—No creo que yo...

—Usted no anda parloteando como hacen todos los demás, dándome consejos y diciéndome que abandone a mi marido, como mi madre, o que espere a sacarle unos cuantos millones en el divorcio, como mi hermana, o que me quede con él para siempre, como mi abuela. ¿Qué debería hacer?

Rozie frunció el ceño.

—¿Me lo pregunta de verdad?

—Pues claro. Dígamelo. Ahora está sonriendo... ¿Por qué sonríe?

Rozie se negó a seguirle el juego.

—Usted misma lo ha dicho, Masha. No le gusta que la gente le diga lo que tiene que hacer. Ya sabe cuáles son sus opciones. ¿Qué desea realmente usted?

—Mmm. —Masha pareció pensarlo de verdad—. Nadie me había hecho antes esa pregunta. ¡Ja! ¡Qué lista es! ¿Lo ve?

—Tengo una hermana psicóloga —admitió Rozie—. Es con ella con quien debería estar hablando.

Masha arqueó una ceja.

—¿Ah, sí? Vale.

—Lo decía en broma. Mi hermana vive en Fráncfort.

—¿Eso es aquí, en Surrey?

—No... Fráncfort. En Alemania.

Masha miró fijamente el techo unos instantes, reflexionando.

—Vale.

—¿Qué quiere decir con ese «vale»?

—Que puedo traerla en avión a Londres para las sesiones. Puede venir a hablar conmigo aquí mismo, en el Claridge. Ella sabrá decirme qué debo hacer.

Una imagen vívida brotó en la mente de Rozie: Fliss a bordo de un vuelo regular a Heathrow; Fliss allí, en esa suite, tomándose un batido y hablando con una rusa guapísima y triste. A su hermana le encantaría, estaba segura de ello. Y tendría la oportunidad de ver a la familia antes de volver a Fráncfort.

Masha estaba haciendo aquel ofrecimiento muy en serio; de hecho, parecía un ruego.

—Se lo preguntaré —contestó Rozie.

Pero sabía que, aunque hablara de ello con Fliss, nunca se lo plantearía como una propuesta seria. Además, lo último que deseaba era que su hermana se viera involucrada en el mundo de Yuri Peyrovski. Creía que

Masha estaba en lo cierto sobre la paliza que le habían dado a Vadim. Esa mujer despampanante que estaba en la suite Grand Piano de aquel magnífico hotel corría un riesgo mayor, se dijo, que la mayoría de la gente que conocía, y lo cierto es que ella conocía a mucha gente cuyas vidas estaban en peligro. De repente, la sensación de amenaza, que había remitido cuando la reina había empezado a indagar sobre la chica de la Franja y la Ruta, volvía a parecerle muy real.

Tras la visita, aprovechó la oportunidad para hacer algunas compras en la cercana Oxford Street. Media hora más tarde, le dolían los pies por culpa de los tacones y estaba mosqueada porque un idiota casi había hecho que la atropellara un autobús. De no haber sido por sus rápidos reflejos, la cosa podría haberse puesto fea. Decidió coger el metro en Oxford Circus para regresar a Green Park.

Fue en lo alto de la escalera mecánica que descendía hasta el andén donde sintió la primera punzada de alarma. Quizá era culpa del incidente del autobús, aunque, cuando recibió un fuerte empujón y casi salió volando por el lado derecho, habría jurado ver, mientras agitaba los brazos para intentar recuperar el equilibrio, una sonrisita en el rostro del tipo alto y rubio que estaba detrás. Esta vez fue el hombre que iba delante de ella quien la salvó, alargando una mano para sujetarle el brazo.

—Ponte zapatillas deportivas la próxima vez, amiga. Menudo idiota —musitó.

—Sí. Gracias —respondió ella sin mirarlo apenas, demasiado distraída por la sonrisita que se desvanecía en la cara del otro tipo.

Siguió caminando sin dejar de mirar atrás mientras se abría paso hacia la línea Victoria entre la multitud de la hora punta. Iba buscando la mata de pelo rubio, pero había desaparecido. No dejaba de preguntarse si había sido una mera coincidencia, y si todo aquello no era más que pura paranoia. En todo caso, cuando llegó al andén procuró no acercarse a las vías.

Apareció un convoy un minuto más tarde, y subió en uno de los vagones centrales. Se sintió reconfortada al comprobar que estaba lleno de gente; tan lleno, de hecho, que tuvo que quedarse de pie. Un grupo de escandalosos estudiantes subió tras ella. Sólo una parada. Estaba deseando llegar a casa.

Pero en cuanto el tren arrancó, notó movimiento en el grupo de estudiantes. Sus sentidos, atentos a cualquier peligro, le hicieron mirar a su alrededor y captar una mata de pelo rubio bajo una capucha gris oscuro. El tipo estaba a apenas un metro de distancia y se acercaba con rostro inexpresivo, pero, cuando lo miró brevemente a los ojos, volvió a esbozar aquella sonrisita. Los estudiantes se abrieron para dejarle paso. Un vestigio del entrenamiento militar de Rozie le dijo que había algo raro en la forma en que movía los brazos y los hombros. Bajó la vista para mirar su mano izquierda cerrada en un puño, que aferraba y ocultaba a un tiempo algo pequeño y oscuro.

Cuando alzó la mirada otra vez, Rozie se aseguró de no volver a establecer contacto visual con él. Parecía tranquilo y muy seguro de sí mismo, con aquella sonrisita congelada en el rostro. Fuera lo que fuese lo que había venido a hacer, su lenguaje corporal revelaba que estaba preparado para ello y que nada lo detendría.

Estaba a un par de palmos de distancia. Rozie calculó que mediría aproximadamente un metro ochenta y cinco, seis o siete centímetros más que ella, y que pesaría unos setenta kilos. De complexión delgada, pero musculoso, tenía el cuello de un levantador de pesas y el bronceado de alguien que hacía un montón de ejercicio al aire libre. Habría quienes lo encontrarían muy atractivo, pero había algo lobuno en su expresión. A ella no le habría gustado en ningún caso, ni siquiera sin esa navaja que le había parecido ver en su mano.

El convoy circulaba ahora a toda velocidad, avanzando ruidosamente a través del túnel. Rozie se puso de puntillas y miró a los pasajeros en torno a ella, calibrando el riesgo que corría cada uno. Había más espacio cerca de la puerta siguiente del vagón, de forma que se abrió paso hacia allí, disculpándose por el camino. Él la siguió, sonriendo también a modo de disculpa.

Al llegar ante las puertas, Rozie se detuvo. No comprobó si la había seguido, pero lo sintió a sus espaldas. Enseguida vio su reflejo distorsionado en el cristal. El tipo no iba a hacer nada todavía: esperaría a que el metro estuviera en la estación, para poder hacer lo que hubiera venido a hacer y luego escapar a toda prisa. Supuso que le propinaría un navajazo en una zona baja y difícil de ver. Aunque quizá acabaría desistiendo si creía que ella lo había descubierto.

El convoy avanzó a través del túnel unos treinta segundos más, y luego empezó a frenar dando un par de sacudidas. El rubio estaba muy cerca. Rozie inhaló y exhaló profundamente y trató de relajar los hombros. Se oyó el chirriar del metal contra metal, y ambos se desestabilizaron un poco cuando el tren aminoró la marcha...

El golpe llegó de la nada y el dolor fue cegador. El rubio retrocedió trastabillando contra otro pasajero, llevándose la mano derecha a la nariz. Cegado por la conmoción, notaba que el cartílago no estaba donde debería estar. Le había roto la nariz, la muy puta.

Arremetió contra ella con la otra mano, la que aferraba la navaja, pero antes de que pudiera tocarla siquiera, otro golpe le arrancó el mango de los dedos. Se agachó instintivamente para recuperarla, y sintió otro fogonazo de dolor casi igual de paralizante: esta vez, Rozie le había golpeado en la cara, machacándole el pómulo de un cabezazo. Ignorando los gritos aterrorizados a sus espaldas, el rubio soltó un gruñido de furia y arremetió contra ella, pero entonces recibió un fuerte rodillazo en los testículos que lo dejó totalmente sin aliento.

¡Joder, si no era más que una secretaria con zapatos de putón! ¡A la mierda con ella! Estaba de rodillas, y cuando empezó a recuperar la visión distinguió la navaja en el suelo, al alcance de su mano, mientras el metro entraba ya en la estación de Green Park. Todo el mundo a su alrededor retrocedía. Se abalanzó hacia la navaja... Ella le gritó que no lo hiciera, pero no le hizo caso. Y un instante después, se encontró tendido boca abajo con todo el peso de la chica en la columna y el brazo derecho inmovilizado a la espalda.

—Haz el más mínimo movimiento y te rompo los dedos —le gruñó ella en la oreja, para que pudiera oírla en medio de los gritos de pánico.

Él le dijo adónde podía irse y, para su asombro, ella cumplió con su palabra. Notó un dolor atroz cuando le partió el dedo meñique, y luego tiró de los dos siguientes con tanta fuerza que él se preguntó si podría volver a usar la mano alguna vez.

El rubio gritó y soltó un juramento, y en cuanto las puertas del vagón se abrieron, se la quitó de encima como pudo y echó a correr entre la multitud que esperaba en el andén.

Rozie no lo siguió. Se sentía mareada por el subidón de adrenalina. Estaba exhausta y, ahora que todo había pasado, un poco asustada. Oyó un ruido similar a las gotas de lluvia, y comprendió que la gente del vagón estaba aplaudiendo.

—¿Te ha hecho daño, querida? —preguntó una mujer, agachándose a su lado.

—¡Mierda, la navaja! ¡Cuidado!

Alguien preguntó si deberían accionar la alarma, pero Rozie dijo que no. La pelea había durado unos segundos: tiempo insuficiente para que alguien grabara un vídeo mínimamente aprovechable. Lo último que necesitaba era una multitud haciendo fotos para colgarlas en Twitter. Alguien mantuvo las puertas abiertas para que ella pudiera bajarse del tren, y todos se alegraron de poder continuar con sus trayectos.

Rozie se sentó apoyando la espalda en la pared del andén con la cabeza en las rodillas, tratando de recuperar el aliento. Londres no tardó en cerrarse en torno a ella, y casi pareció que aquel hombre nunca hubiera estado en aquel lugar.

28

El viernes trajo consigo una visita a la escuela Berkhamsted (no a la Allingham) en la limusina oficial. El caballerizo mayor de la reina, su dama de compañía y sir Simon la esperaban junto al vehículo. Debería haberlo hecho Rozie, que había organizado esa jornada, pero se encontraba indispuesta. Era algo que nunca ocurría: Rozie no era una de esas personas que tienden a estar «indispuestas».

—Vaya por Dios —dijo la reina—. No será nada grave, espero.

—Sufrió una tentativa de agresión en el metro. Es obvio que el pobre cabrón que lo hizo no sabía que se enfrentaba a una veterana de guerra condecorada. Rozie cree que intentaba robarle el bolso, pero... —Sir Simon se interrumpió.

—Pero ¿qué, Simon?

—Llevaba una navaja, majestad —admitió él.

Y lo lamentó, porque la reina pareció muy impresionada, algo raro en ella.

—¿Rozie está bien?

—Perfectamente. Sólo un poco alterada. Quien no debe de estar muy bien es su atacante: Rozie asegura que le rompió tres dedos.

—Buena chica.

La reina tenía una idea muy clara de quiénes eran los buenos y quiénes los malos, y de qué debía ocurrirles a unos y a otros. Todos sus hijos habían hecho clases de defensa personal, y estaba claro que le habían ido muy bien a Ana cuando habían estado a punto se secuestrarla años atrás. Los periódicos habían publicado con regocijo su respuesta cuando un hombre que no blandía una pistola, sino dos, le había ordenado que bajara del coche: «¡Ni lo sueñes!»

Así era su niña. Le provocaba un alivio tremendo saber que su secretaria personal estaba hecha de la misma pasta.

Cuando Rozie reapareció, el sábado, la reina parecía compungida. No lo dijo, por supuesto, porque una no decía esas cosas, pero así se sentía.

—¿Cómo se encuentra usted, Rozie? Espero que esté ya mejor..

—Estoy perfectamente bien, majestad.

—Tengo entendido que fue un altercado considerable.

—Nada que no pudiera manejar, señora.

La reina sonrió.

—Eso me han contado. Me alegra comprobar que este empleo no la ha ablandado.

—Todo lo contrario —respondió Rozie con una sonrisa—. Siempre lista para el combate. Eso sí, antes de pasar a la acción le advertí a ese tipo que las cosas iban a acabar mal para él.

La reina asintió.

—Muy considerado por su parte. Aun así, creo que, al menos durante un tiempo, debería ser precavida cuando salga de aquí.

—No se preocupe, tendré cuidado.

—Muy precavida, quiero decir. Me gustaría que permaneciera en el recinto del palacio, y que no salga de aquí a menos que se trate de algún asunto oficial... Siempre que sus circunstancias personales se lo permitan, claro.

Rozie se encogió de hombros, algo atribulada.

—En parte fue culpa mía, majestad. Fui a ver a Masha Peyrovskaya. Sabía que su marido era peligroso, pero la verdad es que no tenía ni idea de que las cosas pudieran ponerse tan feas. Aunque no creo que vuelva a intentarlo. Sería demasiado evidente.

La reina suspiró.

—Si tengo que serle sincera, no creo que eso fuera cosa del señor Peyrovski. Por cierto, ¿por qué fue a ver a la señora Peyrovskaya? No recuerdo haberlo sugerido.

—No lo hizo usted, majestad, sino ella. Yo no sabía muy bien el motivo, pero resultó que quería... consejo matrimonial. Se ve que las cosas no marchan muy bien entre ellos.

—No se lo daría, espero.

—Pues no, no lo hice. No soy precisamente una experta. No tengo ni idea de cómo se lo montan los casados para seguir juntos.

—A base de práctica. Pero hizo bien: lo último que una necesita es verse involucrada en otro divorcio. Mantenga la distancia.

—Eso pretendía hacer, señora, pero él vino a por mí de todas formas, o al menos envió a alguien...

Rozie se sentía muy aliviada por no haberse planteado en serio involucrar a Fliss en todo aquello. Mientras ella perfeccionaba sus técnicas de defensa personal en Sandhurst, Fliss ganaba el premio a la estudiante de primero que más chupitos de tequila era capaz de tragar mientras bailaba J-Setting como Beyoncé. Su hermana siempre saldría vencedora en una pista de baile, pero tendría todas las de perder en una pelea con un matón ruso armado con una navaja. Aunque... Un momento... ¿no acababa de decir la jefa que no creía que el señor Peyrovski estuviera detrás de todo aquello?

—Bueno... di por hecho que había sido él, quiero decir. ¿Usted cree que no?

La reina la miró fijamente a través de sus gafas bifocales.

—Esto no tiene nada que ver con Masha Peyrovskaya. Al menos no de forma directa.

—Pero yo creía...

—Ha estado haciendo preguntas sobre Rachel Stiles... Porque yo se lo pedí, ya lo sé. Pero, por favor, deje de hacerlas. Por el momento, creo que será lo más adecuado.

Rozie rebuscó en su memoria.

—Pero lo único que he hecho ha sido indagar un poco sobre si llevaba o no lentes de contacto...

—Lo sé —contestó la reina—, y es justo lo que me preocupa.

Se suponía que el acto más destacado de la semana siguiente debía ser la fiesta en los jardines del palacio de Buckingham del martes, pero, para tristeza de todos, cayó un pequeño diluvio. Ni siquiera la reina pudo disimular su profunda decepción. Sabía hasta qué punto era especial aquella jornada para la gente que acudía a visitarla, y siempre deseaba que los jardines se vieran en todo su esplendor, y no desde debajo de la lona chorreante de una carpa. Ocurría a menudo que la primera semana de mayo era una de las más radiantes, pero ese año imperaba un clima oscuro, impredecible. Carlos culpaba de ese cambio al calentamiento global, y en esa cuestión la reina estaba de acuerdo con él.

El caso era que, si llovía a cántaros en Westminster, probablemente lo haría igual de fuerte en Windsor. La exhibición ecuestre debía dar comienzo el miércoles con una jornada de doma con acceso especial para los lugareños, como agradecimiento por mostrarse tan complacientes con las multitudes y las largas colas de remolques para caballos que suscitaba el acto. Aquel evento se había organizado con un año de antelación y entrañaba el trabajo de cientos de personas. Pero el director ya le había advertido que quizá la jornada tendría que posponerse si el terreno estaba demasiado mojado.

Y entonces, por si fuera poco, la reina se golpeó la rodilla contra un escabel al abalanzarse sobre *Candy* para impedir que robara galletas de la mesa del té, y tuvo que pasarse toda la tarde en la cama con una bolsa de hielo y sintiéndose absolutamente miserable.

Fue sir Simon quien le dio una noticia que la animó muchísimo, y que casi compensó, aunque no totalmente, el hecho de que los estacionamientos en Home Park estuvieran en efecto inundados, y que el «Miércoles de Windsor» tuviera que cancelarse por primera vez en la historia, para consternación general.

A sir Simon, que también le había comunicado aquella mala noticia, le sorprendió la sonrisa que ese segundo detalle le arrancó a Su Majestad aquella mañana. Él se había limitado a explicarle que Gavin Humphreys le había pedido que la informara de que la investigación del asesinato estaba tomando un nuevo e inesperado rumbo. Sir Simon estaba convencido de que aquella novedad la deprimiría mucho, porque supuestamente significaba que todo el asunto se prolongaría todavía más, y eso le daría a la prensa sensacionalista más oportunidades de descubrir lo del batín morado y de humillarlos a todos...

Sin embargo, la reina sonrió.

—Oh, ¿de verdad? —preguntó, y pareció *insouciante*.

—Puedo pedirle que le dé más detalles, si así lo desea, señora.

—No hace falta, siempre y cuando nos vaya informando del panorama general. Y dígale que nos haga saber si podemos hacer algo por ayudarle.

—Sí, majestad. Por supuesto. Aunque estoy seguro de que lo tiene todo bajo control.

29

El jueves Rozie se fijó en que la jefa parecía más contenta, aunque era de esperar, porque para entonces ya estaban todos de vuelta en Windsor, ya tenía la pierna lo bastante bien para caminar y, antes de ocuparse de las cajas, podría echar un vistazo a los caballos dando un paseo por los jardines.

El día era fresco pero soleado. La tormenta había quedado atrás, y las zonas de estacionamiento en los prados del parque se habían secado lo suficiente para recibir a la oleada de visitantes. La previsión meteorológica era buena, y, lo mejor de todo, *Barbers Shop* se había recuperado por completo y estaba ansioso por participar en el certamen de monta y en el desfile del aniversario.

Era una reina sonriente la que se puso al volante de uno de los Range Rover de camino a Home Park, donde la multitud ya se había congregado para ver el espectáculo. El certamen era uno de los actos inaugurales en el ruedo de Copper Horse. Ataviada con una rebeca, chaqueta acolchada, botas y un pañuelo en la cabeza, la reina paseaba entre jinetes, adiestradores y otros aficionados a los caballos, bromeando sobre el tiempo y gesticulando para expresar su espanto ante la bíblica inundación.

Rozie había acudido también, como acompañante de sir Simon. Seguían aconsejándole evitar incursiones más allá de los confines del castillo, pero allí estaría más a salvo que en cualquier otro lugar. Sentados frente a la tribuna de los VIP, ambos observaban a los competidores, disfrutando de aquel raro momento de relax.

Rozie absorbía los débiles pero persistentes rayos de sol, la voz grave y tranquilizadora del comentarista a través del sistema de megafonía y el olor a caballo, a arena húmeda y a insecticida para moscas. Todo aquello le traía recuerdos de sus días de adolescente y de sus cabalgadas de prestado, nerviosa por los saltos más altos y ansiosa por salir al ruedo.

—¿Usted monta, Simon? —preguntó, cayendo en la cuenta de que nunca lo había oído hablar al respecto.

—No. Mi madre era alérgica a los caballos. No quería ni verlos, lo cual era curioso, en realidad, porque también era alérgica a los perros y teníamos dos terriers y un labrador. Y tres gatos y una cobaya —dijo, encogiéndose de hombros.

—A lo mejor no le gustaban, sencillamente —sugirió Rozie.

—A veces me pregunto si era por eso. Todos deseábamos montar, pero mis hermanas estaban obsesionadas con el tema, en particular la pequeña, Beaty. Sabía todo lo que había que saber: cómo cepillar exactamente a un caballo y trenzarle la cola, cuántas razas diferentes existen, cómo tratar el dolor en la grupa... Lo sabía sólo por lo que leía sobre ellos. Creo que a mi madre le aterrorizaba que Beaty acabara perdidamente obsesionada si nos acercábamos a uno de verdad. Y por supuesto no podíamos permitírnoslo: había que pagar el colegio.

Rozie asintió. Por unos instantes, se imaginó como una de esas niñas que crecen contando a los demás el drama cotidiano de tener que elegir entre tener un caballo propio o ir a un internado. Había conocido a unos pocos críos así en la escuela primaria de Notting Hill, pero siempre los había considerado de otro mundo: el de las casas pareadas de tonos pastel, tan cerca de la suya y, sin embargo, tan lejos de su alcance. Se echó a reír y, con gesto afectuoso, apoyó una mano en el hombro de su jefe.

—¡Pobrecito! ¡Qué pesadilla debió de ser todo eso para usted!

—¡Desde luego! —Simon sonrió también—. Una infancia difícil la mía.

Rozie probablemente no lo sabía, pero si había conseguido ese puesto de trabajo en la secretaría de palacio había sido gracias a su franqueza. Todas las candidatas eran muy listas y tenían un currículum excelente en la Administración Pública o en la City, pero muchas se mostraban demasiado atrevidas y arrogantes cuando uno rascaba un poco. Rozie nunca era así, y sin embargo hacía gala de una gran confianza en sí misma. Con ella, uno siempre sabía a qué atenerse, incluso si estaba tomándote el pelo. Conseguía encajar en todos lados porque tampoco ponía demasiado empeño en hacerlo, y eso a sir Simon le gustaba. También estaba fantástica con esos ridículos tacones suyos, combinados con la reconfortante sonrisa que esbozaba cuando había resuelto bien una cuestión importante, aunque él era demasiado profesional como para dejar que nada de eso le influyera en sentido alguno. Además, la decisión definitiva la había tomado Su Majestad.

Barber Shop hizo su entrada en el ruedo de Copper Horse con paso brioso y el aire de un campeón. Su lustroso pelaje castaño se había almohazado con una precisión matemática, algo que sin duda habría complacido a la hermana pequeña de sir Simon. Tenía unas patas interminables, calcetines blancos, espaldas poderosas y movía la cabeza con inteligencia, levantando las orejas ante los vítores de admiración de la multitud. Rozie observó cómo sonreía la reina al verlo salir, y cómo seguía haciéndolo mientras el caballo llevaba a cabo con prestancia los ejercicios de doma y los saltos, combinando la pura potencia con un dramático sentido de la interpretación. Sabía exactamente qué querían de él, y se lucía sin reparos una y otra vez, dando la sensación de quedar suspendido en el aire antes de caer con la precisión de un acróbata, para luego sacudir la cabeza con satisfacción por una tarea bien hecha.

A Rozie le fascinaba el caballo, pero le costaba apartar la vista de su propietaria.

—Se la ve feliz.

—¿Sí?

—Pero... se diría que siempre está así de contenta, y en cambio ayer usted me contó que se sentía muy desdichada y que la pierna la estaba matando.

—Tiene talento para la felicidad —respondió sir Simon—. Es una suerte. Fue una niña muy feliz, muy querida. Creo que eso es lo que le ha permitido superar las siete décadas siguientes.

—Debió de haber sido tremendamente feliz.

—Creo que sí lo fue.

Como era de esperar, y para absoluta alegría de su propietaria, *Barbers Shop* ganó el certamen y la reina obtuvo un vale de cincuenta libras para el supermercado Tesco.

Después la dueña pasó un rato con el entrenador y el caballo para felicitarlos a ambos por su magnífica actuación y compartir con ellos el momento de júbilo. Luego se alejó para ver a los niños en sus ponis. Estaba surgiendo una generación entera de jóvenes jinetes. Era maravilloso. ¿Cuántas zanahorias podía conseguir una en Tesco con cincuenta libras?, se preguntó. Tendría que averiguarlo.

Aquella noche, tras una ajetreada ronda de recepciones y una cena para cuarenta en el Salón Waterloo, el general sir Peter Venn llamó a sir Simon a su apartamento y le preguntó si podía pasarse para comentarle una cuestión. Su amigo accedió al instante, y sir Peter se encontró con la sorpresa de que la secretaria de la reina también estaba allí, con un vaso de whisky en la mesita junto a su butaca y cómodamente sentada con las piernas recogidas en el asiento.

—Lo siento, no pretendía molestar...

—En absoluto, Peter. Rozie y yo sólo nos estábamos poniendo al día con un par de cosas. ¿Qué puedo ofrecerle? ¿Un Glenmorangie? ¿Un Famous Grouse? ¿Una Gordon's? Ah, si le apetece un oporto, tengo un Taylor's del 96 que es exquisito.

—Sí, por favor, eso último —contestó sir Peter, agradecido. Se acercó a una butaca y se dejó caer—. Dios, menudo día.

—Le he visto antes, y me ha parecido que estaba blanco como el papel. ¿Se encuentra bien?

Sir Simon le tendió al gobernador un vasito de cristal tallado que irradiaba el resplandor rojizo del oporto del 96. Sir Peter tomó un sorbo, cerró los ojos y se arrellanó de nuevo en la butaca.

—Ya estoy mejor. He tenido que ir a ver a Su Majestad antes de cenar, y no era lo que más me apetecía, la verdad.

—Vaya...—Sir Simon se apoyó en el respaldo, cruzó las piernas y se mostró preocupado.

El gobernador miró a Rozie con nerviosismo, y de nuevo a su anfitrión.

—*Pas devant?* —musitó.

—Oh, sí, sí. Rozie lo sabe todo. Y si no, debería saberlo. Aquí todos somos sirvientes. Y también habla francés.

Sir Peter se ruborizó un poco, aunque enseguida se recompuso.

—Pues bien, resulta que durante la cena y pernocta introduje a una impostora en el castillo...

—Eso ya lo sabíamos.

—Bueno, pues no me dijeron que lo sabían, y ojalá lo hubieran hecho, porque casi me vuelvo loco imaginando qué iba a decir la reina cuando se enterase. Ya era malo que esa chica pisara siquiera el castillo, pero que se quedara a pasar la noche a petición mía...

—Pero usted no tenía modo de saber que la chica no era trigo limpio, ¿no? —lo interrumpió sir Simon con delicadeza.

Sir Peter dio un sorbo de oporto.

—No veo cómo podría haberlo sabido... Aquélla no era mi reunión, sólo actuaba de anfitrión para un amigo del Foreign Office porque supuestamente aquí tenemos una seguridad muy estricta... ¡Ja! Y, en fin, porque es práctico para llegar desde Heathrow... Estuve encantado de hacerlo, pero debo decir que di por hecho que el MI6, los de Asuntos Exteriores y el equipo de seguridad del castillo se ocuparían de saber quién era quién. Resultó que la chica participaba desde hacía poco en esa clase de cuestiones. Tenía un doctorado en financiación de infraestructuras chinas, algo que, como podrán imaginar, no mucha gente tiene, y había presentado un par de trabajos en comités de expertos en Londres, pero de hecho nadie la había visto nunca en persona. Se habían intercambiado algunos correos electrónicos con ella, pero eso era todo. Y tenía esa melena espesa tan característica... Los de seguridad dieron por buena la fotografía que aparecía en su pasaporte, y a nadie se le ocurrió hacer más comprobaciones.

»Sea como sea, hace poco empezó a preocuparme el hecho de que la chica consumiera drogas. Eso dijeron las noticias cuando murió, ¿no? De repente me dije... ¿y si había tomado drogas aquí? ¿Se imaginan que eso hubiera salido a la luz? De modo que hablé con el equipo del inspector jefe Strong, y en cuanto me enseñaron una fotografía de la muchacha que había muerto, supe que no era la misma persona que había visto yo. Como es obvio, se lo indiqué de inmediato a la policía, pero me pareció que la reina se pondría furiosa. La idea de posponer la reunión al día siguiente se me había ocurrido a mí, ¿saben?, para esperar a ese chico prodigio de Yibuti. De modo que fue culpa mía que la impostora durmiera en el castillo —soltó un suspiro y apuró el vaso—. Única y exclusivamente culpa mía.

—En absoluto —afirmó sir Simon, que se levantó, cogió la licorera del oporto y la dejó junto al gobernador—. Tengo entendido que esa reunión resultó sumamente útil. Habría sido un desastre que Kelvin Lo no hubiera podido participar en ella. Hizo bien en convencerlos a todos de quedarse.

—Es usted muy amable, sir Simon. Y a mi entender fue en efecto una buena reunión. Yo no participé en ella en persona, pero hizo que nuestras líneas estratégicas sobre la Franja y la Ruta adoptaran nuevas direcciones. Siempre nos había parecido un proyecto ambicioso, pero en esencia benigno. Y nos habíamos centrado en la parte de la Franja... las vías terrestres. Lo que están haciendo en África, por ejemplo, alcanza unas proporciones difíciles de imaginar. Sin embargo, Lo tenía algunos datos fascinantes sobre la parte de la Ruta, las vías marítimas. Era ahí donde entraba aquella muchacha, Stiles. Kelvin Lo está interesado en cómo China ha empezado a financiar nuevos puertos en países en desarrollo. Le preocupa el efecto que tendrá en su capacidad naval. A uno no se le ocurre que China pueda ser una potencia naval, ¿verdad? Pero, más que eso, le preocupa que estén haciendo de forma deliberada que algunos de esos países se endeuden con esas instalaciones portuarias, de modo que, básicamente, los chinos dispondrán de un cordón de bases sujetas a contrato en el océano Índico y el Pacífico occidental.

—Más o menos como hacíamos nosotros en el siglo XIX —reflexionó sir Simon.

—Sí, bueno... ya no lo hacemos. Ya ni siquiera tenemos Hong Kong. Eso significa que pueden ejercer una presión muy problemática en nuestras rutas comerciales. Los de Asuntos Exteriores están muy preocupados al respecto. La información que nos facilitó Kelvin sobre el alcance de la financiación de infraestructuras cayó como una bomba, en cierto modo.

Mientras el gobernador hablaba, Rozie había ido atando hilos.

—Entonces, ¿fue China la que introdujo un agente en palacio para averiguar cuánto sabíamos acerca de ellos?

El gobernador, que se había ido animando a medida que avanzaba su explicación, se dejó caer contra el respaldo de la butaca.

—¿A través de la drogadicta a quien invité personalmente a pasar la noche aquí, quiere decir? Es posible; no sabría decirlo.

—Lo siento, sir Peter, no pretendía...

—No, no se preocupe. Fue culpa mía y punto: debí hacer que los de seguridad comprobaran dos veces las credenciales de todos. Pero ni se me ocurrió que la investigación de sus referencias pudiera no estar a la altura. ¡Por Dios, si todo el maldito asunto se organizó en nombre del MI6!

—Exacto —lo tranquilizó Simon—. No tenía por qué saberlo. ¿Qué dijo Strong? Él también investigó a la muchacha sobre el asesinato, ¿no? ¿Su equipo cometió el mismo error?

—Pues no lo sé. Se niega a contarme nada, porque por supuesto Humphreys cree que todos trabajamos para el Kremlin. Y eso que yo redacté la estrategia de defensa para un ataque de las fuerzas combinadas rusas y separatistas en Escandinavia, cuando trabajaba para la OTAN; a lo mejor cree que eso me convierte aún más en un posible espía. Sólo Dios puede saberlo. Lo único que he sacado en limpio de todo esto es que las chicas tenían que estar necesariamente compinchadas. ¿Por qué si no la Rachel Stiles real no acudió a la policía? Probablemente murió porque sabía demasiado.

—¿Cree que su muerte fue deliberada? —preguntó sir Simon.

—¿Usted no?

—Empezaba a preguntármelo. Eso nos deja entonces con dos muertes.

«Tres», pensó Rozie.

—Sea como sea —continuó el gobernador—, esta noche he ido a ver a la reina dispuesto a presentar mi dimisión, pero ella ha estado de lo más comprensiva. Ha dicho que por supuesto no era cosa mía andar poniendo en duda el protocolo de comprobación de antecedentes. Tengo entendido que ya lo están rediseñando. Y cuando dispongamos de tiempo, una vez concluida la exhibición ecuestre, subiremos el listón. Y no me venga con puertas de establos y cerrojos para caballos.

—Ni se me ocurriría proponerle algo así —le aseguró sir Simon.

—Lo estaba usted pensando.

—No, no.

—Está sonriendo.

—Sólo me alegro por usted de que la jefa no le haya soltado una regañina.

—Gracias a Dios que *Barbers Shop* la ha puesto de buen humor. —Sir Peter dejó el vaso y se levantó de la butaca—. Bueno, gracias por el oporto, Simon. Buenas noches, Rozie. Christine me espera en casa. Kylie Minogue llegará dentro de setenta y dos horas, y van a instalarla en una de nuestras habitaciones de invitados. Francamente, la lista de tareas de Christine, con vistas a recibir a la celebridad australiana, hace que mi estrategia de defensa para la OTAN parezca un juego de niños.

30

La reina empezó a relajarse en cuanto tuvo noticias de que la investigación había tomado nuevos derroteros. Billy MacLachlan había echado el anzuelo, y Humphreys lo había mordido por fin. El jueves, en su breve encuentro con un angustiado sir Peter, la reina se había sentido tentada de felicitarlo por interpretar tan bien su papel, pero era importante no darse por enterada de ningún descubrimiento hasta que se lo contaran oficialmente.

El domingo llegó por fin la llamada telefónica que esperaba. Acababa de dar cuenta de un almuerzo ligero, antes de una última tarde llena de actos y entregas de premios en el parque, cuando sir Simon le comunicó que al director general del MI5 y al comisario de la metropolitana les gustaría concertar una reunión con ella.

—En cuanto se haya recuperado de la celebración, majestad.

—Ya me conoce, Simon. Mañana temprano estaré al pie del cañón. ¿Son buenas noticias?

—Se han negado a revelarme nada, señora. Pero se trata de novedades, sin duda. Tengo entendido que se ha hecho un arresto como mínimo. Pero les gustaría explicárselo todo como es debido.

—No estarán planeando meter entre rejas a más miembros de mi personal, ¿no?

—Por lo que yo sé, no.

—Busque un momento en mi agenda. Tengo que irme, Simon. Si no voy de una vez por todas a visitar a los caballos, me quedaré sin verlos.

La reina se dirigió a Home Park, y fue una delicia. Desde el club de ponis hasta el de campeones de saltos, en todo momento se vio rodeada de apasionados jinetes, listos para la pista en sus impecables pantalones de montar y sus relucientes botas, o recién llegados del circuito de monta, salpicados de barro y sonrientes. Padres y madres a quienes ella había concedido escarapelas años atrás traían ahora a sus pequeños, que, como personajes salidos de las viñetas de Thelwell, se ladeaban precariamente en sus monturas luciendo sus primeras americanas de *tweed*. En el otro extremo de la balanza se hallaba un número considerable de brillantes jinetes que no tardarían en viajar a Río para competir por el oro olímpico. Aunque ella no podría ir con ellos, qué agradable le resultaba verlos desempeñar su papel en su propio jardín, en aquel día soleado, con el castillo como benevolente telón de fondo. Y luego llegó el momento de la exhibición de la Caballería Real al son de la música, ¿quién no se emocionaría con algo así?

Pero todo palidecería hasta tornarse casi insignificante en cuanto empezase el desfile de esa noche. En otros tiempos, Ana y Eduardo habían participado, en sus primeras ediciones. Los organizadores siempre le anticipaban lo que iba a ver, pero nada, nada en absoluto podía prepararla a una para un espectáculo tan especial.

Qué maravilla era todo comparado con aquellos asuntos tan desastrosos de su Jubileo. (El incidente del río y los Sex Pistols casi había acabado con Felipe.)

Llegó al hipódromo del castillo al anochecer, en el carruaje escocés con techo de cristal, con Felipe a su lado. Un público de seis mil personas esperaba en las gradas y cinco mil más verían el acto desde la Larga Avenida a través de enormes pantallas de televisión. Pero ella había acudido allí por los caballos.

Hacía falta un coreógrafo magnífico para que un acto como aquél marchara sobre ruedas y para conseguir que novecientos caballos desfilaran con perfecta sincronización. Dougie Squires se había lucido. Participaron la caballería de Omán, por supuesto, que ya llevaba semanas ensayando allí, y los bailarines de Azerbaiyán, y un domador de caballos realmente excepcional, casi un verdadero mago con los animales; y también actuaron Shirley Bassey, Katherine Jenkins y la señorita Minogue, muy elegantes con su pedrería y sus lentejuelas, llenando de sonido el hipódromo. Pero si el acto resultó tan emotivo fue porque Dougie había hecho que todo girara en torno al amor de la reina por los caballos, y porque hubo detalles muy personales. De haber sido una llorona, algo que por suerte no era, le habría resultado muy difícil contener unas lagrimitas. Especialmente cuando Ana y Eduardo hicieron su entrada en la pista con la pequeña Luisa, que iba muy serena montada en su propio poni, como solía hacer ella misma a su edad.

En el camino de regreso, Felipe preguntó:

—¿Se ha puesto ese tal Humphreys en contacto contigo por lo de su absurda caza de brujas?

—Sí, lo ha hecho.

—Confío en que lo hayas puesto en su sitio.

—En cierto sentido, sí.

—Bien. Y confío en que se haya mostrado adecuadamente arrepentido.

La reina tenía la cabeza llena de caballos, pero intentó centrarse de nuevo en el asunto.

—Aún no estoy segura del todo; lo tendré más claro mañana.

—Pues si no quedas satisfecha, dímelo. Según los periódicos, conozco a tipos capaces de borrarlo de la faz de la tierra.

—Creo que él es uno de esos tipos —observó ella con tono apacible.

—Menudo cabrón —soltó Felipe, alzando la vista hacia el castillo iluminado.

Ella se echó a reír.

Gavin Humphreys estaba más preparado que nunca. Lo había planificado todo, había hecho excelentes progresos, y tenía la certeza de que, esta vez, haría un buen papel.

Aunque no estaba seguro de que Su Majestad fuera capaz de seguir su línea de razonamiento, ésa era la única pega. Probablemente tendría que ir más despacio en algunos puntos para que ella pudiera comprender ciertas cosas. Le había pedido a Ravi Singh que estuviera atento y que, si detectaba algún atisbo de confusión, le hiciera un gesto con la cabeza, por si él se entusiasmaba con la explicación y no advertía que la reina se estaba perdiendo. Era un caso complicado; había muchos hilos argumentales que se entrelazaban. Tal vez incluso sería adecuado que le hiciera un croquis. Normalmente, él utilizaba su portátil de pantalla táctil para esos menesteres, pero le había parecido que era un pelín moderno para el castillo de Windsor. Allí se usaba papel, puro y simple papel (ahí había un par de «pes» más), así que había hecho que su secretaria le metiera unas hojas de papel en el maletín, antes de partir hacia Windsor en el Jaguar oficial.

A las diez y media de la mañana del lunes, el secretario personal de la reina los hizo pasar a él y al comisario de la Policía Metropolitana al Salón de Roble, donde su anfitriona los saludó antes de ocupar su asiento habitual cerca de la ventana. Llevaba un conjunto de jersey y rebeca de punto gris jaspeado, además de sus perlas, y parecía contenta y relajada. Dos perros estaban tumbados a sus pies, medio dormidos e inofensivos, y un tercero subió de un salto al sofá para sentarse a su lado. Su secretaria adjunta, la chica de los taconazos, acechaba desde un rincón, y el secretario, todo almidón y galones dorados, se situó en posición de firmes en el otro.

Su Majestad gozaba de muy buen aspecto para tratarse de una mujer que había estado en pie hasta muy tarde escuchando a Shirley Bassey y viendo cómo hacían cabriolas los caballos. Humphreys no había visto el desfile de la noche anterior, pero su mujer había tenido la televisión encendida de fondo. Todos los miembros de la realeza se habían mostrado muy alegres en la pantalla, y habían salido caballos a mansalva. Él se había perdido la mayor parte del acto porque estaba muy ocupado preparando lo que iba a decir.

Y ahí estaba ahora, con Su Majestad ofreciéndoles a él y al comisario una taza de té o de café. Pidió lo segundo, con leche y sin azúcar, e iniciaron una pequeña charla de cortesía sobre el desfile, pero ella no tardó nada en hacer la inevitable pregunta.

—Y dígame, director general... ¿quién mató al señor Brodsky? ¿Lo sabemos ya?

Humphreys se sentó más tieso, con las piernas ligeramente separadas, pero sin hacer excesivo alarde de su masculinidad, como le habían enseñado en los cursos de preparación para aparecer en los medios.

—Sí, lo sabemos, majestad —le respondió en tono serio, sin responder del todo porque tenía intención de abordar la cuestión poco a poco—. Y debo añadir que ha habido fuerzas oscuras en juego.

—Ya me lo contó —repuso ella—. ¿Se refiere a Putin?

—No, la verdad es que no —admitió él—. Al principio dimos por hecho que el asesinato de Brodsky era un mensaje descarado de los rusos. En realidad, era todo lo contrario: lo que se pretendía era inducirnos a error. Durante mucho tiempo, hemos estado buscando donde no tocaba...

—Madre mía, ¿lo dice en serio?

Él asintió con energía.

—Qué mala suerte.

Durante un brevísimo instante, Gavin Humphreys se acordó del día en que, con diez años, tuvo que explicarle a su abuelo que había roto sin querer su reloj de bolsillo de oro con leontina, al desmontarlo para ver cómo funcionaba, y ya no tenía remedio. ¡Pero esta vez todo se había arreglado! ¡Y él tenía cincuenta y cuatro años, por Dios! Apartó aquel recuerdo de su mente y volvió a su relato.

—Es posible que esas fuerzas hubieran permanecido ocultas durante mucho tiempo —continuó—, si no hubiera habido una tormenta en la península arábiga... y si una joven no hubiera perdido una lentilla.

Esa parte la había practicado bien, y le gustaba. A la reina le brillaron los ojos. Animado por ello, Humphreys se relajó un poco y siguió con su explicación:

—En cierto modo, es como la teoría del caos, majestad. Una mariposa bate las alas en... —Maldición. Nunca era una buena idea improvisar. ¿Dónde aleteaba la mariposa? Luego había un temporal en alguna parte, pero en ese momento quien aleteaba sin acabar de posarse era él. Prosiguió a toda velocidad—: Esto... en el Amazonas. Y como resultado de ello, tres personas han muerto —dijo, e hizo una pausa teatral.

—¿Tres personas? Madre mía.

—En este punto, debo señalar que hay alguien que ha hecho posible que lo descubriéramos todo —añadió Humphreys con generosidad—. Sin esa persona, creo que aún estaríamos atando cabos.

—¿Ah, sí?

—Se trata de sir Peter Venn. Una de sus visitantes no era quien decía ser... Verá, en este caso, la persona que andábamos buscando era una mujer. *Cherchez la femme*, majestad.

La reina ladeó ligeramente la cabeza.

—Ah. *La femme*. Sí, ya veo.

—Conviene tener siempre la mente abierta. Gracias a sir Peter, empezamos a centrarnos en un grupo totalmente distinto al de su cena y estancia.

—Pernocta —intervino el comisario.

—¿Cómo?

—Cena y pernocta.

Dios, lo último que necesitaba ahora era que Singh se pusiera quisquilloso con el vocabulario. Humphreys inhaló profundamente, intentó mantener la calma y prosiguió:

—Estaban aquí para asistir a una reunión que debería haberse celebrado el día antes de la muerte del señor Brodsky —continuó—. La reunión giraba en torno a un proyecto llamado la Iniciativa de la Franja y la Ruta. Se trata de una estrategia china para...

—Sé qué es la Franja y la Ruta, señor Humphreys —le aseguró Su Majestad.

—Oh... Vaya. Bueno, pues el MI6 y el Foreign Office organizaron esa reunión, y el gobernador tuvo la amabilidad de ejercer de anfitrión. Podría parecer, señora, que todo esto no guarda relación alguna con su pequeña fiesta, pero tenga paciencia, porque resulta que nos encontramos ante tres casos vinculados entre sí.

Gracias a Dios que había llevado consigo el papel. Hurgó en su maletín, sacó unas hojas y las dispuso en la mesa de centro ante él, en formato panorámico. En la hoja superior escribió «Brodsky», centrado y casi arriba del todo, y encerró el nombre en un rectángulo; luego trazó otro rectángulo en la parte inferior derecha de la hoja y, con un gesto rápido del bolígrafo, lo rodeó con un círculo.

A su lado, el señor Singh no pudo contenerse.

—El vínculo con el señor Brodsky resultó de lo más sorprendente, majestad. Sigo sin saber del todo cómo logró descubrirlo el director general: fue un verdadero alarde de imaginación...

—Gracias, Ravi. Ahora llego a eso —lo interrumpió Humphreys—. El propósito de la reunión, señora, era compartir información clasificada sobre cómo están actuando los chinos y hacer recomendaciones de alto nivel sobre la respuesta del Reino Unido. La visitante en cuestión, la que se suponía que debía estar allí, era una joven señorita llamada Rachel Stiles. —Escribió «Stiles» en el rectángulo vacío—. Era experta en economía china. En este caso, majestad, el país que nos interesaba era China, y no Rusia.

—Madre mía —comentó la reina, aunque no parecía muy emocionada—. Qué fascinante.

—¿Verdad?

Humphreys escribió entonces «Franja y Ruta» en la parte central inferior de la hoja. Era un diagrama simple, pero ya veía que podía resultar de gran utilidad. En su mente brotó una imagen futura: la de ese croquis enmarcado sobre su escritorio, y él mismo explicándoles a unos invitados durante la cena cómo lo había utilizado para explicarle el caso Brodsky a Su Majestad.

—El encuentro reunió a expertos en varios campos. Todos habían sido objeto de una investigación previa, por supuesto, pero la mayoría de ellos no se conocían entre sí, y resultó que ninguno de los presentes había visto antes a Rachel Stiles en persona. La doctora Stiles tenía menos de treinta años, ojos azules y una espesa melena negra; al igual que la mujer que se presentó en el castillo, que parecía idéntica a la fotografía proporcionada en el formulario de seguridad para su acceso. Fue después de la revelación de sir Peter cuando advertimos ciertas discrepancias faciales, aunque eran muy pequeñas...

Hizo una pausa para comprobar si la reina lo seguía; le pareció que sí.

—Por desgracia, para cuando descubrimos el engaño, la doctora Stiles ya estaba muerta. Sin embargo, cuando mostramos a otros participantes una fotografía suya de tamaño decente, todos estuvieron de acuerdo: ésa no era la Rachel Stiles que ellos habían visto. Así pues, he aquí la cuestión: ¿quién era esa joven?

La reina enarcó una ceja.

—Confío en que lo descubrieran.

—Al principio, no.

Humphreys se inclinó y trazó un tercer rectángulo en la esquina inferior izquierda de su diagrama. Consideró dibujar un interrogante en su interior, pero eso no haría sino emborronar la cosa después. Lo dejó como estaba: vacío, pero lleno de posibilidades. Luego le dio la vuelta al diagrama para que quedara de cara a la reina y le propinó unos golpecitos con gesto pensativo.

—Por el momento, digamos que era la agente de un país corrupto.

—¡Vaya! ¿De cuál? —soltó la reina con claridad cristalina.

Humphreys iba a tomarse también su tiempo para aquello, aunque era evidente que ella quería aquella información, de modo que cedió.

—Es posible que le suponga una sorpresa, majestad.

—¿No era Rusia, entonces?

—No, en realidad, no.

—¿Ni China?

—China tampoco. Era un aliado nuestro, aunque cueste creerlo.

Y le susurró a qué país se refería.

—¿En serio? —La reina se inclinó, con el ceño fruncido—. ¿Y por qué nos estaban espiando?

—Hay un problema con el país en cuestión, y de hecho es muy posible que lo haya iniciado yo. —Humphreys creyó detectar un leve asomo de sonrisa en el rostro de la secretaria, pero quizá se lo estaba imaginando. La reina, muy concentrada, sólo parecía sentir curiosidad—. El año pasado... tengo entendido que se le informó al respecto... el rey Zeid decidió que uno de sus jóvenes sobrinos fuera nombrado director de la policía y de los servicios secretos de su país. Creemos que está poniendo a prueba al muchacho... al joven, debería decir, para ver si tiene madera de líder. Me parece que usted conoce bastante bien al príncipe Fazal.

La reina asintió.

—Pues sí, bastante bien.

—Según tengo entendido, acudía a veces a visitarla aquí, a Windsor o a Sandringham, durante sus vacaciones en el internado y en la Academia Militar de Sandhurst.

La reina frunció el ceño. A juzgar por las palabras de Humphreys, se diría que ella había tratado al joven como a un miembro de la familia.

—Advirtieron su falta de potencial como líder en la Academia Militar —continuó Humphreys—. Era un gran tirador y más fuerte que un roble, pero no paraba de meterse en peleas en la ciudad y de escaparse a Londres para apostar en los casinos. Por lo que sé, tan sólo aguantó dos trimestres. Era muy joven. Nuestra plana mayor lo achacó a las hormonas. Aun así, no habría sido nuestra primera elección como jefe del cuerpo policial de su país, y mucho menos de su servicio secreto.

—La mía tampoco —coincidió la reina.

Por su tono de voz, Humphreys sospechó que el chico habría tratado con crueldad a los perros, o quizá a algún caballo.

—Como ya sabe, consideramos que sus primeros meses en el cargo fueron... poco satisfactorios. En las cárceles han aumentado los casos de tortura, con el visto bueno de las autoridades. Ciertos activistas han desaparecido, y es muy probable que estén muertos. Corren rumores, si bien ninguno confirmado, de que al joven le gusta que le lleven a la gente a su casa para poder dar el *coup de grâce* por sí mismo, y de que aboga sistemáticamente por la guerra en la región. Cuando ocupé el cargo de director general, tomé la decisión de limitar el intercambio de información secreta con su agencia. No me parecía que pudiéramos fiarnos de que protegiera nuestras fuentes. Huelga decir que se sintió ofendido.

—Ya veo.

—Creí que era posible que el rey se hubiera quejado al respecto ante usted.

—No lo hizo.

—Pues eso en sí mismo es interesante, majestad. Sugiere que el poder del joven se está debilitando rápidamente, o bien el de su tío. Sea como fuere, parece que el príncipe decidió ocuparse por sí mismo del asunto. Si nosotros nos negábamos a contarle lo que quería saber, lo averiguaría él por su cuenta. Por lo que hemos visto hasta ahora, resulta que lleva varios meses intentando sonsacar información de nuestros servicios secretos sobre una amplia gama de temas. Incluido el de la Iniciativa de la Franja y la Ruta.

—¿Cómo? —quiso saber la reina.

—¿Cómo qué, señora?

—¿Cómo ha intentado sonsacar esa información?

—Ah... Sí, resulta que tenía una fuente en Asuntos Exteriores.

—Vaya —observó la reina con tono inexpresivo—. De modo que sí había un infiltrado.

—Sí, majestad, y hemos...

—Pero no en mi castillo.

—Bueno, majestad, iba a llegar a...

—Lo siento. Continúe.

Humphreys escribió «Fazal» en su diagrama, cerca del rectángulo vacío, y lo subrayó.

—Gracias a la información de esta persona, la agente fue capaz de introducirse en el grupo de expertos reunido en el castillo. Estuvo callada, si bien no era ni mucho menos la única que parecía algo tímida al principio. —Humphreys reflexionó—. No creo que lo recuerde, majestad, aunque es posible que la conociera aquella noche, en una recepción en el salón del gobernador... —dijo, e interrumpió su relato para considerar tan extraordinaria e inescrutable posibilidad.

—Supongo que es posible —repuso dócilmente la reina—. ¿Más café?

—Esto... yo...

Humphreys se dio cuenta de que estaba sediento. Su taza original se había quedado fría, pero el lacayo la sustituyó en silencio. Apuró la nueva y sintió una momentánea oleada de confusión.

—¿Por dónde iba?

—Estaba en el salón del gobernador —le sopló la reina—. Con la espía.

Humphreys sonrió, agradecido. Era más avispada de lo que parecía, lo cual resultaba útil, dadas las circunstancias.

—Sí, por supuesto... Y ahí debería haber acabado la cosa. Todos iban a volver a casa aquella noche, pero un analista clave en aquel encuentro se había visto retenido en Yibuti por una tormenta, en su camino hacia aquí. Se trata de la misma tormenta que he mencionado al principio, señora; la de la mariposa en... Bueno, en cualquier caso, su vuelo de conexión en Dubái sufrió varias horas de retraso, así que se decidió posponer la reunión principal. Por eso, aunque no estaba previsto, el gobernador dispuso que los demás se quedaran aquí a pasar la noche.

—Sí, él me habló de eso.

—Fue una decisión generosa; no tenía modo de sospechar las consecuencias. El grupo se quedó un rato más, charlando y bebiendo, incluida la supuesta doctora Stiles. Los demás dijeron que en ese momento estaba bastante animada, que participaba y bromeaba. Les cayó bien. En retrospectiva, su osadía impresiona bastante, majestad, al menos en cierto modo.

—¿De veras? —preguntó la reina con cierta brusquedad.

Humphreys se arredró un poco.

—Bueno, es evidente que lo que hizo fue censurable... Pero a veces hay que admirar al enemigo: su valentía ante la adversidad, y todo eso...

—Prefiero no considerar que mi hospitalidad pueda interpretarse como una adversidad, director general.

—No, no, por supuesto que no. —Tomó otro sorbo de café—. Sea como fuere, todos subieron a sus respectivas habitaciones en algún momento antes de medianoche. Estaban repartidos en distintos lugares del ático. Stiles, o la agente, más bien, se alojaba casualmente encima de los apartamentos para visitantes.

Desde donde estaba sentado, a través de la gran extensión de cristal que daba al cuadrángulo, Humphreys podía ver dichos apartamentos: una hilera tras otra de ventanas góticas encajadas en gruesos muros de piedra, con torrecillas, almenas y robustas torres. Y era capaz de imaginar el pánico de aquella joven novata atrapada en el castillo habitado más antiguo del mundo, rodeada de policías y de soldados armados de la Guardia Real. Tal vez la reina no creyera que la agente era valiente, pero a él se lo parecía. Estaba al corriente de que había otras jóvenes en situaciones similares, en otros lugares, sirviendo a su país en circunstancias difíciles. No subestimaba lo que hacía falta para algo así.

—Alrededor de las doce y media, una de las gobernantas la vio cuando volvía a su habitación desde las duchas. Llevaba una toalla en las manos y otra en la cabeza. Estaba en cuclillas, buscando algo. La gobernanta le preguntó de qué se trataba, y ella contestó que había perdido una lentilla. Esa información nos pareció irrelevante al principio, pero más tarde comprendimos que era esencial. Las lentes de contacto eran importantes, majestad, porque, como descubrimos después, la agente tenía los ojos marrones, y los de Rachel Stiles eran azules. De modo que ahora sabemos que llevaba lentillas azules, y que las necesitaba sin falta para el día siguiente.

»La gobernanta quiso ayudarla, pero ella declinó el ofrecimiento. Entonces, por pura casualidad, y he ahí lo que tiene todo este asunto de lamentable, señora, que fue pura casualidad, Maksim Brodsky salió de su propia habitación, unas puertas más abajo. Sí, por fin hemos llegado al señor Brodsky. ¡Me estoy acercando!

Cogió el bolígrafo sin poder contener su entusiasmo, y dio unos golpecitos sobre el rectángulo del diagrama con el nombre de «Brodsky».

—Iba de camino a algún sitio. Pero la clave está en que vio a la chica, con el cabello envuelto en una toalla, palpando el suelo en busca de algo, y se agachó para poder ayudarla. Y ahí, majestad, fue donde cometió su terrible error.

En esa ocasión, la pausa que realizó Humphreys fue decididamente teatral, digna de Harold Pinter. Peor que la espera para el anuncio del ganador de *Bake Off*, el concurso de repostería de la televisión. Todos contuvieron el aliento.

Finalmente, el comisario Singh ya no pudo soportarlo más y se apresuró a intervenir.

—Es ahí donde el señor Humphreys tuvo una revelación, señora. Lo suyo fue un verdadero alarde de imaginación, aún no estoy seguro de cómo lo hizo.

—Gracias, Ravi. —Humphreys negó con la cabeza para quitarse importancia—. No podría haberlo hecho sin usted y sus hombres... Y mujeres, por supuesto. Fue un trabajo en equipo, de eso no cabe la menor duda.

—Pero asociar de ese modo tres líneas de investigación totalmente independientes... Fue un toque de genialidad.

Humphreys tuvo la elegancia de sonrojarse. Se miró los muslos y se quitó una pelusilla imaginaria de los pantalones; luego cogió el bolígrafo y trazó una línea al pie del papel, entre el rectángulo vacío y «Stiles».

—No fue genialidad —objetó—, sino suerte. Y trabajo en equipo, como decía. Y...

—¿Y en qué consistió ese toque de genialidad? —lo interrumpió la reina.

Humphreys era demasiado modesto para mirarla a los ojos. Se encontró contándole la historia a *Willow*, o quizá *Holly*, a uno de los corgis, en todo caso, que estaba hecho un ovillo junto a Su Majestad.

—El comisario Singh ha mencionado tres líneas de investigación. Hace seis días, cuando ya estábamos haciendo pesquisas en el caso Stiles, recibimos un soplo anónimo a través de nuestra página web sobre un posible espía. La fuente no se equivocaba: no tardamos en descubrir una serie de pagos a una cuenta en un paraíso fiscal.

Resultó significativo que, tanto en el extranjero como aquí, la persona en cuestión tuviera vínculos con ciertos contactos que ya estaban en nuestro radar; contactos que trabajan para el príncipe Fazal, de hecho. El funcionario que recibió el soplo se lo comunicó al director de la División K, quien de inmediato dejó una nota en mi oficina con el archivo. Creo recordar que yo estaba hablando con usted en aquel momento, comisario, ¿no es así?

—Sí, en efecto. Hablábamos sobre el ayuda de cámara del duque de Edim...

—Eso no es relevante ahora. Lo que nos importa es que, en nuestra investigación sobre Stiles, andábamos buscando a alguien que pudiera haberse hecho pasar por un experto en finanzas chinas... esto... una experta, quiero decir, por supuesto. Y ahí teníamos a una mujer llamada Anita Moodie, de edad y envergadura parecidas, que había nacido en Hong Kong y se había educado en Inglaterra, y que hablaba con fluidez cantonés y mandarín... Sin duda, hemos dado con ella, me dije. Pero había algo más.

»Fue cuando estaba echando un vistazo al archivo sobre Moodie, pensando en Stiles, no mucho después de que usted se marchara, comisario, cuando todo encajó. Y no fue por el rastro del dinero, ni por los sitios en los que esa joven había estado, ni por sus contactos. Fue al fijarme en un simple detalle, tan pequeño que me sorprende haberlo advertido siquiera. Me refiero al nombre de la escuela en la que había estado interna Moodie... Oh, vaya.

Humphreys alzó la vista. La secretaria del rincón se había atragantado con el agua que estaba bebiendo. Levantó una mano a modo de disculpa, y el director prosiguió.

—Moodie había ido a una escuela llamada Allingham. El nombre me sonaba, y recordé que Maksim Brodsky también había estudiado allí; estaba en el archivo policial, por supuesto. En cuanto reparé en eso, lo comprendí en el acto: ahí tenía a nuestra visitante. Moodie estuvo aquí. Y Brodsky reconoció a su compañera de escuela cuando se agachó para ayudarle a encontrar la lentilla. Ahí estaba: sin la tupida peluca y con un ojo de su color natural. Seguramente, se dio cuenta de inmediato de que se trataba de ella.

»Comprobé las fechas: en Allingham, Moodie estaba un curso por encima de Brodsky. Ya se sabe que uno siempre recuerda a los del curso superior, ¿verdad? Bueno, quizá no es su caso, majestad, porque usted se educó aquí, pero a la gente le pasa. Resulta que incluso habían tocado juntos: él la había acompañado en varios conciertos. No tenía ningún sentido que ella fingiera que Brodsky se equivocaba de persona. Él la conocía como Anita, pero aquí era Rachel; la conocía como música, pero aquí era una analista de datos de la City. Así que a ella no le quedó más remedio que arreglar el asunto antes del día siguiente, antes de que Brodsky empezara a parlotear acerca de la compañera de colegio con la que se había encontrado por los pasillos del castillo.

Humphreys se detuvo. La estancia volvió a sumirse en el silencio. Comprendió que había hablado demasiado deprisa, y tal vez con demasiado entusiasmo, pero aún recordaba su epifanía como si hubiera ocurrido cinco minutos antes. La revivía a menudo, y siempre con un estremecimiento de... difícilmente podía llamársele placer, dadas las circunstancias, pero satisfacción sí era, sin duda.

—Muy acertado por su parte —dijo la reina finalmente—. Es usted un investigador con mucha intuición, ¿no es así?

—Sí, señora —coincidió él con no poco orgullo.

La reina sonrió, y en ese momento a Humphreys le pareció muy atractiva, para tratarse de una dama tan anciana.

Bajando de nuevo la vista con modestia, para evitar su mirada azul zafiro, Humphreys garabateó «Moodie» en el último rectángulo vacío de su diagrama y trazó una línea entre éste y el de «Brodsky» desde el vértice del triángulo. La línea que finalmente los conectaba.

—Ahí lo tiene, majestad: la influencia internacional del sistema de internados británicos. Un encuentro desafortunado y... aquí estamos.

La mirada de la reina seguía siendo intensa.

—¿Y están seguros de que fue ella quien lo mató?

—Absolutamente, señora. Una vez identificada, pudimos comprobar que su ADN coincidía con el encontrado en la habitación de Brodsky. Incluso sus huellas dactilares estaban allí. Pero es muy posible que el comisario pueda explicar esta parte mejor que yo.

El comisario pareció reticente.

—Si lo prefiere...

—Adelante, Ravi —lo animó entonces Humphreys, mostrándose generoso. Se arrellanó por fin en el asiento, cruzó las piernas y se preguntó si sería grosero llevarse consigo aquel diagrama al salir.

El comisario miró a la reina.

—La señorita Moodie no solucionó su problema de forma inmediata, majestad. De hecho, no pudo hacerlo. Es posible que fuera precisamente la ausencia del señor Brodsky lo que le proporcionó tiempo para urdir su plan.

Porque verá... —No sabía muy bien cómo decir aquello, hasta que recordó que había sido la propia reina la que le había hecho mirar las cosas desde ese ángulo—. Él tenía una cita con una de sus huéspedes.

Comprobó cómo reaccionaba la reina y, para su alivio, no le pareció que hiciera falta reanimarla con sales. Aunque él sí había empezado a sentirse mareado hablando de ese asunto con la reina Isabel II.

—El señor Brodsky se reunió con esa... persona en la suite de ella, situada más abajo, y todo... en fin, todo transcurrió según lo esperado. —Notó que se le encendían las mejillas—. Después salió al exterior a fumar un pitillo. —Carraspeó un poco; aquello no le estaba resultando nada fácil—. Cuando volvió, la señorita Moodie debió de encontrar una excusa para entrar en su habitación; al fin y al cabo, era una vieja amiga. Es posible que entrara allí con la idea de seducirlo, pero él no debía de estar muy receptivo... Probablemente se sentía bastante... ya sabe... cansado. Sea como fuere, en algún punto de la madrugada, ella lo redujo. Dado que Brodsky tenía el cuello partido, creemos que lo mató con sus propias manos antes de anudarle el cordón. Probablemente estaba muy relajado en su compañía, de manera que no debió de costarle mucho sorprenderlo. Era menuda, pero fuerte; damos por hecho que estaba bien entrenada, y también desesperada.

—Qué horror —dijo la reina.

Su tono hizo que Singh tuviera por primera vez la impresión de que no estaba comunicando los pormenores de un caso a un miembro de la realeza, sino hablándole de una muerte muy desagradable a una persona a quien el fallecido le importaba de verdad. La reacción de la reina le hizo rememorar sus primeras rondas como policía.

—Sí, señora —dijo en voz baja.

Singh reparó en que la reina acariciaba con el tobillo al perro que tenía más cerca, echado en el suelo junto a ella. Estuvo a punto de extender el brazo sobre la mesa de centro y apretarle la mano. Pero no lo hizo, y el momento pasó.

—El problema era que ahora había un cuerpo. Y por la mañana, la gente haría preguntas. La joven tenía que hacer que pareciera un accidente. Pero, sobre todo, debió de caer presa del pánico al pensar que, si se llevaba a cabo una investigación, aunque sólo fuera de oficio, no tardaríamos en descubrir que la verdadera Rachel Stiles no había estado aquí. Necesitaba ponernos las cosas lo más difíciles posible. La cuestión era: ¿cómo?

La pregunta de Singh había sido retórica, y estaba a punto de contestarla él mismo cuando la reina se adelantó.

—Involucrándome a mí —dijo con tono sombrío—. Haciendo que todo resultara tan sórdido que fuera necesario proteger mi reputación.

Había dado exactamente en el blanco. A Singh lo dejó impresionado que lo hubiera comprendido tan deprisa; casi pareció que ya lo supiera.

—Exactamente, señora —confirmó asintiendo con la cabeza—. La señorita Moodie orquestó un montaje y dispuso toda una escenografía. Desnudó al señor Brodsky y le puso el batín proporcionado por el castillo. Le rodeó el cuello con el cordón y lo anudó, y luego lo sentó delante del armario con el otro extremo atado al tirador de la puerta. Pero no apretó lo suficiente el nudo para...

—Estoy al corriente de lo del segundo nudo —le recordó la reina.

—Sí, majestad. Por supuesto. Al principio, nos confundió un poco que entre el cuello y el cordón hubiera un pelo, que identificamos como perteneciente a la doctora Stiles. Admito que eso hizo descarrilar la investigación durante un tiempo. Sin embargo, el pelo seguramente procedía de la ropa de la doctora Stiles, que la señorita Moodie llevaba puesta.

—Ah, ¿no me diga?

—Es casi seguro que sí, señora. Sabemos que utilizaba la maleta de la señorita Stiles.

—Vaya, ¿de verdad?

Aquello sorprendió un poco a Singh. De todas las cosas en que fijarse, el de la maleta parecía el detalle menos llamativo, pero la reina parecía genuinamente interesada.

—Aquella mañana, alguien sacó del piso de la doctora Stiles una maleta pequeña, que coincide con la que llevaba la señorita Moodie al llegar al castillo. A juzgar por la forma y el tamaño, creemos que contenía los documentos de la doctora Stiles para la reunión y su ropa para el cóctel de recepción de aquella noche. Luego esa maleta desapareció, de modo que no podemos estar seguros.

—Sí —convino la reina—. Sí, ya veo.

Su expresión era un tanto extraña: suspicaz, pensativa. Singh trató de serle de ayuda.

—La maleta no tiene un papel muy destacado en la investigación, majestad.

—No, supongo que no. Por favor, continúe.

—Volviendo al pelo, no creemos que lo pusiera allí de forma deliberada. Se tomó muchas molestias para eliminar el ADN de la doctora Stiles del pintalabios. Y luego lo cubrió con las huellas dactilares del señor Brodsky y lo dejó cerca del cuerpo.

La reina volvió a intervenir:

—Junto con unas bragas, según creo recordar. ¿De dónde salieron?

Otro detalle insólito en el que fijarse, aunque Singh recordó la insistencia con la que Humphreys había afirmado que pertenecían al camarero real. La reina debía de haberse enojado bastante con aquello.

—Creemos que... —A Singh se le quebró levemente la voz—. Bueno, por lo que encontramos en el cuarto de baño del piso de la doctora Stiles, creemos que... en fin... que estaba... menstruando, señora, y a las damas les gusta llevar en el equipaje alguna ropa interior de repuesto...

—Gracias, comisario, ya me hago una idea.

—De modo que la señorita Moodie las utilizó para hacer que pareciera que el señor Brodsky había muerto en plena...

—Sí-í... —La reina pronunció la palabra como si tuviera varias sílabas, y con una voz empapada de melancolía—. Su vieja amiga de la escuela... Era un joven muy especial. Yo bailé con él.

—Lo siento —dijo Singh.

—Bueno, sí. Yo también.

Singh tuvo deseos de aligerar un poco el ambiente, pero era consciente de lo que venía ahora.

—Es posible que se esté preguntando, majestad, qué andaba haciendo durante todo ese tiempo la doctora Stiles, mientras la señorita Moodie ocupaba su lugar...

—Pues algo parecido, sí —dijo la reina, sin que su rostro revelara emoción alguna.

—Podemos hablar sobre eso en otro momento, si lo prefiere.

La reina suspiró profundamente.

—No. Cuéntemelo ahora.

Singh captó cierta renuencia. Quizá estaba cansada, el día anterior había sido muy intenso para ella. Pero casi parecía que supiera qué venía a continuación.

—Bueno, para cuando sir Peter descubrió la suplantación de identidad, la doctora Stiles ya estaba muerta. Habíamos dado por hecho que la habrían sobornado o chantajeado para que colaborara, pues al fin y al cabo nunca denunció el engaño. Sin embargo, resulta que nadie la había visto con vida desde el día anterior al de su llegada oficial a Windsor. El inspector jefe Strong creyó haberla visto cuando acudió a su piso para interrogarla como testigo, pero, tras la revelación de sir Peter, comprendió que había hablado con la señorita Moodie, no con la doctora Stiles. De manera que fuimos de nuevo al piso de la doctora y visionamos las grabaciones de las cámaras de seguridad del exterior del edificio. En la víspera de la primera reunión en el castillo, las cámaras habían registrado la llegada de un hombre alto y con capucha. Ninguno de los demás residentes lo vio en el edificio. Creemos que entró en el piso de la doctora Stiles sin que ella lo supiera y le echó algún somnífero en algo que ella estuviera bebiendo, para dejarla noqueada.

—En mis tiempos, solíamos llamar a eso «burundanga» —observó la reina.

—Sí, creo que he oído hablar de esa droga. En este caso, se trataba casi sin duda de un tranquilizante llamado Rohypnol, que hoy en día, tristemente, se utiliza para... en fin... agredir sexualmente, majestad. Reduce la ansiedad, pero también puede hacer que la persona que lo ha tomado olvide lo que ha pasado. También puede hacer que se encuentre muy mal al día siguiente. Creemos que la doctora Stiles pasó la noche bajo sus efectos, y que por la mañana creyó haber pillado un virus. Envió un correo electrónico a su contacto en la reunión de la Franja y la Ruta para hacérselo saber, pero había un problema: los del Cuartel General de Comunicaciones del Gobierno descubrieron que alguien había pirateado los correos de la doctora. ¿Está al corriente de lo que es el pirateo, majestad? Ah, ya veo que sí. Ella envió aquel mensaje, pero su contacto nunca lo recibió.

»Según la grabación de las cámaras, el encapuchado no salió del edificio. Creemos que el plan original consistía en tener vigilada a la doctora mientras la señorita Moodie la suplantaba en el castillo; luego, cuando se recobrara del aturdimiento, podría volver a su vida normal. El cuerpo no tarda en metabolizar el Rohypnol y eliminarlo del torrente sanguíneo. La doctora Stiles habría tenido recuerdos confusos, pero aparte de eso habría estado bien, físicamente al menos. Sin embargo, tras la muerte del señor Brodsky cambiaron de opinión. Y es irónico, en realidad. La señorita Moodie hizo lo que hizo con el cuerpo de Brodsky para impedir que Rachel Stiles se enterara del asesinato y le contara a alguien que no había estado allí aquella noche. Pero eso nunca iba a ocurrir... ¿Se encuentra bien, señora?

—Perfectamente, comisario. Aunque quizá me tomaría otra taza de té. —La reina hizo un gesto con la cabeza cuando el lacayo se lo sirvió—. Muchísimas gracias.

Singh estaba preocupado. De repente la veía un poco macilenta, y ni siquiera había llegado a la parte más escabrosa.

—Bueno... interrúmpame si todo esto le resulta demasiado...

—No, por favor, continúe.

—Sí, señora. —Singh esperó a que la reina tomara un sorbo—. El intruso dejó sola brevemente a la doctora Stiles, pero no tardó en volver. Como los conspiradores se temían, no tardamos en sospechar que la muerte de Brodsky había sido, de hecho, un asesinato. Creemos que el tipo la mantuvo dopada en su dormitorio durante un tiempo, para que Anita pudiera suplantarla de nuevo en la sala de estar cuando la visitó la policía. Pero para entonces estaban atrapados allí. El equipo de Strong podía volver en cualquier momento. No podían dejar a la doctora Stiles fuera de aquello indefinidamente. Además, ya habían pasado tres días. Creemos que la mantuvieron drogada mientras utilizaban su correo electrónico y sus redes sociales para hacerles saber a sus amigos y compañeros de trabajo que no se encontraba bien. Querían dejar un margen lo bastante amplio para que lo que iba a ocurrir a continuación no se relacionara con lo sucedido en el castillo. Los de comunicaciones del Gobierno señalaron que los piratas ya no se molestaban en desviar los mensajes: sabían que la doctora Stiles nunca llegaría a abrirlos ni a leerlos.

La reina presionó su tobillo con más firmeza contra el cuerpo calentito del perro dormido a sus pies.

—¿Cómo la mataron, finalmente?

—Con vodka, majestad —le respondió a bocajarro Singh—, mezclado con más Rohypnol. La botella aún estaba en su piso. Seguramente estaba demasiado grogui para negarse a tomarlo. El tipo también le frotó cocaína en las encías, la suficiente para provocarle un ataque al corazón.

El tictac del reloj de bronce y los resoplidos de los perros se adueñaron por un instante del silencio de la sala.

La reina estaba muy pálida.

—Una debería... me gustaría... —Carraspeó y recobró la compostura. Cuando volvió a hablar, estaba tiesa como un palo, y su voz volvía a ser cristalina—. La doctora Stiles fue asesinada cuando iba a realizar un servicio público. Estando a mi servicio, en realidad. Cuando me ponga en contacto con sus familiares para ofrecerles mis condolencias, espero poder asegurarles que hemos hecho todo lo posible para que se haga justicia.

Humphreys había estado callado más rato del que pretendía. Decidió que había llegado el momento de animar un poco a Su Majestad.

—Su error fue la cocaína, señora —intervino—. Les ocurrió lo mismo que a Anita Moodie, fueron demasiado teatrales. Si se hubieran limitado a atiborrar a Stiles de alcohol y tranquilizantes, su muerte habría pasado casi inadvertida. Pero, como los trabajadores de la City consumen cocaína, creyeron que así la muerte parecería más natural. En realidad, lo único que consiguieron fue que apareciera en las noticias. Y eso hizo que sir Peter Venn se enterara, y estuviera pensando en la doctora cuando habló con el sargento de policía Highgate, y... Bueno, eso nos condujo adonde estamos ahora.

—¿Y dónde estamos exactamente? —quiso saber la reina.

Humphreys señaló su diagrama con un gesto.

—Hemos mencionado tres casos. Anita Moodie también está muerta, majestad. Murió antes de que nos centrásemos en ella. Su cuerpo fue encontrado dos días después que el de Rachel Stiles. Se suponía que debía parecer un suicidio, pero resulta que sabemos que temía por su vida.

—¿Ah, sí?

—Un viejo amigo llamó a la policía para hacérselo saber. El mismo hombre, presumiblemente, que nos dio el soplo anónimo sobre el espionaje.

—Mmm.

—Y estaba claro que Moodie no se equivocaba al temer por su vida. Había metido la pata. Sabía que podían castigarla, y lo hicieron. Las grabaciones de las cámaras situadas frente a su propio apartamento muestran a un hombre alto y rubio entrando en su edificio el día que murió, y volviendo a salir media hora después. No había indicios de que hubieran forzado la entrada, ni rastros de ADN, ni prueba alguna de que no se tratara de un suicidio, pero estamos seguros de que la mataron. Les había causado un montón de problemas a sus jefes, y al final la quitaron de en medio, majestad. En su muerte hubo algo de justicia poética: ella había sido una incompetente a la hora de colgar a Brodsky, y ellos la ahorcaron a ella también, pero de forma más profesional.

La expresión de la reina sugirió que aquello no le parecía justicia poética de ninguna clase.

—Qué espanto.

—Sí. Pero en este tercer asesinato hubo una novedad crucial: las grabaciones prueban que fue el mismo hombre quien estuvo con ambas mujeres en el momento de su muerte.

—Ah, ya veo. —Su Majestad pareció por fin un poco más animada.

—Y las imágenes del exterior del edificio de Moodie son mucho más nítidas. El tipo no llevaba puesta la capucha en aquel momento, así que hemos podido identificarlo: se trata de Jonnie Haugen, un gorila de pacotilla contratado habitualmente por el servicio secreto de Fazal para llevar a cabo trabajillos en Londres sin incriminarlos a ellos. Pero sabemos que utilizan los servicios de ese individuo, de modo que ahora sí los ha incriminado. Ahora mismo tenemos a Haugen en la nueva comisaría de Scotland Yard, acusado del asesinato de Stiles. Encontramos su ADN en el piso de la doctora. Trató de borrar sus huellas, pero no es fácil pasar tanto tiempo en un sitio y no dejar rastro sin que parezca que has limpiado el lugar concienzudamente. No estoy seguro de que podamos imputarle la muerte de Moodie, aunque la policía está trabajando en ello.

Singh asintió para corroborar sus palabras.

—Y la persona que recogió la maleta del piso de Stiles para llevársela a Moodie es un chófer de la embajada —prosiguió Humphreys—. Porque el príncipe es un diletante en estas lides, aún más de lo que él mismo cree. El chófer será deportado mañana mismo. Ahora que ya he hablado con usted, informaré al primer ministro. El príncipe ha vuelto a casa, y por supuesto no podemos acusarlo oficialmente de nada, pero le dejaremos muy claro al rey que su sobrino es un loco peligroso que ha desacreditado a su país. Si tuviera a bien insistir en ese mensaje, majestad, es posible que el rey tome nota, viniendo de usted...

—Es posible, sí. Puedo intentarlo. ¿Y qué fue del infiltrado del Foreign Office, si puede saberse?

—Lo pescamos ayer, tratando de subir a un avión en Heathrow —contestó Humphreys—. Fue una curiosa ironía el hecho de que su vuelo sufriera un retraso de varias horas por culpa de una tormenta sobre el sur de Francia. Estábamos organizándolo todo para detenerlo allí, pero el retraso nos ahorró un largo viaje y bastante papeleo.

—Bien. Ahora me parece que debo seguir con lo mío.

La reina se alisó la falda y se levantó. Humphreys y Singh se pusieron en pie como movidos por un resorte. Ella se ajustó el asa del bolso en el brazo y les sonrió.

—Buen trabajo. Tres asesinatos... Qué listos han sido al resolverlos. Me gustaría que también transmitieran mi agradecimiento a sus equipos por el duro trabajo realizado. Todos nos hemos sentido bastante perturbados con este asunto. Es agradable pensar que una puede volver a dormir tranquila.

—Ha sido un honor, majestad —dijo Singh con una pequeña reverencia.

—Sí, un honor —coincidió Humphreys.

«Hablando de honores... sir Gavin Humphreys...» Esas palabras resonaron libremente en la cabeza del director cuando se inclinó para recuperar su pequeño diagrama. Ya había pensado que le concederían ese título, aunque no antes de cinco años más o menos. Sir Gavin Humphreys... Su mujer se pondría loca de alegría. Había descubierto a una espía y resuelto por sí mismo tres asesinatos en el proceso. Francamente, ¿cómo no iba a honrarlo con un título Su Majestad?

La reina abandonó la estancia seguida por su secretario, con los perros pisándole los talones.

31

La reina estaba en la capilla, sentada en silencio, cuando oyó un ruido en la puerta y entró Felipe, que se detuvo al cruzar el umbral.

—¿Te importa si me siento contigo?

—Por favor.

Felipe se encaminó lentamente hacia ella y ocupó su silla favorita a su lado.

—Tom me ha contado que ya has celebrado la reunión con el idiota de Box. —Hizo una pausa, pero ella no dijo nada, de modo que continuó—. Dice que está todo solucionado. Que han descubierto quién lo hizo y todo eso, y que no fue un espía durmiente.

—No, no fue un durmiente. Había un topo en Exteriores.

—Es como vivir en una novela de Le Carré. O eso, o en un jardín lleno de madrigueras.

Sonrió ante su propio chiste, pero ella no lo secundó. De todas maneras, Felipe no se lo tomó como algo personal; sabía que esa conversación iba a ser dura.

—Tom me ha contado que fueron tres. Todos tenían entre veinte y treinta años, y todos murieron de forma desagradable.

—Sí, así fue.

Felipe miró hacia el altar, donde una pintura renacentista representaba a la Virgen y al Niño.

—Lo lógico habría sido pensar que aún tendrían por delante setenta años de vida.

—Estoy segura de que ellos lo creían, pero...

La reina dejó la frase en suspenso. No hacía eso delante de casi nadie: siempre era capaz de encontrar las agallas necesarias para cerrar una frase. Sin embargo, no le importaba tanto que Felipe la viera pasar un mal rato. Una no era de piedra, y él lo sabía.

—Dice Tom que Humphreys ha resuelto todo el asunto. Nunca habría creído que fuera capaz de algo así.

—Sí, ha sido bastante sorprendente.

—Acojonante, diría yo. ¿Sabes qué? Me parece que alguien le ha pasado información.

—¿Eso crees?

La reina miró a su marido con el ceño fruncido.

—Sí, por Dios —contestó él, asintiendo para recalcar sus palabras—. Algún subordinado, sin duda. Un tipo listo de narices al que no se le presta demasiada atención, el clásico tipo que hace todo el trabajo y deja que otro se lleve todo el prestigio. ¿No te lo parece?

Ella se relajó un poco.

—Algo así, sí.

—En cualquier caso, será él quien conseguirá la medalla, ¿no? —dijo Felipe, que hizo una mueca de desagrado.

—Creo que así debe ser.

—Eso hará que todavía sea más insoportable, por supuesto.

La reina se limitó a sonreír. Probablemente era cierto, pero si había alguien preparado para soportar lo insoportable, era ella.

Felipe extendió el brazo y asió la mano de su mujer. Ella notó su piel fresca y suave. Él le apretó los nudillos brevemente.

—Bueno, por lo menos la verdad ha salido a la luz. ¿Han encontrado a los hombres que lo hicieron?

—No todos eran hombres, pero sí.

—Me alegra oírlo —afirmó y volvió a apretarle la mano.

Ella no le contó lo del príncipe Fazal. Todavía no. Aún estaba demasiado furiosa para pronunciar su nombre, no sólo por lo que había hecho, sino porque había eludido el castigo merecido, si bien la humillación de haber sido descubierto le provocaría una angustia significativa. O por lo menos ella confiaba en que así fuera.

—Me marcho. Esta noche ceno en la ciudad, y tengo unas cuantas cosas que hacer antes de irme —dijo Felipe poniéndose en pie.

—Espera. Voy contigo.

Él le ofreció el brazo y recorrieron juntos el pasillo hacia la gran vidriera. El ventanal de Felipe. Representaba la intemporalidad, la capacidad de recuperación y la esperanza. Eso no hizo que dejara de sentirse fatal por el joven de la habitación del ático, por la muchacha inocente envenenada en su piso, e incluso por la otra, que había experimentado un auténtico terror antes de morir, pero sí le dio fuerzas para caminar con paso tranquilo y firme de vuelta al ajetreado castillo, donde ella era el centro de aquel mundo cambiante.

Al cabo de dos días, la reina y la mitad del personal de la casa regresarían a Londres para preparar la sesión de apertura del Parlamento. La vida seguía su curso, básicamente, y una hacía lo que podía. Y había llegado el momento, sin duda, de tomarse unos tragos de ginebra.

—¿Llegó a averiguar si aquel gorila era el mismo que intentó matarla a usted?

Aileen Jaggard estaba de visita en el castillo por invitación de Rozie. Se hallaban en el piso superior de la Torre Redonda, lejos de miradas indiscretas.

Los labios de Rozie esbozaron una sonrisa.

—Billy MacLachlan lo averiguó por mí. El tipo al que encerraron en la celda de la comisaría tenía la nariz rota y una mano herida, con tres dedos también rotos. Por lo visto, necesita una buena dosis de analgésicos para soportar el dolor.

Aileen la miró a los ojos.

—Pobrecito.

—Lo que no entiendo es que se vaya a premiar a Gavin Humphreys... —dijo Rozie, cambiando de tema—. ¡Precisamente a él, nada menos! Creía que la jefa lo odiaba.

—Ella no odia a nadie. Es posible que sí estuviera un poco furiosa, pero ella sabe cómo contenerse...

—Sin embargo, cuando una piensa en la desdicha que ha causado ese hombre... —insistió Rozie—. Todo el mundo lo veía. Y ella sabía que estaba equivocado con el asunto de Putin desde el principio.

—Seguramente creyó que era el hombre ideal para ese trabajo. Ella no permite nunca que sus sentimientos interfieran en los asuntos de Estado.

—¿Cómo consigue evitarlo?

—Pues a base de práctica. Mucha, muchísima práctica. Es una política brillante... ¿Cómo cree si no que ha aguantado todos estos años? Siempre piensa a largo plazo. ¿Y no era Humphreys el hombre ideal para la tarea, al fin y al cabo?

Rozie contempló el horizonte. En la lejanía, hacia el este, alcanzaba a verse The Shard, el imponente rascacielos. Sin pretenderlo, señalaba las veinte millas exactas entre el castillo y la Torre de Londres: de fortaleza a fortaleza, tal como lo había planeado Guillermo el Conquistador, con Londres en medio. Rozie consideró la cuestión.

—Quizá sí —concedió—. Me refiero a que fue la jefa la que descubrió quién había cometido los asesinatos, pero no creo que pudiera haber probado quién había detrás. Supongo que, en cuanto dedujo que se trataba de una cuestión de espionaje, pensó que los del MI5 eran los que podrían ocuparse mejor del caso.

—Ahí lo tiene.

—Pero ¿por qué no revelarle a él lo lejos que había llegado? La vi actuar en directo. Se limitó a... a plantar las semillas de sus propias intuiciones. Humphreys ni siquiera se percató de que lo estaba haciendo. Fue ella quien le habló de Allingham, y quien hizo que MacLachlan lanzara aquel soplo anónimo sobre Anita Moodie. Y ha permitido que Humphreys se lleve todo el mérito, e incluso que él mismo se crea el mejor.

Aileen sonrió de oreja a oreja mientras se apartaba un mechón de pelo de los ojos.

—Ajá, eso es típico de ella. Yo me llevé un pequeño chasco la primera vez, pero cuanto más la veía actuar así, más sentido le encontraba. No quiere que la acusen de interferir.

—Pero ¡es su propio castillo!

—Sí, pero no es ella quien dirige la investigación. Imagínese que hubiera revelado lo que había descubierto, y lo que había descubierto usted. Eso probaría que, básicamente, había ido por delante de Humphreys todo el tiempo, algo que por supuesto era así. Y eso difícilmente aumentaría la autoestima de ese tipo.

—¿Así que todo es cuestión de ego?

—Piénselo bien: si ella le hubiera demostrado que estaba equivocado y lo hubiera hecho sentirse insignificante, ¿qué pasaría la próxima vez que hubiera un problema? A él le preocuparía constantemente que la reina volviera a ponerlo en evidencia. Dejaría de confiar en ella, y la confianza lo es todo para Su Majestad; mucho más que la mezquina actitud de colgarse la medalla. Él dejaría de contarle las cosas, ¿y qué se conseguiría con ello?

—¿De modo que él obtiene un título de sir y continúa pensando que ella es una dama anciana y corta de luces que vive en un bonito castillo?

—Una dama anciana y corta de luces por la que él se deja la piel trabajando, con razón o sin ella.

Rozie negó con la cabeza.

—Sigo sin poder entenderlo del todo. Quiero decir... ¿quién tiene tanta...?

—¿Autodisciplina?

—Ajá.

—Una sola persona en el mundo, diría yo. Disfrútelo mientras pueda.

Contemplaron por última vez la vista panorámica, desde la Larga Avenida arbolada al sureste hasta la ciudad al oeste y el río que se deslizaba más allá, en su fluir lento y majestuoso desde Oxfordshire hasta el mar. En lo alto, el cielo era un zafiro veteado de cirros. Se acercaba el mes de junio, y el castillo no tardaría en empezar a prepararse para Ascot.

—Supongo que ella le dio las gracias, por cierto —añadió Aileen mientras bajaban las escaleras—. ¿Le dio la caja?

Rozie sonrió de oreja a oreja.

—Pues sí.

Una semana antes, la reina le había pedido que acudiera a verla al Salón de Roble. Parecía una cita más formal que sus encuentros privados habituales. Cuando llegó, la reina, recién peinada y con su falda y su rebeca favoritas, lucía aquella radiante sonrisa de alegría que a Rozie siempre le llegaba al corazón.

—Le debo dinero —había dicho.

Era cierto, pero, aun así, Rozie se quedó de una pieza al oírlo.

—Oh, majestad, no...

—Seguramente pensó que me olvidaría, pero aquí lo tiene. Lady Caroline me dijo a cuánto ascendía la suma.

«Debe de estar pagándome las cestas de pícnic de Fortnum», se dijo ella. Las había comprado en abril y le habían costado una fortuna, pero Rozie las había pagado de su propio bolsillo porque no sabía qué otra cosa hacer. Nunca se le habría ocurrido decir nada.

Sin embargo, la reina no le había ofrecido un sobre, sino que le tendió una caja alargada de cartón azul que estaba en la mesa, delante de ella. Era sorprendentemente pesada.

—Ábrala.

Dentro había una caja más pequeña de esmalte plateado y azul, más o menos del tamaño de un bolsito de fiesta, con el monograma real grabado bajo el cierre. Rozie la abrió y encontró en su interior un cheque del banco Coutts por la cantidad correcta. Pero fue la caja lo que le llamó la atención. Sólo había visto una como aquélla, sobre una mesita en el apartamento de Aileen en Kingsclere. La de Rozie se hallaba ahora sobre su mesita de noche, fuera cual fuese la residencia real en la que estuviera trabajando. Imaginaba que era la primera persona que guardaba en una caja así la manteca de karité para la piel.

—No irá a darme una por cada caso, ¿no? —le preguntó a Aileen.

Aileen se echó a reír.

—No. Pero siempre se le ocurre algo. Bueno, ¿no me dijo usted que iba a llevarme a cabalgar por el parque? He traído los pantalones de montar. Vayamos y disfrutemos de este clima.

32

Transcurrió un año. Otra Corte de Pascua, otro cumpleaños. En la lista de honores de Año Nuevo, sir Gavin Humphreys había en efecto recibido la buena noticia que no se atrevía siquiera a soñar (aunque lo había hecho de todas formas). Y lo mismo le había pasado, para su sorpresa, a sir Ravi Singh. El inspector jefe Strong, por su parte, quedó muy complacido con su título de miembro de la Orden del Imperio Británico. Volvía a aproximarse la fecha de la exhibición ecuestre.

Antes de que comenzaran las celebraciones, había un par de visitantes a quienes la reina deseaba ver en privado. El primero era un joven que Rozie había tardado bastante en localizar. Finalmente, lo había encontrado en una pensión en Southend, donde hacía trabajos ocasionales como peón de albañil. Había pasado temporadas en rehabilitación, y era incapaz de conservar un empleo durante mucho tiempo. La muerte de su madre cuando era un adolescente le había afectado mucho, según había averiguado Rozie. Su padre había fallecido cuando él sólo tenía siete años. Su hermana mayor había hecho todo lo posible por evitar que se descarriara demasiado, pero ahora ella también estaba muerta.

Cuando Rozie le habló de la invitación, su primera preocupación fue no tener nada apropiado que ponerse.

—No se preocupe por eso —lo tranquilizó Rozie—. A ella no le importa. Limítese a conseguir que le presten una americana, así estará usted también más cómodo.

Se aproximó al castillo sintiéndose aterrorizado. Tuvo miedo de los policías que estaban en el exterior, ante las puertas; miedo de los soldados que sabía que habría dentro. A esas alturas, estaba acostumbrado a temer a la autoridad en todas sus formas, y en este caso era como si toda la autoridad se hubiera concentrado en un solo sitio, en un maldito castillo, nada menos. Pero cuando mostró su invitación, lo escoltaron más allá del público general que hacía cola, como si fuera una persona importante. La mujer que le había escrito (que era un bombón, alta y negra, y en absoluto como había esperado) se acercó a recibirlo cerca de la entrada y lo condujo por un camino especial colina arriba, evitando todos los lugares públicos, hasta que llegaron a la parte donde vivía la reina. Casi no podía creerlo.

La mujer alta lo llevó hacia un lateral de un gigantesco rectángulo de hierba en medio de todos aquellos edificios de piedra gris, hasta un rincón que llamaban la Torre Brunswick. Luego lo acompañó escaleras arriba, y él pensó que lo dejaría aparcado durante horas en alguna zona de espera (o lo que fuera, no tenía ni idea de cómo llamaban a esos sitios), pero lo que hizo fue llamar a una puerta y alguien dijo «Adelante», de modo que pasaron, y dentro estaba... la reina.

La reina auténtica, ahí mismo, en persona. Y estaba sola, o casi, con sólo... bueno, sólo unos perros y un tipo con guantes, que estaba de pie junto a una mesa con bebidas. Y la habitación no era muy grande, aunque sí un poco oscura, y estaba llena de los muebles que uno habría esperado que tuviera una reina: viejos y con pinta de ser muy muy caros, como si los hubiera sacado de un museo, y a través de la ventana se veía una larga fila de árboles en la distancia, y gente caminando entre ellos, gente corriente, que parecía estar haciendo lo que hacía normalmente, sin saber que él, Ben, estaba en una habitación con Su Majestad en persona.

Aquello era como una experiencia sobrenatural. Se alegraba mucho, muchísimo, de haber dejado que el director de la pensión le prestara unos zapatos de piel. Unas deportivas sencillamente no habrían pegado ni con cola con aquella alfombra.

—Buenos días, señor Stiles. Muchas gracias por haber venido. Confío en que su viaje no haya sido demasiado complicado.

—No, majestad —contestó él.

La mujer alta, que seguía allí junto a él, le había dicho que la llamara «majestad» la primera vez y que luego si quería ya podía llamarla «señora», pero no «ñora» sino pronunciándolo entero, y que hiciera una reverencia, y eso se le había olvidado, ¡mierda! Así que la hizo entonces, demasiado tarde, pero bueno. Y Su Majestad sonrió. Se la veía estupenda cuando sonreía. Aunque la verdad es que era diminuta, parecía más alta en televisión. Pero en persona resplandecía; él no entendía cómo lo hacía, pero era alucinante.

—Rozie, ¿podría pedirle al mayor Simpson que se una a nosotros dentro de cinco minutos? —dijo.

La mujer alta desapareció y la reina se sentó y señaló otro asiento, de modo que él la imitó, y entonces el tipo de los guantes se acercó y le preguntó qué quería tomar. Tenía un suave acento escocés y una expresión amable, y a Ben le cayó bien de inmediato. Pero no tuvo ni idea de qué podía pedir, de modo que soltó:

—Lo que sea.

El tipo volvió con un vaso de agua bien fría con una rodaja de limón, y le pareció perfecto.

Y hablaron (él y la reina, el tipo de los guantes no dijo nada más, claro, sólo se dedicó a esperar al fondo) durante lo que pudo haber sido un minuto o una hora y media, Ben no sabía cuánto. Tampoco pudo recordar después ni un solo detalle de la conversación, excepto que ella fue muy simpática y hablaron un poco sobre su hermana y su padre, y la reina dijo que debía de haber sido muy duro crecer sin su padre, y lo había sido, maldita sea, y que él debía de haber sido muy valiente y que sentía mucho lo de su hermana. Y a Ben le dio la sensación de que era verdad, que lo decía en serio. Y en algún punto dejó de estar aterrorizado y se sintió un poco... como en casa. Como si aquello fuera sencillamente lo que uno hacía cualquier mañana de un martes. Y todo discurrió como una seda.

Entonces la mujer alta volvió con otro tipo con el uniforme más extravagante que uno pudiera imaginarse, con galones dorados por todas partes y medallas y unos zapatos relucientes, como sacado del vestuario de un teatro, y la reina se levantó, así que Ben hizo lo mismo, y ella fue hasta una mesa que tenía un cojín encima, y el tipo del uniforme cogió el cojín y se lo entregó a ella, y encima había una cajita negra, forrada de terciopelo, con dos cruces plateadas dentro, una mediana y otra más pequeña.

La reina miró a Ben y, señalando un punto ante ella, dijo:

—Póngase ahí de pie.

Sonó un poco estricta, pero sin maldad, y Ben la obedeció, y ella dijo:

—Señor Stiles, sé que la condecoración que originalmente le fue concedida a su madre se perdió el año pasado. Lamenté mucho enterarme de ello. Su hermana murió también sirviendo a su país, y me gustaría decirle cuán agradecida le estoy por sus servicios y por el sacrificio de su padre. Y cuánto lamento lo de su madre.

La reina tendió la mano para estrechar la de Ben, y luego se volvió, cogió la cajita de su cojín y se la entregó.

Él bajó la vista, y en el proceso le cayeron dos lagrimones que aterrizaron en el pulgar de la reina, lo cual fue un poco embarazoso. Ben no era capaz de contener las lágrimas desde la muerte de su madre. En fin, cosas que pasan. Pero a la reina no pareció importarle. Se limitó a asegurarse de que él sostuviera la cajita como era debido, y cuando lo hubo conseguido, retrocedió un paso y le sonrió con mucha simpatía, y Ben no supo muy bien qué decir, de modo que dijo:

—Gracias... mmm... señora. Se lo agradezco.

Y entonces comprendió que lo que ella le había regalado no era tanto una cruz que sustituía a la original y su versión en miniatura como el tiempo pasado en aquella habitación con ella, que podían haber sido diez minutos o dos días, porque fue como si el tiempo se hubiera detenido de repente. Pero a esas alturas estaba llorando a lágrima viva, de modo que lo mejor probablemente sería marcharse. Ella le dijo algo que él no llegó a oír del todo, y entonces la mujer alta lo acompañó a la salida, y en cuanto estuvieron fuera de la habitación, él se volvió hacia ella y así, sin más, le dio un abrazo, muy fuerte, algo que no estaba permitido hacer en absoluto y él lo sabía, pero a veces uno tiene simplemente que hacer lo que le apetece, y ella le devolvió el abrazo y le preguntó si estaba bien. Él dijo que sí, porque había la versión larga y la versión corta, y la versión corta era siempre la más fácil. Pero ella le apretó el brazo como si él le hubiera dado la versión larga, y se lo siguió sujetando mientras recorrían el pasillo, y ella le dijo algo sobre un pergamino que recibiría también, pero que no se preocupara, que ya se ocuparía ella de eso después.

Y fue así como recuperó la Cruz Isabel, y todo el asunto fue de lo más extraño. A la muerte de su madre, él había jurado que nunca se la pondría. Rachel, en cambio, se había mostrado encantada de hacerlo, pero a ella le iban más esas cosas. Ben estaba seguro de que él simplemente la hubiera perdido. Sin embargo, ahora sabía que esta que acababan de darle no iba a perderla. Jamás.

La otra visitante era Meredith Gostelow, a quien la reina invitó a ver la lápida que la arquitecta había diseñado, a petición personal de la monarca, para una tumba muy poco corriente.

Se encontraron en el castillo, y la reina, al volante del Range Rover, llevó a la arquitecta a través de Home Park hacia Frogmore House y sus terrenos. Allí estaban enterrados muchos miembros de la familia real, incluidos Victoria y Alberto, que habían escogido específicamente aquel lugar, y Eduardo VIII, el tío de la reina, a quien la familia difícilmente podía colocar en cualquier otra parte.

Las tumbas reales se mantenían bien cuidadas, a la sombra del mausoleo de la reina Victoria, pero el emplazamiento al que la reina condujo a Meredith Gostelow quedaba a cierta distancia de ellas, medio oculto entre los árboles, justo al norte del lago de Frogmore. Si uno no andaba buscándolo, difícilmente repararía en él. En el centro de una zona de hierba entre las campánulas en flor, una losa asimétrica de mármol blanco lucía una inscripción grabada en latón en la que se leía sencillamente: MAKSIM BRODSKY. MÚSICO. 1991-2016.

La arquitecta observó su obra con mirada crítica. Era la primera vez que veía la pieza emplazada en su sitio. Era una lápida sumamente simple que se alejaba bastante de su estilo habitual, pero esa aparente simplicidad había requerido un gran esfuerzo: dar con el tono exacto de blanco, el bloque de mármol perfecto, la asimetría más satisfactoria, el diseño y el tamaño correcto de los caracteres y el espaciado idóneo entre ellos... Y por supuesto, encontrar al escultor más adecuado para un trabajo como aquél.

Le había dedicado mucho tiempo, y había necesitado semanas para concebir la idea.

—¿Le parece bien? —preguntó.

—Yo creo que ha quedado estupendamente —contestó la reina—. ¿Usted no?

—Oh, siempre hay cosas que cambiaría... —Meredith intuyó que ésa no era la respuesta que deseaba la reina, de modo que se corrigió—: Pero en general, transmite lo que yo quería. Y creo que le hace justicia. O al menos eso espero.

—Confío en que no le importara que le pidiese que se ocupara de esto —dijo la reina.

—Debo admitir que me sorprendió bastante.

—Aquí admiramos su obra. Por eso la invitamos aquella noche, por supuesto. Y usted conoció al señor Brodsky.

Meredith notó que se ruborizaba.

—Podría decirse que sí.

Ambas contemplaron la lápida en silencio durante unos segundos.

—Y usted también bailó con él —añadió la reina, para que a la otra mujer le ardieran un poco menos las mejillas. No pretendía incomodarla.

Pareció funcionar, porque Meredith sonrió.

—¡Pues sí! Y él era maravilloso.

—Sí, es cierto.

—Me hicieron saber, discretamente, que encontraron al hombre que lo hizo —dijo Meredith.

—Sí —confirmó la reina—. Tengo entendido que su nombre se vio involucrado en la investigación. No era mi intención que se llegara a ese extremo.

—Por favor, no se disculpe. —¿Había sido una disculpa? A Meredith se lo había parecido—. No me importa, siempre y cuando se haya hecho justicia.

—Hasta cierto punto.

Permanecieron en silencio unos instantes más.

—Me gustan las campánulas —comentó finalmente Meredith—. Y todo este lugar. Transmite una verdadera sensación de paz.

En ese momento, un 737 surcó el cielo con estruendo, haciendo que ambas alzaran la vista y que Su Majestad soltara una carcajada. Aunque era cierto: aviones aparte, aquél era el sitio más tranquilo y privado en toda esa zona del bosque. La reina se había tomado su tiempo para encontrar el mejor emplazamiento.

—¿Cómo es que ha sido enterrado aquí? —preguntó Meredith.

Llevaba haciendo esa pregunta desde que le había llegado el encargo de la lápida, y nadie había sabido decírselo. En realidad, todos parecían tan desconcertados como ella. Esa clase de cosas no se hacían. Nunca pasaban; no había precedentes.

—No tenía otro sitio adónde ir —respondió la reina, haciendo un gesto con la mano.

Nadie había acudido a la morgue para llevarse el cuerpo. La embajada se hubiera hecho cargo finalmente, por supuesto, pero la reina no estaba segura de qué habría sido de él entonces. No tenía a nadie en casa para llorar su muerte. Le pareció que merecía algo mejor, después de todo aquel Rajmáninov.

—Creo que será feliz aquí —dijo Meredith, que se agachó, con cierto esfuerzo, y se inclinó para darle unas palmaditas a la lápida bajo la que yacían las cenizas de Maksim—. Aunque quizá sólo será feliz de esa forma un poco desdichada, tan característica de los rusos... Quiero decir que... Bueno, a mí me encantaría acabar aquí. ¿A quién no? Transmite una sensación... no sé, de seguridad, ¿no?

Los pájaros gorjeaban en los árboles. Les llegaban los zumbidos sordos de los insectos y el sonido de los caballos en la distancia. Se quedaron allí un rato más, disfrutando de los rayos de sol que se colaban entre las hojas y moteaban la sombra. De no ser por el mármol blanco y la estela de condensación en el cielo, habría dado la impresión de que aquel lugar entre los árboles podría haberse visto, oído y sentido de aquella manera en cualquier momento del último milenio.

Finalmente, la reina se volvió hacia el sendero.

—¿Nos vamos?

Y las dos juntas se encaminaron hacia el castillo.

Agradecimientos

Quisiera dar las gracias, sobre todo, a la reina Isabel II, por haber sido una fuente constante de inspiración, tanto literaria como de otra clase.

A mis padres, Marie y Ray, por hacerme dos valiosos regalos: el amor por la novela policíaca y una vida entera de anécdotas sobre la familia real británica.

A mi fabuloso agente, Charlie Campbell, sin el cual nada de esto hubiera sido posible. Junto con Charlie, mi eterno agradecimiento a Grainne Fox y el equipo de Fletcher & Company, así como a Nicki Kennedy, Sam Edenborough y el equipo de ILA. Escribo esto cuatro meses después de que nos hayamos conocido, puesto que las últimas correcciones del manuscrito para las ediciones en el Reino Unido y Estados Unidos se están acabando ahora. Qué lejos hemos llegado juntos en este tiempo.

Gracias a mis correctores Ben Willis en el Reino Unido y David Highfill en Estados Unidos, y a los equipos de Zaffre Books y William Morrow, con los que ha sido un verdadero placer trabajar desde el primer momento en que hablamos. Eso sucedió en los inicios del confinamiento, de manera que todavía no nos conocemos en persona, pero estoy deseando que podamos hacerlo.

Por su amistad y sus generosos consejos, gracias a Alice Young, Lucy Van Hove, Annie Maw, Michael Hallowes, Fran Lana y Abimbola Fashola, y también a aquellos que prefieren permanecer en el anonimato.

Gracias a Mark y Belinda Tredwell, que me acogieron durante el retiro en el que supuestamente debería haber escrito otro libro, pero en el que la idea para éste vino a obsesionarme un poco.

Gracias a Place, Sisterhood, Masterminds y a todos mis estudiantes y colegas escritores. Ya sabéis quiénes sois. Mi más enorme agradecimiento a Annie Eaton, que comparte mi pasión por el arte, la historia, la moda y los libros, y que conoce a algunos agentes estupendos.

Mi eterno agradecimiento al Servicio Nacional de Salud del Reino Unido, que el año pasado nos mantuvo con vida a Alex y a mí.

Gracias al Book Club, con mención especial a Poppy St. John, cuyo entusiasmo me hizo seguir adelante cuando esta historia era sólo una idea y unos cuantos párrafos que no funcionaban.

Gracias a Emily, Sophie, Freddie y Tom, que toleraron bien el benévolo abandono cuando estaba encerrada en mi cobertizo para escribir. Y gracias a Alex, mi primer lector, el amor de mi vida, el hombre que me dijo que la primera versión no era suficientemente buena... pero que la segunda sí.